KB237115

허담 新무협 판타지 소설
FANTASTIC ORIENTAL HEROES

무천향
武天鄉

무천향 10

허담 新무협 판타지 소설

초판 1쇄 찍은 날 § 2009년 8월 24일
초판 1쇄 펴낸 날 § 2009년 8월 31일

지은이 § 허담
펴낸이 § 서경석

편집장 § 문혜영
편집책임 § 정서진
편집 § 문정흠

펴낸곳 § 도서출판 청어람
등록번호 § 제1081-1-89호
등록일자 § 1999. 5. 31
어람번호 § 제2-1805호

주소 § 경기도 부천시 원미구 심곡2동 163-2 서경B/D 3F (우) 420-822
전화 § 032-656-4452 팩스 § 032-656-4453
http://www.chungeoram.com
E-mail § eoram99@chollian.net

ⓒ 허담, 2008

ISBN 978-89-251-1910-6 04810
ISBN 978-89-251-1582-5 (세트)

※ 파본은 구입하신 서점에서 교환하여 드립니다.
※ 저자와 협의하여 인지를 붙이지 않습니다.
※ 이 책은 도서출판 청어람과 저작자의 계약에 의해 출판된 것이므로,
　무단 전재 및 유포 · 공유를 금합니다.

10
바람의 길을 따라
[완결]
은하의 계곡
무천향
武天鄉
허담 新무협 판타지 소설
FANTASTIC ORIENTAL HEROES
도서출판 청어람

第一章
복수(復讐)

武天鄉
무천향

“얼마 만이더라……?”

송거련이 꿈꾸듯 중얼거렸다. 그 말에 파소의 가슴이 흔들렸다. 어찌 들으면 자신을 원망하는 듯한 느낌도 깃들어 있는 듯했기 때문이다. 살아 있으면서, 이렇게 대단한 고수로 살아 있으면서 왜 내 앞에 나타나지 않았느냐는.

“십이 년? 아니, 십삼 년인가? 제길, 언제부턴가 세월 읽는 것도 잊어버렸어. 살아 있으니 보게 되는군. 잘 지냈어?”

송거련이 마치 어제 본 사람에게 이야기하듯 말했다.

“형님…….”

파소는 뭔가 더 말을 해야 할 것 같다고 생각했지만 막상 입을 열자니 할 말을 찾지 못했다. 그런 파소의 내심을 읽은 것일까, 송거련이 가만히 고개를 저었다.

"나중에… 나중에 시간이 있겠지. 지금은 급한 일부터 해결하자고. 평생을 건 일이었는데… 너무 빠른 감이 있지만 기회가 왔을 때 정리해야겠지. 나 혼자야 내 목숨도 지키지 못하겠지만 아우의 무공을 보니 오늘 평생의 짐을 벗을 수 있을 것 같군. 도와줄 거지?"

송거련의 물음에 파소가 얼른 고개를 끄덕였다.

"당연하죠."

"좋아, 그럼 저 망할 노괴를 잡아보자구."

차앙!

검집에서 맑은 검음이 흘러나오며 시퍼렇게 벼려진 검신이 모습을 드러냈다, 마치 오늘을 위해 수십 년을 벼려온 것처럼.

"뭔가? 나와 인연이 있는 자였던가?"

백혼이 의아한 얼굴로 송거련을 바라보며 물었다. 하지만 아무리 노력해 봐도 자신의 머릿속에서 송거련의 얼굴을 기억해 내기는 어려웠다. 송거련이 묵철가 백벽에서부터 모용굉을 호위해 수천 리 사막을 탈출할 때에도 백혼은 오직 모용굉에게만 관심을 두었을 뿐이었기에 그 추격전에서 살아남은 송거련의 얼굴은 아예 그의 기억 속에 없었던 것이다.

"서운하군. 그래도 수십 일 동안 당신의 검을 피해 도주한 사람인데 기억하지 못하다니……."

송거련이 맥 풀린 목소리로 말했다. 그러자 백혼이 파소를 바라봤다.

"향의 무사인가?"

송거련의 정체를 묻고 있는 것이다. 백혼의 질문에 파소가 천천히 고개를 저었다.

"나와 거련 형, 그리고 당신의 인연은 무천향 이전에 맺어진 것이오."

"호, 그런가? 그런데 왜 난 기억에 없지?"

"그건 우리가 악연을 맺을 때 우린 당신의 눈에 들어올 만한 존재들이 아니었기 때문이오."

파소의 말에 백혼이 고개를 끄덕였다.

"그럴 수도 있겠군. 향을 나온 이후 난 제법 많은 살겁을 일으켰으니 그 와중에 어찌 나에게 원한을 가진 자가 없을 손가? 그래, 어디서 나와 악연을 맺은 것인가?"

"시작은 모용세가 만무시에서부터였소."

"웅? 그러고 보니 모용세가의 무사였군. 그 복장, 눈에 익어."

백혼이 송거련을 돌아보며 말했다.

"당신은 그때 한 여인을 베었지."

송거련이 백혼의 시선을 받자 입을 열었다.

"음, 그래. 기억나는군. 아마 모용세가의 며느리로 정해졌던 여인이지? 그렇다면 그대가 당시 죽은 여자의 짝이었나?"

백혼의 질문에 송거련이 살짝 입술을 깨물었다. 두초산은 과연 그에게 무엇이었던가. 맺어질 수 없는 연인, 서로가 서로를 버린 연인, 그리고 평생 가슴에 담아두고 살아가야 하는 연인. 그 엉켜진 인연의 고리를 어찌 백혼에게 설명할 수 있을 것인가.

"그저 나에게 소중했던 사람이라고 해 두겠소."

"흠, 말 못할 사정이 있나 보군. 본시 이런 경우 정상적이지 않은 관계인 경우가 많은데……?"

백혼이 송거련의 심기를 흔들려는 듯 의미심장한 눈으로 송거련을 바라보며 말했다. 그러나 송거련의 입은 더 이상 열리지 않았다. 그러자 백혼이 다시 파소를 돌아봤다.

"보자, 그런데 둘이 아는 사이라는 것은 그대도 당시 모용세가에 있었다는 말인데… 그럼 그 일 이후 은하의 계곡을 통과한 것인가?"

"그렇소."

파소가 고개를 끄덕였다.

"대단하군. 그 나이에 은하의 계곡을 통과할 실력을 지니고 있었다니. 어쩐지 그대의 얼굴이 낯설다 했어. 향에서 나고 자란 자 중 그 정도 실력을 지닌 사람의 얼굴을 내가 모를 리 없거든."

백혼은 아직 파소가 그 유명한 무천향의 소천이란 사실을 모르고 있는 모양이었다. 그도 그럴 것이, 파소가 무천향에 머물던 시간 동안 백혼은 무천향에서 추방되어 강호를 떠돌고 있었으니 백혼이 파소의 진실한 내력을 알 기회가 없었던 것이다.

"가만, 그런데 넌 회혼의 죽음과도 연관이 있다고 했지? 그리고 은하의 계곡을 통과했고… 그렇다면 모용세가에서 날 암습하기 위해 보낸 그 일행 중에 포함되어 있었단 말인데. 이해가 가지 않는군. 당시 모용굉을 제외하곤 은하의 계곡을 통과할 만한 인물은 없었는데…….”

“시간은 많은 것을 변화시키는 법이오.”

“시간이라… 후후, 그렇군. 시간은 삼류무사를 절대고수로 만들기도 하지. 자자, 그러니까 결론은 죽은 모용세가 며느리의 복수를 하겠다는 말이군.”

“또한 백벽에서 죽어간 동료들의 혈채도 받아야겠소.”

파소의 말에 백혼이 한줄기 미소를 지으며 말했다.

“그런데… 그게 가능할 것 같은가?”

“불가능할 것 같지는 않소.”

“넌 한 가지 실수를 했어. 모르겠나?”

“혹, 그대에게 떠들 시간을 준 걸 말하는 것이오? 그사이 회복된 공력이 더 충실해졌다고 말이오.”

“이런, 잘 알고 있군. 그걸 아는 사람이 실수를 했단 말인가?”

“실수라고 생각하오?”

파소가 차가운 눈으로 백혼을 응시했다. 그러자 백혼이 흠칫한 표정을 짓더니 무거운 음성으로 중얼거렸다.

“내가 모르는 다른 뭔가가 있나?”

“아직 그대는 나에 대해 많은 것을 모르고 있소.”

“그게… 우리의 승부에 중요한가?”

“아마 그럴 거요. 그중 하나를 말해주면 당신도 내 말을 인정하게 될 거요.”

파소의 말에 백혼이 여전히 무거운 시선으로 파소를 노려보다 불쑥 입을 열었다.

“말해보라, 그 하나를!”

“아마 그대도 무천향에 새로운 소천이 정해졌다는 사실은 알고 있을 것이오. 그 새로운 소천이 바로 나요!”

파소의 말이 끝나는 순간 백혼의 눈이 더 이상 뜨여질 수 없을 만큼 커졌다. 비록 무천향 밖에서 활동했다지만 어찌 무천향에 새로운 소천이 탄생했음을 모를 것인가? 그 때문에 검산이 무천향의 모든 것을 포기하고 탈출을 시도했는데… 더군다나 지금 자신들의 목줄을 옭아매고 있는 천추군의 중심 인물 또한 그 새로운 소천이라 했다. 무공은 절정을 넘어 무선의 경지에 올랐다고 했었던가.

“서, 설마 그대가……?”

백혼이 믿기 어렵다는 얼굴로 말을 더듬었다. 그런데 그 순간 파소가 한마디 말을 흘리며 신형을 날렸다.

“그러게 사람은 언제나 작은 인연이라도 중히 생각해야 하는 법이오. 오늘 당신이 죽는 것은 결국 과거 당신이 저지른 악업 때문인 것이오.”

파소는 이미 한줄기 흐릿한 그림자가 되어 백혼의 옆을 스치고 지나가고 있었다.

꽈릉!

본능적으로 휘둘러 댄 백혼의 검기가 어렵사리 파소의 검기를 막아냈다. 그러나 이미 기세를 빼앗긴 백혼의 신형은 그 충격으로 십여 걸음이나 뒤로 밀려나고 있었다. 그사이 백혼을 지나친 파소가 재빨리 허공으로 신형을 틀어 올려 한순간 허공에서 멈추는 듯하다가 번개처럼 검을 휘둘렀다. 그러자 예의 그 초승달 모양의 검기가 백혼의 일 장 앞에 불쑥 나타났다.

"엇!"

백혼의 입에서 자신도 모르는 사이에 당혹성이 흘러나왔다. 무천향을 떠난 이후 강호에서 수많은 혈사를 일으킨 백혼이지만 지금 파소가 펼치는 형태의 무공은 무천향에서나 무천향 밖에서나 한 번도 접해본 경험이 없었다.

쩌쩡!

백혼의 검기가 파소의 기이한 검기를 겨우 막아내며 강력한 파열음을 일으켰다. 그러나 파소의 공격은 적지 않은 충격을 주어 백혼의 신형을 다시 뒤쪽으로 오 장여 밀어냈다. 더군다나 급작스럽게 공력을 끌어올려 파소의 검기를 막아내느라 백혼의 진기는 크게 흔들려 그의 얼굴은 핏기 하나 없이 파랗게 변해 버렸다.

"고맙네, 아우!"

그런데 백혼이 심하게 흔들리는 신형을 겨우 추스르려는 찰나, 문득 백혼의 뒤에서 한마디 나직한 음성이 들려왔다. 백혼이 대경하며 재빨리 신형을 트는 순간, 한줄기 차가운 검기가 백혼의 등 왼쪽에 깊은 검상을 남기고 사라졌다.

"으음!"

백혼의 입에서 자신도 모르게 신음성이 흘러나왔다. 내기가 흔들리고 몸에 외상까지 입었으니 이 싸움에서 그가 승리할 가능성의 거의 없다고 할 수 있었다. 그러나 백혼에겐 거친 강호를 살아온 노고수의 독심과 오기가 남아 있었다.

"그냥 죽지는 않겠다."

백혼의 눈에서 차가운 살기가 번뜩이더니 자신의 등을 베고 물러나는 송거련을 독수리처럼 덮쳐 갔다.

"위험해요!"

파소의 입에서 다급한 경고성이 흘러나오는 순간, 송거련 역시 자신을 덮쳐 오는 위험을 감지하고 재빨리 신형을 움직였다.

콰콰쾅!

송거련을 향해 회심의 일격을 날린 백혼의 검기가 송거련의 어깨를 아슬아슬하게 스치고 지나가 뒤쪽의 거대한 바위를 단번에 두 조각으로 갈라냈다.

"음!"

송거련이 백혼의 기세에 밀려 삼사 장 뒤로 물러나며 나직한 신음성을 흘려냈다.

"괜찮아요?"

파소가 재빨리 옆에 내려서며 묻자 송거련이 백혼의 검기에 스쳐 피로 물든 왼쪽 어깨를 바라보며 무덤덤하게 말했다.

"상관없네. 이쯤이야 항시 있는 일인걸. 일단 놈과의 빚을 청산하세."

송거련의 말에 파소가 고개를 끄덕이고는 백혼을 향해 걸어가기 시작했다. 파소의 걸음은 느리지도 빠르지도 않았고, 일정한 간격을 유지하는 보폭은 한 치의 흐트러짐도 없었다.

백혼은 흔들리는 몸으로 자신을 향해 한 걸음씩 다가오는 파소를 바라보고 있었다.

"놈!"

백혼의 입에서 나직한 욕설이 흘러나왔다. 그리곤 다가오는 파소를 향해 힘겹게 검을 들어 올렸다. 그 와중에도 백혼의 검에서는 투명한 검기가 생겨났다.

그러나 파소는 백혼이 만들어낸 검기를 보지 못한 듯 그대로 백혼을 향해 걸어갔다.

"죽엇!"

백혼의 입에서 악에 받친 고함 소리가 터져 나왔다. 어찌 보면 비명 소리 같기도 한 그 고함 소리가 파소의 귀에 들리는 순간, 파소의 검이 가볍게 움직였다.

차앙!

맑은 마찰음이 일어났다. 파소의 검에서 시작된 투명한 검기가 백혼의 검기를 휘감더니 백혼의 검과 신형을 동시에 허공으로 띄워 올렸다. 백혼은 혼신의 힘을 다해 파소의 검기에 대항했지만 바람을 가르며 날아가는 자신의 신형을 제어할 수 없었다. 그렇게 허공을 날아간 백혼의 손에서 검이 빠져나가고 그의 몸뚱어리가 송거련 앞에 나뒹굴었다.

"크억!"

동시에 백혼의 입에서 붉은 선혈이 토해졌다.

"이… 이게 무슨 무공이냐?"

백혼이 믿을 수 없다는 표정으로 파소를 노려보며 물었다. 그러자 파소가 무심한 어조로 말했다.

"선검이라 하더구려."

"선검? 을씨 정종의?"

백혼의 물음에 파소가 고개를 끄덕였다.

"그 무공은 이미 실전된 것으로……."

"가끔은 죽은 자도 살아나는 곳이 세상 아니겠소? 물론 지금 당신이 살아날 가능성은 전혀 없지만 말이오."

파소가 차갑게 말을 내뱉고는 백혼의 뒤에 서 있는 송거련에게 고개를 끄덕였다. 그러자 송거련이 번개처럼 검을 거꾸로 세워 백혼의 목 뒤에 꽂았다. 그러자 백혼의 동공이 하얗게 변하더니 이내 숨이 끊겼다.

"초산… 이제 끝이야. 이젠 정말 떠나도 돼."

무너져 내리는 백혼의 시신 앞에서 송거련이 나직하게 중얼거렸다, 마치 죽은 두초산이 옆에 있는 것처럼. 파소는 그런 송거련을 담담한 시선으로 지켜보다가 천천히 곁으로 다가갔다.

"형님!"

파소의 부름에도 송거련은 입을 열지 않았다. 그는 여전히 백혼의 시신에 시선을 주고 있었는데, 백혼을 만나는 순간 생기를 찾았던 그의 눈은 어느새 다시 공허한 빛으로 되돌아가 있었다. 어쩌면 삶의 목표를 이루고 난 뒤의 상실감이 그를 다시 공허한 인간으로 만들었는지도 몰랐다.

"형님!"

파소가 다시 송거련을 불렀다. 그러자 그제야 송거련이 파소를 돌아봤다.

"아우… 정말 그가 죽은 건가?"

"맞습니다, 형님!"

"그래, 맞겠지. 하지만 믿어지지 않는군, 정말 그가 죽었다는 것이……."

송거련이 혼잣말처럼 중얼거리고는 다시 입을 닫았다. 파소는 그런 송거련의 침묵을 기다려 줬다. 송거련의 마음이 평상심을 되찾은 것은 그로부터 일각 정도가 지난 후였다.

송거련이 천천히 허리를 숙여 백혼의 목덜미에 꽂혀 있는 자신의 검을 뽑아 들었다. 그리곤 백혼의 옷가지에 혈흔을 닦은 후 느릿하게 검집에 검을 넣고는 파소를 돌아봤다.

"어떻게 지낸 건가?"

파소와 송거련은 칙칙한 회색의 숲을 벗어나 다시 흰 눈이 모든 것을 덮고 있는 세상으로 나왔다. 마치 죽음의 계곡을 벗어난 것처럼 백혼의 주검이 있는 회색 숲을 벗어나자 두 사람의 마음도 조금은 밝아졌다.

파소는 가능한 모든 것을 송거련에게 말해줬다. 가끔 세상에는 자신의 가장 깊은 곳까지도 드러내 보이고 싶은 사람도 있기 마련인데, 파소에게 송거련은 그런 사람이었다.

송거련은 파소가 홍안령 목장에 남겨졌던 그 시절부터 지금 연경에 있는 이 순간까지 파소에게 일어났던 모든 일들을 묵묵히 듣고 있었다. 다른 사람이라면 가끔 감탄이나 안타까움, 혹은 기쁨과 슬픔의 감정을 드러냈을 파소의 인생을 송거련은 아무런 변화 없이 묵묵히 들어주었다. 그게 송거련이라는 사람이었다.

"무천향이라……."

파소의 이야기가 끝나자 송거련이 잠시 허공을 바라봤다. 천지를 뒤덮은 눈이 달빛을 반사해 하늘에 은은한 옥빛을 흘리고 있었다.

"그런 곳이 있을 줄은 몰랐군. 무림에 천외천이라는 말이 있는데, 바로 그런 곳을 말하는 모양이야."

송거련이 담담하게 말했다.

"어찌 보면 괴물들이 사는 곳이죠."

"후후, 그럴지도 모르겠군. 무공에 미친 괴물들 말이야. 그런데 그 무천향이 깨지고 있단 말이지?"

"막힌 둑이 터진 거죠."

"그 둑에서 흘러나온 물이 세상을 삼킬까 봐 아우와 천추군이 강호에 나온 것이고."

"그렇지요."

"그럼 이제 그 물은 거의 쓸어 담은 건가?"

“큰물은 막았지만 정작 물을 오염시킨 자는 잡지 못했지요.”

“그 대성사라는 자?”

“예.”

“그가 이 연경에 있을 가능성이 많다는 거지?”

“백혼이 있고, 밀천궁의 요승들이 있다면 그도 있겠지요.”

“흐흠, 잘못하면 연경무림이 완전히 피에 잠기겠군.”

“조심해야 할 때죠. 누구도 그들의 살수를 막을 수는 없을 겁니다.”

“오직 파소 아우의 그 천추군 말고는 말이지.”

송거련의 말에 파소가 대답없이 빙긋 미소를 지었다.

“나도 그렇지만 아우의 인생도 참으로 복잡하군. 무천향과 같은 곳의 소천이 되었다니……”

“하지만 그곳에 오래 머물지는 않을 겁니다. 이번 일이 끝나면 전 무천향을 떠날 생각이니까요.”

“왜? 잘하면 천하를 손에 넣을 수도 있는 자린데?”

“후후, 천하를 손에 넣으면 뭐 해요. 그런 일, 별로 재미없어요. 그보다는 바람과 풀, 양 떼와 말 떼들, 그런 것들이 더 좋은 사람도 있지요.”

파소의 말에 송거련이 빙그레 미소를 지었다. 그가 미소를 짓는 것은 그야말로 아주 오랜만의 일이었다. 송거련은 세상에 욕심내지 않는 파소의 성정이, 절대고수가 되고도 여전히 평범한 초원의 삶을 살고자 하는 파소의 생각이 마음에 들었다.

"사람은 높은 자리에 오르면 마음도 변한다고 하던데, 아우는 그렇지 않군."

"좋아하는 것은 변하지 않는 법이지요."

"그래… 맞는 말이야. 하지만 두 소가주가 이 사실을 알면 난리가 날 거야. 두 소가주는 제법 야망이 있는 사람이니까."

"그렇지요. 우루는 강호에 큰 야망이 있지요. 하지만 그것도 나쁘지는 않아요. 다른 사람의 피로 쌓는 야망이 아니라면……."

"알리지 말까?"

"그래주실래요?"

"원한다면 그렇게 하지."

송거련이 고개를 끄덕였다.

"이번 일이 끝나고 무천향을 나오면 그때 우루를 만날 생각이에요. 그때 제 입으로 이야기해 주지요."

"알겠어. 그런데 살아 있다는 것 정도는 말해줘도 되겠지?"

"그야 뭐, 우루 그 친구의 입도 제법 무거운 편이니까요."

파소가 고개를 끄덕였다. 두 사람은 잠시 침묵을 지키며 남독마군과 을향이 묵혼을 상대하고 있는 곳으로 걸음을 옮겼다. 그러다 목적지에 거의 다다랐을 때 문득 파소가 물었다.

"이제 어쩌실 거예요?"

파소의 물음이 뭘 말하는지 송거련은 잘 알고 있었다. 송거련이 모용세가에 남아 있었던 유일한 이유는 두초산의 원한을

갚기 위해서였다. 그 일이 끝났으니 이제 송거련은 모용세가
에 남아 있을 이유가 없었다.

"글쎄, 어쩌려나… 강호나 한 바퀴 돌아볼까?"

"후후, 팔자 좋아지셨네요."

"할 일이 끝난 사람은 자유로운 법이지."

"그러지 말고 모용세가를 떠날 생각이시라면 제 부탁 하나
들어주세요."

"부탁?"

"예?"

"아니, 무천향의 소천께서 강호의 한낱 소졸에게 무슨 부탁
을?"

"골치 아픈 사람이 하나 있거든요."

파소가 장내에 도착했을 땐 장내의 싸움도 이미 끝나 있었
다. 요승들도 모두 죽어 있었고, 묵혼 역시 숨을 거둔 후였다.

"어찌 되었나?"

파소가 등장하자 남독마군이 얼른 물었다.

"깊은 계곡에 무덤을 만들어주었습니다."

"역시 소천이군. 나와 을 여협은 이자 하나 상대하는 데 제
법 힘을 썼어."

남독마군이 바닥에 누워 있는 묵혼을 가리키며 말했다.

"이자야 부상도 입지 않은 성한 몸이었으니까요."

"후후, 그렇긴 해도 역시 홀로 백혼 그자를 상대한 소천의

무공은 우리와 비교할 수 없는 것이지."

남독마군의 말에 파소가 미소를 짓고는 화제를 돌렸다.

"그 사람은 돌아갔습니까?"

"석 부인 말인가?"

"예."

"대설문 설신녀를 데리고 객잔으로 돌아갔네. 이번에 설문의 고수들은 단단히 놀란 모양이야. 다들 정신을 차리지 못하더라구. 뭐, 앞으로 조심들 하겠지. 그런 면에선 나쁘지 않은 일이었어."

"일단 시신을 정리하고 돌아가야겠군요."

"그렇게 하세."

남독마군이 고개를 끄덕인 후 주위에 너부러져 있는 밀천궁 요승들과 묵혼의 시신을 언 땅에 묻었다. 무덤조차 만들지 않고 마치 아무 일도 없었던 곳인 양 장내를 정리한 파소 등은 이내 신형을 돌려 일행이 머물고 있는 객잔으로 돌아갔다.

우루와 모용세가 고수들이 모용굉을 호위해 밀천궁 요승들과 대설문 고수들의 일전이 벌어졌던 곳에 거의 근접했을 때, 그들 앞으로 불쑥 송거련이 나타났다.

"어찌 되었느냐?"

송거련을 보자마자 모용굉이 물었다. 백혼은 모용굉에게도 일생의 원한을 맺은 상대였다. 모용굉의 눈에서 줄기줄기 흘러나오는 한광이 백혼에 대한 그의 살의를 증명해 주고 있었다.

"그는… 죽었습니다."

"뭣! 다시 말해보거라."

모용굉이 못 들을 말을 들은 것처럼 되물었다. 그러자 송거련이 또박또박 말을 끊어 다시 대답했다.

"그는 죽었습니다."

그러자 모용굉이 멍한 눈으로 송거련을 바라보다 한참 뒤에야 맥 빠진 음성으로 물었다.

"네가 그를 죽였느냐?"

"그건… 제가 그를 죽음에 이르게 한 것은 아닙니다. 제 무공으로는 도저히 그를 감당할 수 없었습니다."

"음, 그렇겠지. 우리 모두가 달려들어도 승부를 장담할 수 없을 터인데. 그럼 대설문의 고수들이 그를 제거했단 말이냐?"

질문을 던지면서도 모용굉은 그럴 리 없을 거란 확신을 하고 있는 듯했다.

그러자 송거련이 차분한 목소리로 입을 열었다.

"대설문 고수들이 그들을 상대하는 것도 쉽지 않았습니다. 전 그자가 대설문 고수들을 상대하느라 빈틈을 보이길 기다리고 있었지요. 하지만 그자는 전혀 빈틈을 보이지 않았습니다."

"물론 그렇겠지. 그자가 어떤 인물인데……."

이미 십여 년 전의 겨룸에서 백혼의 무공이 어떤지 뼈저리게 경험한 모용굉이었다.

“한데 얼마 지나지 않아 대설문의 조력자들이 나타났습니다.”

“조력자?”

“옷차림으로 보아 대설문의 문도들 같지는 않았기에 조력자라 말씀드린 겁니다. 대설문 문도들의 옷차림이야 누구나 알아볼 수 있는 것이니까요.”

“흠, 그렇지. 그래서?”

“그런데 그 대설문 조력자들의 무공이 보통이 아니었습니다. 순식간에 백혼, 그자와 밀천궁의 요승들을 밀어붙였지요.”

“그 정도의 고수가 대설문을 돕고 있다?”

모용굉이 놀란 눈을 하며 물었다.

“물론 숫자로도 대설문 쪽의 고수들이 월등히 많았지만 역시 그 조력자들의 무공은 대단했습니다. 일대일로는 몰라도 둘이 모이면 백혼을 충분히 상대하더군요.”

이즈음에서 송거련은 사실과 다른 말을 하기 시작했다. 파소로부터 모용세가에 무천향의 존재를 알리지 말아달라는 부탁을 받았기 때문이다. 그러니 파소 등의 무공을 조금 낮춰 말할 필요가 있었다.

“둘이 모이면 그자를 상대할 수 있다니, 대단한 고수들이구나.”

줄여 말했음에도 모용굉은 송거련의 말에 감탄사를 흘려냈다.

“어쨌든 그들과의 싸움에서 패색이 짙어지자 백혼은 장내에서 몸을 뺐습니다."

"허허, 그자가 도주를 하다니, 그 광경을 봤어야 했는
데……."

모용굉은 생각만 해도 통쾌한지 흐뭇한 미소를 지었다. 그
사이 송거련의 설명이 계속됐다.

"북쪽의 깊은 계곡으로 도주했는데 그는 이미 대설문의 조
력자들에 의해 큰 부상을 입고 있었습니다. 생명이 위태로운
지경이었지요."

"호, 그래. 그래서 어찌 되었느냐?"

"하지만 그자의 저력은 믿기지 않을 정도로 대단해서 눈조
차 내려앉지 못하는 어두운 계곡에 들어서자 순식간에 추격자
들을 따돌렸습니다."

"그가 죽었다지 않았느냐?"

"물론 그는 죽었습니다."

"추격자들을 따돌렸다면 그럼 누가 그를 죽였느냐?"

모용굉의 물음에 송거련이 지금까지완 달리 침묵으로 대답
을 대신했다. 그러자 송거련을 보고 있던 모용굉의 눈이 서서
히 커지더니 나중엔 경악스런 목소리로 물었다.

"설마 삼각주, 네가?"

혹시나 하면서도 일말의 기대를 가진 표정으로 모용굉이 물
었다. 그러자 송거련이 천천히 고개를 끄덕였다.

"그는 심한 내상을 입고 있었지요. 또한 대설문의 추격자들
만 신경 썼지, 제가 따르고 있다는 것은 알아채지 못했습니다.

적당한 장소를 찾은 그는 내상을 치료하기 위해 운기에 들어갔고 전 그런 그의 등에 검을 꽂을 수 있었습니다."

어쩌면 비열하달 수도 있는 수법이었다. 그러나 원한을 갚는 데 그 수단이 무슨 상관이 있겠는가? 애초에 은원의 맺어짐은 이미 정법과 사법의 구분이 어려워진 관계로 돌입한 것을 의미하는 것이다.

송거련의 말이 끝나자 모용세가 고수들의 얼굴에 잠시 모호한 감정들이 나타났다가 이내 생기가 넘쳐흐르기 시작했다.

"결국… 결국 그렇게 형님의 손으로 원한을 갚았군요. 정말… 정말 대단하십니다."

우루가 송거련에게 다가가 두 손을 꽉 다잡았다.

"운이 좋았을 뿐이네."

"아닙니다. 아니, 어쩌면 하늘에서 초산 누이가 도와주고 있었을 겁니다."

우루의 말에는 진심이 느껴져서 그 또한 자신의 누이인 두초산의 죽음에 얼마나 얽매여 왔는지 짐작이 갔다.

"그의 시신은 어찌했느냐?"

모용굉이 묻자 송거련이 침착한 목소리로 대답했다.

"처음에는 들짐승의 먹이로 놓아두려 했으나 이미 죽은 자이니 한 줌 흙을 파 묻어주었습니다."

송거련의 말에 다른 모용세가 고수들은 왜 그를 묻어줬느냐는 듯한 표정을 지었지만 모용굉은 고개를 끄덕였다.

"잘했다. 원한은 원한이고, 죽은 자를 묻어주는 것은 또한 사람의 도리이니 잘했구나. 그런데 밀천궁의 요승들은 어찌 되었느냐?”

“돌아와 보니 장내가 깨끗하게 정리되어 있더군요. 아마도 모두 죽거나 혹 몇은 도주를 했겠지요.”

“음, 자세한 것은 대설문 고수들을 만나보면 되겠지. 오늘은 밤이 깊었으니 내일 연경을 수소문해 대설문 고수들이 머무는 곳을 알아보자꾸나. 자, 모두 돌아가자.”

모용굉의 말에 모용세가 고수들이 일제히 고개를 숙여 보인 후 분타를 향해 신형을 날리기 시작했다. 그 모습을 보고 있던 모용굉이 흡족한 음성으로 중얼거렸다.

“허허, 참, 이번 연경행은 참으로 운이 좋은 출행이구나. 삼파와의 비무를 승리로 이끌어 위기에 처한 연경의 사업을 오히려 크게 키웠고, 수십 년 세가의 제일적이었던 자를 베어 원한을 갚았으니 내 생전 이렇게 운이 좋은 출행은 처음이로다.”

한 팔을 잃은 후 좀처럼 웃음을 보이지 않던 모용굉이 기분 좋은 웃음을 흘려내며 세가 고수들의 뒤를 따랐다. 그런데 그때 모용굉의 뒤를 따르던 우루가 재빨리 송거련의 팔을 잡으며 말했다.

“거련 형님, 정말 수고하셨어요. 그리고… 고맙습니다, 초산 누이의 원한을 갚아주어서.”

“소가주, 사실 고마워해야 할 사람은 따로 있네.”

“그 대설문의 조력자들 말입니까?”

“아니, 그들 말고… 아니군. 맞아, 그 조력자들 말이야.”

송거련이 혼란스럽게 말을 받았다. 그러자 우루가 이상한 눈으로 송거련을 바라보며 물었다.

"뭔가 말하지 않은 것이 있으신 겁니까?"

우루의 질문에 송거련이 잠시 망설이다 나직한 목소리로 말했다.

"파소 아우를 보았네."

"네?"

우루가 송거련의 말을 바로 알아듣지 못하고 되물었다. 아니, 어쩌면 환청을 들은 것으로 생각했는지도 몰랐다.

"파소 아우를 만났어."

송거련이 이번엔 좀 더 또렷한 말투로 말했다. 순간 우루가 걸음을 멈추고 몸을 홱 돌려 송거련의 얼굴 앞으로 다가섰다.

"지금 누구라 그랬습니까?"

"몇 번 말해야 알아듣겠나? 파소 아우를 봤다니까."

그러자 우루가 멍한 눈빛으로 한동안 서 있다가 마치 꿈을 꾸듯 물었다.

"정말입니까?"

"내가 언제 허언을 한 적 있던가?"

"그렇지요, 그렇지요. 형님의 입에서 나온 말에 허언이 있을 수 없지요. 그렇지만… 아, 파소라니… 파소라니……."

우루는 여전히 믿을 수 없다는 듯 고개를 저었다. 사실 지난 십여 년 동안 송거련도, 우루도 파소가 살아 있을 거라 말을 하기는 했지만 내심으론 파소가 살아 있을 가능성이 거의 없다고 생각하고 있었다. 살아 있다면 십 년이 넘는 세월 동안 돌아오지 않았을 리가 없지 않았겠는가. 그런데 그 파소가 살아 있다니, 우루로선 쉽게 믿을 수 없는 일이었다.

"내 두 눈으로 확인하고 서로 대화를 나눴으니 파소 아우는 분명 살아 있는 것일세."

송거련이 다시 한 번 확인하듯 말했다.

"이야기를 나눠봤다고요?"

"그렇다네."

"뭐라던가요?"

"무척 급한 일이 있는 듯했네."

"위험해 보이던가요?"

"그런 건 아닐세. 오히려… 음!"

"무엇입니까?"

"변했더군."

십 년이 넘는 세월 동안 변하지 않는 사람이 어찌 있을 것인가? 하지만 파소가 변했다는 말에 우루는 왠지 불길한 느낌이 들었다.

"성정이 변한 건가요?"

"그런 건 아닐세. 성정이야 그때나 지금이나 비슷하더군. 급한 듯하면서도 여유있고……."

"그럼 뭐가 변한 거죠?"

"무공이 변했네."

"무공이야 우리도 변하지 않았습니까?"

“그런 정도면 말을 꺼내지도 않았을 거네. 파소 아우는… 절대고수의 기운을 흘려내고 있더군.”

“절대고수요?”

“그래, 솔직히 말하자면 백혼 정도의 고수도 벨 수 있을 만큼!”

“파소가 백혼을 벤 것입니까?”

우루가 놀란 얼굴로 물었다.

“그렇다고 봐야겠지. 최후의 목줄이야 내가 끊었지만.”

“그럼 대설문의 그 조력자들 중 한 명이란 말이군요.”

“그건 모르겠네. 그들과 함께 나타난 것은 아니니까.”

이쯤에서 송거련은 파소에 대한 이야기 중 일부를 우루에게 숨겼다. 만약 파소가 대설문 문도들의 조력자 중에 포함되어 있다고 말한다면 오늘 밤 당장에라도 연경 성내를 뒤져 대설문의 문도들이 들어 있는 객잔을 찾을 우루였기 때문이다.

“도대체 어떤 조직에 속해 있는 걸까요?”

“그야 나도 알 수 없네. 하지만 오래지 않아 다시 찾아오겠다고 했네. 그때는 예전의 파소 아우로 돌아오겠다고 하더군. 자네에게 그리 전해달라고 했네.”

“망할 녀석! 결국 내 얼굴을 보지 않겠다는 거군!”

우루가 화가 난 듯 소리쳤다. 그러나 우루가 정말 파소에게 화를 내고 있는 것은 아니었다. 오히려 파소가 살아 있다는 것에 내심 하늘에 감사하고 있는 우루였다.

송거련과 우루는 그렇게 파소에 대한 이야기로 한동안 대화를 이어갔다. 북마가에서 파소를 처음 만났을 때, 송거련과 파소가 비무를 했을 때, 그리고 만무시를 치르기 위해 심양으로 올 때의 추억이 주마등처럼 스쳐 갔다. 그러다 어느 순간 두 사람의 대화가 거짓말처럼 끊어졌다.

추억은 입으로 흘려낼 수 없는 미묘하고 섬세한 감정들이 묻어 있어 입보다는 머리로, 머리보다는 가슴으로 추억하는 것이 더 깊은 울림을 가져오게 마련이었다.

두 사람은 그렇게 파소와의 추억을 가슴으로 되새기다가 문득 송거련에 의해 두 사람의 상념이 깨졌다.

"할 말이 있네."

문득 꺼내든 송거련의 말에 우루가 송거련을 바라봤다. 송거련의 표정을 보건대, 무척 중요한 문제 같았다. 우루는 송거련의 표정에서 왠지 모를 불길한 기운을 느꼈다.

'설마……!'

불길한 예측은 언제나 들어맞게 마련이다. 송거련의 입에서 우루가 걱정했던 말이 흘러나왔다.

"난 이제 그만 모용세가를 떠날 생각이네."

"형님!"

우루가 다급한 목소리로 송거련을 불렀다. 우루의 그 짧은 외침에는 수많은 의미가 포함되어 있었다. 송거련은 그 의미들 하나하나를 마음으로 느끼고 있었다.

"떠나야 할 때네. 초산의 복수도 끝이 났으니……."

"하지만 지금 세가는 형님 같은 고수가 가장 필요할 때이지요."

"내 알 바 아니네. 내가 모용세가에 남아 있었던 이유는 오직 초산의 복수를 위해서였네. 그자를 찾기에 모용세가가 가장 적당한 곳이라 생각했으니까."

"어르신은 어쩔 겁니까? 어르신은 형님께 스승과도 같은 존재 아닙니까?"

우루가 따지듯 묻자 송거련의 얼굴에 일순 어둠이 깃들었다. 그러나 송거련은 이내 그 어둠을 털어버리며 말했다.

"어르신이야 세가가 있으니 내가 걱정하지 않아도 될 걸세."

하긴 맞는 말이었다. 대모용세가 최고의 고수라 꼽히던 모용굉의 노후를 걱정할 이유는 없었다.

"그런 말이 아니지 않습니까?"

우루가 신경질을 내며 말했다.

"알아, 비록 이상한 인연으로 만났지만 어르신과 내가 스승과 제자의 연으로 맺어졌다는 사실을. 하지만 아마도 그 때문에 어르신은 내가 모용세가를 떠나는 걸 막지 않으실 거네."

"그게 무슨 말입니까?"

"만약 어르신께서 필요에 의해 날 키우셨다면 당연히 내가 떠나는 것을 막겠지. 하지만 어르신께서 모용세가를 위한 도구로 만들기 위해 내게 무공을 전수하신 것이 아니라면, 또 마음 한편에 날 위하는 마음이 있으시다면 내가 세가를 떠나는 것을 막지 않으실 거야. 어르신께서도 내가 세가에 별 미련이

없다는 걸 알고 계실 테니까. 오히려 세가의 굴레에서 벗어나
자유롭게 강호를 주유하길 바라시겠지."

　송거련의 말에 우루는 잠시 입을 열지 않았다. 이리저리 재
보아도 송거련의 말이 맞는 듯했다. 모용굉이 백혼에게 한 팔
이 잘린 후 제자로 받아들인 송거련을 끔찍이 생각한다는 것
은 세가의 무인들 대부분이 아는 사실이었다. 그래서 세가에
는 그걸 질투하는 사람들조차 여럿 있지 않았던가. 그런 모용
굉이었으므로 아마 송거련이 모용세가를 떠나는 걸 허락할 것
이 분명했다.

　송거련이 계속 모용세가에 남아 있는다면 그는 오직 모용세
가의 유용한 도구로만 살아갈 것이다. 송거련을 묶어둘 단 하
나의 끈인 모용굉이 그 사실을 모를 리 없었다. 그러니 송거련
에게 애정이 있다면 아마도 모용굉은 송거련이 떠나는 것을
막지 않을 터였다.

　"영원히 돌아오지 않으실 겁니까?"

　우루가 묻자 송거련이 나직한 미소를 지었다.

　"글쎄, 어쩌면 파소 아우가 돌아올 때쯤 나도 심양에 들를
수도 있겠지. 우리의 인연이 정말 질긴 것이라면 말이야."

　"아주 안 올 생각은 아니군요."

　"모용세가라면 모를까, 심양에는 종종 들를 걸세."

　"어디로 가실 생각입니까?"

　우루의 말에 송거련이 잠시 생각에 잠겼다가 북쪽 하늘을
바라보며 중얼거렸다.

“아마도 북쪽으로 길을 잡을 듯싶으이.”
“그 추운 곳에는 왜요?”
“오래전부터 북해를 보고 싶었거든!”

송거련과 우루의 예상대로 모용굉은 송거련이 세가를 떠나는 걸 막지 않았다. 오히려 그는 송거련이 떠나는 걸 기쁘게 받아들이는 모습이었다. 하지만 송거련이 모용세가 연경 분타를 나설 때는 모용굉의 얼굴에도 짙은 아쉬움과 우수가 드리워져 있었다. 그건 먼 미지의 세계로 아들을 떠나보내는 아버지의 표정이었다.

무림종횡

武天鄉
무천향

“그런데 말이에요. 전 갑자기 이런 생각을 하게 되었어요.”

석청이 문득 입을 열었다. 파소의 시야에 순백의 옷차림을 한 몇 명의 일행과 전혀 다른 이질적인 옷차림의 한 사내가 아직 남아 있을 때였다.

“무슨 생각을요?”

파소가 멀어지는 일행들에게서 시선을 거둬 석청을 바라봤다.

“어쩌면 이번 기회에 송 대협의 상처가 치유될지도 모른다는 생각요.”

“왜 그런 생각을 했죠?”

“보통들 그러잖아요. 사람으로 인해 받은 상처는 사람으로 인해 치유된다고."

"설신녀 미유로 인해 거련 형의 상처가 치유될 거란 말인가
요?"

"왠지 그런 예감이 들어요."

"하지만 설신녀는 대설문에 묶인 사람이에요. 거련 형과 인
연이 되기 어려운 사람이지요."

"저도 알아요. 하지만 뭐… 예감이 그렇다는 거죠."

순간 파소의 얼굴에 살짝 그늘이 졌다.

"내가 실수한 걸까요?"

"무슨 말이에요?"

"혹여라도 거련 형이 또다시 정해의 고통에 빠질까 봐요."

"흠, 그럴지도 모르지요. 하지만 어쨌든 그게 사는 거 아니
겠어요? 고통과 슬픔, 기쁨과 즐거움이 반복되는 게… 그러니
미리 겪을 고통을 무서워해서 아무것도 안 하고 살 수는 없잖
아요."

그 말에 파소가 묘한 눈으로 석청을 바라봤다.

"왜요? 제 얼굴에 뭐 묻었어요?"

"아뇨. 당신이 전혀 다른 사람으로 느껴져서요."

"이봐요, 난 석청이에요. 당신 부인!"

"알아요. 하지만 난 잠시 내 옆에 한 늙은 여승이 서 있나 싶
었지요."

파소의 농에 석청이 소리 내어 웃었다.

파소와 단보는 대설문의 고수들을 다시 북해로 돌려보냈다. 물론 설신녀 미유를 설득하는 것은 쉬운 일이 아니었다. 아직 검산 십이종성 무무경에 의해 탈취된 대설문의 신서를 찾지 못한 상태였으니 설신녀로서는 당연히 돌아가는 것을 거부했다.

그러나 파소와 단보 역시 이번만은 단호했다. 설신녀의 존재가 드러나는 순간, 그녀가 대성사 소유거와 검산 고수들의 가장 큰 목표가 될 것이라는 것이 이번 일로 여실히 증명됐기 때문이다.

물론 그 설신녀를 미끼로 함정을 팔 수도 있었다. 하지만 상대는 대성사 소유거, 한 번 속은 함정에 두 번 빠질 인물이 아니었다. 만약 설신녀의 존재가 드러난다면 그는 전혀 다른 계략으로 설신녀를 노릴 가능성이 많았다. 그러니 설신녀의 안전을 위해서는 그녀가 북해로 돌아가는 것이 가장 좋은 방법이었다.

또한 연경에 천추군이 들어왔다는 것을 눈치챈다면 소유거는 다시 다른 곳으로 몸을 피할 터, 그들을 추격하기에 설신녀와 대설문의 고수들은 천추군에게 도움이 되기보다는 부담이 되는 존재였다.

근 하룻밤 동안의 설득으로 결국 설신녀는 대설문으로 돌아가는 것을 수락했다. 단, 천추군이 반드시 대설문의 신서를 찾아준다는 조건을 달고.

그리고 다음날 저녁 무렵, 설신녀와 그 일행들이 연경을 떠날 때 파소는 송거련을 설신녀에게 소개했다, 송거련이라면 설신녀가 북해로 돌아가는 데 큰 도움이 될 거란 말과 함께. 모용세가를 떠난 송거련 또한 뭔가 할 일이 필요할 것이라 생각도 있었다.

송거련과 설신녀 미유는 의외로 서로의 동행을 순순히 받아들였다. 어쩌면 파소에 대한 믿음 때문이었는지도 모르지만 석청의 느낌으로는 두 사람이 모두 서로에 대한 첫인상이 좋은 듯하다고 했다. 그것이 석청이 송거련과 미유 사이가 가까워질 것이라 예상한 이유였다.

어쨌든 대설문의 고수들이 떠나자 파소와 천추군은 본격적으로 연경을 뒤지기 시작했다. 연경 성내와 성 밖 모두를 은밀히 훑어나가 대성사 소유거와 검산 고수들, 그리고 밀천궁 요승들의 흔적을 찾기 시작했던 것이다. 그러나 그들의 흔적은 삼 일이 지나도 발견되지 않았다. 더불어 그동안 이어졌던 연경 혈사 또한 더 이상 일어나지 않았다.

"떠난 듯하구나."

또 하루의 수색을 마친 날 저녁, 객잔으로 돌아온 단보가 파소에게 말했다. 소유거와 검산 고수들을 말하는 것이었다.

"저도 흔적을 찾을 수 없었습니다."

파소 역시 지난 삼 일 동안 연경 곳곳을 살피며 소유거의 흔적을 찾았지만 밀천궁의 요승들조차 꼬리가 보이지 않았다.

"아마도 백혼과 묵혼, 그 두 사람이 돌아오지 않은 것이 천추군으로 인한 거라 생각했기 때문일 게다. 소유거, 그자는 머리도 비상하지만 결단력도 확실한 편이지. 의심이 드는 순간 몸을 피했을 거다."

"어디로 갔을까요?"

"글쎄, 그건 모르지. 일단 지금으로선 고승, 그 친구를 믿어 보는 수밖에."

소유거를 추격하는 일의 오 할은 죽림 출신 추격의 달인 고승에게 맡겨져 있었다. 근접까지는 아니지만 적어도 고승은 소유거와 검산 도주자들의 흔적을 약간 시간이 걸리더라도 찾아내고 있었다.

"그럼 며칠 기다려야겠군요."

"그래야지. 고승, 그 친구라고 해서 바로 그의 흔적을 찾을 수 있는 것은 아니니까."

단보가 고개를 끄덕였다. 그런데 그때 남독마군이 불쑥 입을 열었다.

"결국 소유거, 그자가 모용세가에 큰 선물을 남긴 셈이군요."

"그렇다고 봐야지. 덕분에 모용세가는 삼 파와의 비무에서 승리했을 뿐 아니라 이 연경을 확실하게 장악했으니까."

"들리는 소문에 의하면, 모용굉이 계속 연경에 남아 분타를 관리할 거라 하더군요."

"삼 파의 반격을 미연에 방지하겠다는 말이겠지."

단보의 말에 파소가 살짝 얼굴을 찌푸리며 말했다.

"여전히 강호에 욕심이 남아 있는 걸까요?"

"뭐, 그런 의미는 아닐 게다. 단지 이 연경은 아무리 모용세가가 내실을 다지기로 했다고 해도 포기할 수 없는 곳이란 의미겠지. 모용세가에 서표문과 남상문이 있어 천하를 대상으로 사업을 할 수 있다 해도 결국 그 사업의 중심은 이 연경일 수밖에 없으니 말이다."

"생존을 위한 최후의 보루 같은 곳이군요."

"강호의 강자로 남기 위해선 그렇지."

천추군의 기다림은 그리 오래 걸리지 않았다. 고승은 단 이틀 만에 대성사 소유거와 검산 고수들의 흔적을 발견해 냈다.

"연경 남쪽의 비류곡이란 곳을 통과한 것이 확실합니다."

"비류곡?"

단보가 고승을 돌아봤다. 그러자 남독마군이 입을 열었다.

"그럼 개봉 쪽으로 간 모양이군요. 비류곡이라면 험하긴 하지만 개봉으로 이어지는 지름길이라 알려진 길이지요."

"음, 하지만 중도에 길을 바꿀 수도 있지 않을까?"

"그렇긴 하지만 일단은 그 방향으로 추격을 해야겠지요."

"그래야겠군, 달리 방법이 없으니. 오늘 밤 바로 떠나는 것이 어떻겠느냐?"

단보가 파소를 돌아보며 묻자 파소가 고개를 끄덕였다.

"그러지요. 지체할 일이 아니니."

"자, 그럼 모두들 떠날 준비들을 하시게. 오늘 밤 연경을 떠날 것이네.”

단보의 말에 무천향의 고수들이 분분이 흩어져 각자 묵고 있던 객방으로 이동했다.

“정말 이대로 떠날 거예요?”

짐을 챙기며 석청이 파소에게 물었다.

“다음에도 기회가 있으니까요.”

“강호에서 다음을 기약하는 건 어리석은 일이에요. 더군다나 두 소가주는 이미 송 대협께 당신이 살아 있다는 것을 들었을 텐데… 나중에 만나면 무척 화를 낼 거예요.”

“하지만 지금은 시기가 좋지 않아요. 우루도 바쁠뿐더러 모용세가라면 우리의 얼굴을 기억하고 있는 사람도 있을 테니까요. 아쉬워도 다음으로 기회를 미뤄야죠.”

파소의 말에 석청이 아쉬운 표정을 지었다.

“그렇게 생각한다면 어쩔 수 없죠. 가요.”

이미 천추군의 선두는 연경이 보이지 않을 만큼 계곡 깊숙한 곳에 들어가 있었다. 가장 선두에는 고승이 있을 터였다. 아마도 오늘 밤 사이에 파소와 천추군은 연경의 경계를 완전히 벗어나 남무림의 권역으로 들어서게 될 것이다.

이제부터의 추격전은 파소로서도 생소한 경험이라고 할 수 있었다. 물론 어린 시절 단보와 함께 천하를 떠돌던 그때에 남무림의 여러 곳을 돌아보기는 했지만 그때의 기억은 이미 머릿속에서 가물가물해져 있었다.

　연경을 떠난 이후 그가 보게 될 천하는 새로운 세상, 새로운 사람들일 터였다. 그 새로운 세상에 대한 흥분을 가슴에 품은 파소는 우루를 만나지 못하는 서운함을 또 다른 가슴 한편에 묻고 연경에서 멀어져 갔다.

*　　　　*　　　　*

　겨울은 순식간에 지나갔다. 시간은 어제인 듯싶다가도 세월이라 부를 만큼 흘러간다. 겨울 동안 묵은 생명이 지고 봄이 오자 그 죽음 위에 새로운 생명이 태어났다.

　생명의 기운을 담은 봄바람이 파소의 얼굴을 스치고 지나갔다. 거대한 강줄기를 바라보고 있던 파소가 깊게 숨을 들이마시서 생동하는 봄기운을 가슴 가득 담았다.

　"벌써 봄이에요."

　석청 역시 파소 곁에서 감개무량한 표정으로 강변에 펼쳐진 푸릇한 녹음을 바라보고 있었다. 강변 곳곳에는 이름 모를 꽃들이 흐드러지게 피어 있어 물 위가 아니라면 하루 이틀 쉬어 가고 싶은 유혹이 생겨나는 풍경이었다.

　"그러게요. 대설문을 떠난 지 벌써 육 개월이군요."

　"그러고 보면 대성사 소유거는 역시 대단해요. 잡힐 듯하면서도 여전히 잡히지 않고 있으니까요."

　"아마도 그가 작심하여 숨고자 했으면 결코 그의 흔적을 찾을 수 없었을 거예요. 그는 여전히 생혼단에 욕심을 내고 있고,

그 때문에 강호 고수들의 죽음이 이어지고 있어 아직 그를 추격할 수 있는 거지요. 특히나 이런 바다 같은 강에 이르러서는 비록 고승 대협이라 할지라도 그들의 흔적을 쉽게 찾아낼 수는 없지요."

"그렇긴 해요. 여전히 그는 재기를 꿈꾸고 있나 봐요. 이제 그를 따르는 수하도 그리 많지 않을 것 같은데……."

"그렇겠지요. 지난 몇 개월 사이 우린 또 십여 명의 검산 고수들을 제거했으니 이제 그를 따르는 자들은 채 이십여 명도 되지 않을 거예요."

"밀천궁의 요승들도 있잖아요."

"그렇군요. 아직 라마 홍첸과 밀천궁의 주요 고수들이 그와 동행하고 있는 것이 분명하니까요."

파소가 고개를 끄덕였다. 그러자 석청이 고개를 갸웃하며 중얼거렸다.

"그러고 보면 참 이상해요."

"뭐가요?"

"그 밀천궁의 요승들 말이에요. 왜 끝까지 대성사 소유거를 따르는 걸까요. 강호에 알려진 바로는 그들은 그럴 만큼 의리가 있을 사람들이 아니잖아요. 오히려 이득을 보고 움직이는 사파의 사람들이죠. 그런데 궁지에 몰린 대성사 소유거의 곁에서 아직도 떠나지 않고 있다는 것이 이상하잖아요."

석청의 말에 파소가 고개를 끄덕였다.

"듣고 보니 정말 그러네요. 그동안 천추군에 의해 죽어간 요

승들의 숫자도 적지 않은데 아직도 소유거 곁에 머물고 있다
니……."

"우리가 모르는 뭔가가 그들 사이에 존재하는 걸까요? 혹은
소유거에 대한 두려움으로 그를 따르는 걸까요?"

석청의 말에 파소가 잠시 생각에 잠겼다가 고개를 저었다.

"소유거에 대한 두려움 때문은 아닌 것 같아요."

"왜요? 그들도 소유거의 능력을 알 테니 소유거를 배신했을
때 그가 자신들의 목숨을 거둘 것이란 두려움을 가지고 있을
것 아니에요?"

"그렇긴 하지만 본래 밀천궁의 뿌리는 서장 라마교예요. 비
록 그들이 사이한 술법으로 요승 소리를 듣고 있다지만 승려
는 승려란 말이죠. 그리고 본래 승려는 죽음을 두려워하지는
않죠. 특히 홍첸 같은 거물은 더더욱. 내 생각에는 분명 둘 사
이에 뭔가 특별한 관계가 있는 듯해요. 애초부터 이상한 일이
었어요, 밀천궁과 검산이라니. 어울리지 않잖아요."

"그렇긴 해요. 하지만 양쪽이 어떻게 서로 연결되었는지 모
르겠어요. 관계로 보자면 분명 검산이 향에서 탈주하기 전부
터 이어진 것 같은데……."

석청이 조금 답답한 표정으로 말했다.

"적이긴 하지만 대성사 소유거는 참으로 기이한 사람인 것
같아요. 무천향 검산에서 육조사의 후예가 아니면서 대성사의
직위에 오른 사람은 그가 처음이라더군요."

"그랬나요?"

"저도 지난번 단 어르신께 들은 말이에요. 보통 무천향에서 대성사는 십이종성 다음으로 가는 명예지요. 그래서 죽림을 제외한 정종과 검산의 대성사는 줄곧 십이조사의 후예들 중에서 나왔다고 해요. 그런데 그 전통이 깨어진 것이 바로 소유거가 등장해서라고 하더군요."

"그렇다면 정말 적이지만 그의 능력을 인정하지 않을 수 없네요. 검산 육조사의 후예들을 이겨내고 대성사의 지위에 올랐다니. 그런데 또 이상하네요."

"뭐가요?"

"검산 육조사의 후예가 아니면서 그가 왜 검산에 있는 거죠? 보통이라면 그는 죽림에 있어야 하는 것 아닌가요?"

석청의 말에 파소가 고개를 끄덕였다. 그러다가 다시 고개를 저으며 말했다.

"은하의 계곡을 통과해 무천향에 든 사람들 중 죽림 이외에 검산이나 정종에 몸을 담는 사람도 있잖아요. 우리도 처음 무천향에 들었을 때 정종이나 검산에서 우릴 끌어들이려 했던 것을 보면……."

"그럼 그가 결국 은하의 계곡을 통과한 사람의 후예란 말이 되는 건가요?"

"뭐, 그렇다고 해야겠죠. 아니면… 애초부터 검산 육조사를 따라 들어온 사람들 중 그 적통이 아닌 자의 후예거나."

"휴, 어렵군요. 무천향이라는 좁은 곳에서 살아온 사람의 연원이 그렇게 흐릿하다니, 믿기 어려운 일이에요."

"본래 무천향이란 곳이 그 사람의 과거에 관심을 두는 곳은 아니니까요. 오직 그 사람의 무공에 관심을 갖는 곳이죠. 하지만 어쨌거나 지금쯤 그에 대한 조사가 무척 세밀하게 이루어지고 있을 거예요. 천추군이 향을 나서기 전 향주께서 그에 대한 조사를 다시 시작해야겠다고 하셨거든요. 그의 선조까지 말이죠."

"그 조사가 아직도 끝나지 않은 건가요? 우리가 무천향을 나선 지 이미 이 년이 다 되어가는데……."

"무천향에 처음 들어온 그의 선조의 과거를 조사하는 일은 쉬운 일이 아닐 거예요. 일단은 기다려 보는 수밖에요."

파소의 말에 석청이 잠시 침묵을 지켰다. 파소 역시 굳게 입을 닫은 채 서서히 밀려가는 강물을 바라보고 있었다. 그들이 향하는 곳은 남무림의 요충지인 무한, 장강의 거대한 물길이 이어져 천하의 상인들이 모여들고, 그리하여 그 이권을 두고 남칠문의 각축전이 치열하게 벌어지는 곳이기도 했다.

대성사 소유거의 흔적은 바로 그 무한으로 이어지고 있었다. 마침 그 무한에서 서무림을 돌아 내려온 종성 소법과 만나기로 한 기일이 얼마 남지 않은 상태였다. 해서 파소와 천추군은 상선에 몸을 싣고 장강을 거슬러 올라 무한으로 향하고 있었다.

"어찌 됐든 무한에서 이 모든 일이 끝났으면 좋겠네요."

석청이 꽤 길게 이어진 침묵을 깨고 입을 열었다.

"나도 그리되길 바라요. 벌써 북쪽 초원이 그리워지는걸요.

봄이 왔으니 양 떼를 몰기에 더없이 좋은 계절이죠."

"호호, 이럴 때 보면 영락없는 목동이라니까."

석청의 맑은 웃음소리가 장강의 물결을 따라 번져 갔다.

파소와 천추군이 무한에 도착한 것은 오월 초입이었다. 천하는 이미 녹음으로 뒤덮여 뱃놀이를 하기엔 더없이 좋은 계절이었고, 뱃놀이를 즐기는 한량들에게 무한은 매력적인 도읍이었다. 더군다나 무한에서 뱃길을 따라 이동하면 호남의 동정호에 도달하기 때문에 돈 많은 한량들에겐 더없이 좋은 유람길이었다. 그래서 수많은 한량들이 무한으로 몰려들고 있었다.

무한에 도착한 천추군은 다른 곳에서와 마찬가지로 인적이 드문 성 외곽의 허름한 객잔에 여장을 풀었다. 오랜 뱃길로 피로해진 심신을 하룻밤의 단잠으로 달랜 일행은 다음날부터 은밀하게 무한 성내와 그 근방의 마을들을 조사해 나가기 시작했다. 그런데 그렇게 무한의 근방을 조사해 나가던 천추군은 한 가지 기이한 사실에 직면하게 됐다.

"이상한 일이야, 이상한 일이야."

하루를 무한 인근에서 보낸 남독마군이 객잔에 들어서며 연신 고개를 갸웃거렸다.

"뭐가 그리 이상하단 말인가?"

그런 남독마군을 보며 단보가 웬 호들갑이냐는 듯 물었다.

"이상하지 않습니까? 천하의 무림인들이 약속이나 한듯이 무한으로 몰려들고 있으니 말입니다. 무한에 분타를 둔 남칠문은 물론이고, 남무림을 근거지로 삼아 홀로 활동하는 무림인들이 이미 기백은 무한에 들어온 것 같더군요.”

“그야 당연히 밀천궁의 요승들 때문이 아닌가? 지난 몇 개월간 밀천궁의 요승들은 꾸준히 강호 고수들을 살해해 왔네. 연경에서와 동일한 방법으로 말이야. 그리고 그 흔적이 이 무한으로 이어졌어. 그러니 당연히 그들을 제거하려는 무림인들이 무한으로 몰려드는 것이지.”

“뭐, 강호의 마인을 잡아 자신의 이름을 드높이려는 헛바람 든 자들이야 예나 지금이나 적지 않지만 그래도 그들이 우리도 추적하기 힘든 밀천궁의 움직임을 이토록 빨리 알아채고 무한으로 몰려왔다는 건 역시 이상한 일 아닙니까?”

남독마군의 말에 단보가 고개를 갸웃하더니 눈빛을 반짝였다.

“음, 듣고 보니 자네의 말에 일리가 있군. 어떻게 강호의 고수들이 검산과 밀천궁의 움직임을 알아냈을까?”

단보가 고개를 갸웃하는 사이 어느새 객잔으로 들어온 고승이 입을 열었다.

“그건 소문이 났기 때문입니다.”

“소문?”

“그렇습니다.”

“도대체 무슨 소문이 났다는 말인가?”

“우리 천추군이 배를 타고 장강을 거슬러 오르는 동안 강호엔 밀천궁 요승들에 대한 소문이 파다하게 퍼졌습니다. 밀천궁 요승들이 무한으로 향하고 있는데, 그들의 수중에 천하의 숱한 고수들을 희생시켜 얻은 절대기보가 있다는 소문이 말입니다."

"생혼단에 대한 소문이 강호에 퍼졌단 말인가?"

"결국 그렇다고 봐야겠지요."

"도대체 누가……?"

단보가 의혹 어린 표정으로 말하자 이번엔 방금 객잔으로 돌아온 파소가 입을 열었다.

"그런 소문을 낼 만한 사람은 오직 한 명뿐이지요."

"그게 누구란 말이냐?"

"대성사 소유거, 그가 아니라면 어느 누가 생혼단과 밀천궁의 이동 경로를 강호에 알릴 수 있겠습니까?"

"도대체 그가 왜?"

"그야 모르지요. 과연 그가 이 소문을 통해 얻으려는 것이 무엇인지."

파소의 말에 남독마군이 입을 열었다.

"혹, 소유거와 밀천궁의 관계가 깨진 것이 아닐까요? 그래서 강호의 고수들을 이용해 밀천궁의 요승들을 제거하려는 소유거의 술책이 아닐지……."

남독마군의 말에 단보가 고개를 끄덕였다.

"음, 그럴듯한 생각이야. 소유거라면 충분히 그런 술책을 부리고도 남을 위인이지."

그러자 이번에는 파소가 입을 열었다.

"만약 그들이 분란을 일으켰다면 그건 오직 한 가지 이유 때문일 겁니다."

"무엇 때문이죠?"

석청이 호기심 어린 표정으로 묻자 파소가 확신이 깃든 목소리로 대답했다.

"그들이 한 배를 탄 이유는 한 가지 물건 때문이었죠. 그러니 그들이 서로 다른 배로 갈아탔다면 그것 또한 그 물건 때문일 거예요."

이쯤 되면 파소가 말하는 물건에 대해 짐작하지 못할 사람은 없었다.

"생혼단을 말하는 건가요?"

"그래요. 그 물건 말고는 양측이 갈라설 이유가 없죠."

"하면… 네 생각은 생혼단이 완성됐을 거란 말이구나."

단보가 깊은 우려를 드러내며 말했다.

"아마도… 그렇지 않다면 그들 사이에 분란이 일어날 이유가 없을 거예요. 소유거가 이 소문을 냈든, 혹은 만에 하나 라마 홍첸 스스로 소문을 냈든 둘 사이에 분쟁이 일어난 것은 분명한 것 같아요."

파소의 말에 남독마군이 이마를 짚으며 말했다.

"젠장, 그럼 이거, 일이 쉬워진 거야, 더 어려워진 거야?"

"무림인들이 몰려든다면 일은 좀 더 어려워졌다고 해야겠지요."

파소가 말했다. 그러자 남독마군이 고개를 절레절레 흔들며 말했다.

"일이 쉬워지든 어려워지든 난 내일부터 객잔에나 박혀 있어야겠군. 아니면 얼굴을 가리든지."

"왜요?"

석청이 의아한 표정으로 묻자 남독마군이 두 손을 들며 대답했다.

"오늘 낮에 남궁세가의 늙은이들을 몇 봤거든. 이제 와서 다시 남궁 늙은이들과 엮이고 싶지 않아."

무한에 모여든 강호의 고수들은 무한 성내는 물론, 인근의 산과 들, 그리고 장강의 기슭까지 샅샅이 뒤지며 밀천궁의 요승들을 찾았다. 덕분에 파소 등 천추군은 그저 거리로 나가 강호의 고수들이 밀천궁 요승들을 찾았다는 소문이 있는지 확인하는 것만으로도 조사를 대신할 수 있었다.

그러나 천추군의 다른 고수들과 달리 죽림 고수 고승은 여전히 바빴다. 그는 밀천궁의 요승이 아니라 대성사 소유거의 흔적을 찾고 있었기 때문이다.

그러나 밀천궁의 요승들도, 대성사 소유거도 그 흔적을 쉽게 드러내지 않았다. 파소와 천추군이 무한에 도착한 지 닷새가 지났지만 여전히 양측의 흔적은 오리무중이었다.

그러나 수백의 강호 고수들이 모여들어 추격을 하는데 영원히 자취를 감출 수는 없는 일. 드디어 파소 등이 무한에 도착한 지 육 일째 되던 날 아침, 성내로 나갔던 천추군의 일부가 바람처럼 객잔으로 달려들어 와 파소와 단보에게 바깥의 소식을 고했다.

"밀천궁 요승들의 흔적이 발견됐답니다."

"어딘가?"

단보가 지체하지 않고 천추군 고수 불혼심에게 물었다. 불혼심은 천추군 고수이면서 무천향 천안성의 신분을 가지고 있는 고수였다. 천안성으로서 강호에서 활동할 때 그가 맡은 경계가 무한 인근이었기에 무한에서의 조사는 불혼심과 고승, 두 사람이 주도하고 있었다.

"무한에서 서북쪽으로 오십여 리를 가면 평안곡이라는 계곡이 있습니다. 들어가는 길은 하나이나 그 안에는 미로처럼 수많은 계곡이 이어져 있어, 자칫 길을 잘못 들면 무한이 아니라 호북의 경계를 벗어날 수도 있는 험지지요. 그 평안곡의 방향으로 이어진 산길에서 밀천궁 요승들의 흔적이 발견되었답니다."

"좋아, 그럼 우리도 움직여야겠군. 무림인들이 많으니 모두 한번에 움직일 수는 없겠고… 모두들 변복을 철저히 한 후 사오 명씩 짝을 지어 움직이도록 하게. 그리고 만약 그 평안곡이란 곳에 밀천궁 고수들이 있다면 당연히 대성사 소유거와 그를 따르는 검산 고수들도 있을 터, 만약 그들을 만나게 되면 무리하게 상대하지 말고 전서를 통해 위치를 알리게. 절대 무리해서 상대하면 안 되네. 그들 중에는 여전히 대성사 소유거와

종성 무무경이 있다는 사실을 잊지 말게들!"

"알겠습니다, 어르신!"

파소와 단보를 따르는 천추군들이 일제히 고개를 숙여 대답했다.

"그런데 소 종성께서는 연락이 없었습니까?"

문득 불혼심이 물었다.

"이틀 뒤에 무한에 당도하신다는 기별이 있었네. 소 종성께 무슨 볼일이라도 있는 것인가?"

"특별한 것은 아닙니다만, 그 평안곡이란 곳이 워낙 깊고 험한 계곡이라 다른 곳과 달리 음공의 위력이 평소보다 수배는 높아지는 곳으로 알려져 있습니다. 해서 평소 음공의 고수들이 여럿 은거해 무공을 익히고 있는 곳입니다."

"음, 그렇다면 소 종성께서 오시면 큰 힘이 되겠구만. 하지만 소 종성님을 기다리고 있을 수만은 없는 일이지. 일단 밀천궁 고수들과 대성사 소유거를 찾아내는 것이 우선이네. 어서들 움직이세."

단보의 말에 객잔에 모여 있던 천추군들이 삼삼오오 짝을 지어 객방을 벗어나기 시작했다.

"제길, 정말 골치 아프군."

무한은 물의 도시다. 장강을 끼고 있어 곳곳에 수로가 발달해 있어 자칫하면 길을 잃기 십상인 곳이기도 했다. 파소와 석청은 남독마군과 을향, 그리고 고담과 함께 평안곡으로 이어진 북쪽 수로에 작은 배를 띄워 물길을 거슬러 오르고 있었다.

그런데 그들 앞에는 푸른색 무복을 깨끗하게 차려입은 또 한 무리의 무림인들이 파소 등이 타고 있는 배보다 서너 배쯤 큰 배를 타고 역시 평안곡으로 이동하고 있었다. 남독마군의 입에서 낭패한 음성이 흘러나온 것은 바로 그 배에 타고 있는 무인들 때문이었다.

"남궁세가의 고수들이군요."

남칠문 중 강호에서 가장 흔히 볼 수 있는 고수들이라면 하북 석가장의 고수와 개방도, 그리고 바로 남궁세가의 고수라고 할 수 있었다. 제남의 십제문은 바다를 중심으로 활동하는 문파였고, 그 이외에 소림과 무당 등은 세속의 일과 일정한 거리를 둔 채 구도를 표방하는 문파들이라 좀체 강호에 모습을 드러내는 경우가 없었다.

그러나 남궁세가와 석가장, 그리고 개방은 세속의 권세와 이익을 위해 움직이는 문파들이라 강호 활동이 무척 활발했다. 해서 절정고수를 제외하자면 그 세력 면에서도 남칠문 중 가장 많은 문도 수를 자랑하는 문파가 바로 이들 세 개의 문파였다.

그런데 그중 남궁세가는 남독마군과 뗄래야 뗄 수 없는 악연의 문파였다. 과거 남독마군이 강호의 일대마인으로 명성을 얻게 된 이유가 바로 남궁세가와의 십여 년이 넘는 추격전에서 살아남았기 때문이다.

그러니 당시의 혈원을 아직 해소하지 못한 남궁세가의 고수들을 만나는 것이 남독마군에게 달가울 리 없었다. 물론 남독마군이 지금은 그때와 또 다른 차원의 무공을 지니고 있을 뿐아니라 대무천향 천추군의 일원이라는 신분이기는 하지만.

"노형님을 알아볼 사람은 없을 겁니다. 변복도 변복이지만 무천향에 든 이후 노형님의 모습은 많이 변하셨어요."

파소가 안심시키듯 말했다.

"그럴까?"

파소의 말에 적이 안심하는 듯하면서도 남독마군 기신은 여전히 앞서 가는 남궁세가의 배가 껄끄러운 모양이었다.

"그럼요. 걱정 마세요."

"음, 소천이 그리 말하면 믿어야지. 그런데 보자, 이제 뱃길이 끝나려나?"

남독마군의 말처럼 어느새 평안곡에서 흘러나오는 물길이 무척 격해져 있었다. 더 이상 배를 타고 계곡을 거슬러 오를 수 없는 지경, 그러자 당연하게도 그 부근에 배를 대는 작은 포구가 자리 잡고 있었다.

그러나 이미 크고 작은 배들이 포구에 정박해 있어 배를 댈 곳을 찾기가 어려운 지경이었다. 그나마 다행인 것은 파소 등이 타고 온 배가 다른 배들에 비해 크기가 작아 파소와 일행은 앞서 정박해 있는 큰 배들 사이의 틈으로 들어가 어렵지 않게 배를 댈 수 있었다. 하지만 그들의 앞에서 수로를 거슬러 오르던 남궁세가의 배는 파소 등이 하선을 마칠 때 까지도 배를 댈 곳을 찾지 못하고 있었다.

“후후, 이리되면 이제 저들을 만날 일은 없겠군.”

배를 대지 못해 하선을 하지 못하는 남궁세가 고수들을 보며 남독마군이 득의한 표정으로 웃음을 흘려냈다.

“어서 가죠.”

파소가 그런 남독마군의 걸음을 재촉하자 남독마군이 고개를 끄덕였다.

“그러자고. 남무림은 말이야, 내가 오랫동안 활동하던 곳이라서 영 껄그럽단 말이야. 남궁세가의 종자들 말고도 날 알아볼 인물이 꽤 되는 동네지. 그러니 얼른 계곡으로 몸을 숨기는 것이 좋아.”

말을 마친 남독마군은 자신이 먼저 걸음을 옮겨 포구에서 북서쪽으로 이어진 울창한 숲으로 향했다.

갈수록 숲은 험해지고 계곡은 깊어졌다. 곳곳에서 낙엽에 가려진 늪지 또한 걸음을 방해하고 있었다.

“젠장, 뭐 이런 곳으로 숨어들었단 말인가.”

남독마군의 입에서 불평이 흘러나왔다.

“사람들의 접근이 어려운 곳으로 숨어드는 거야 당연한 일이겠지요.”

을향이 남독마군의 말에 대꾸했다. 평소에는 별로 말이 없는 을향이었지만 평안곡에 진입한 이후 이어지는 지나치게 느린 움직임에는 무척 지루함이 느껴지는 모양이었다.

“그런데 도대체 이 깊고 괴상한 계곡에서 무슨 일을 꾸미고 있는 걸까요?"

"대성사 소유거와 밀천궁이 갈라섰다면 이곳에서 서로 추격전을 벌이고 있겠지요."

석청이 대답했다.

"추격전이라… 그리되면 혼전이 되는 건가?"

"그럴 가능성이 많아요. 문제는 과연 지금 생혼단이 완성되었느냐, 아니냐는 것이겠죠. 또 완성이 되었다면 그게 누구의 손에 있을 것인가 이겠고요."

"생혼단이라… 젠장, 도대체 어떻게 생겨 먹은 물건인지 이쯤 되니 정말 보고 싶군."

"마승의 전설이 깃든 물건이라니 보통 물건이겠어요? 마승은 을조인 대종사님이 나서서야 강호에서 물러난 인물이잖아요."

"그렇긴 해. 만약 누군가 그 물건을 자신의 힘으로 만들면 을조인 대종사께서 현세에 계서도 그의 행보를 막을 수 있을지는 장담할 수 없는 일이지. 하지만 또 반면에 그것이 소문과 달리 아무것도 아닌 물건일 수도 있지 않을까? 사실 수백 년 전에 존재했던 한 라마승과 그가 만들려고 했던 생혼단을 우리가 이렇게 걱정할 필요가 있나 하는 생각도 종종 든단 말이야."

마승과 생혼단에 대한 이야기는 사실 무천향의 고수들에게도 쉽사리 몸에 와 닿는 이야기가 아니었다. 이미 수백 년 전, 그것도 무천향이 생기기 전의 일이었으니 마승과 생혼단에 대한 느낌은 먼 나라의 이야기 같은 것이었다. 그러나 그 생혼단에 대한 파소의 생각은 달랐다.

'소유거, 그자가 그렇게 매달리는 물건이라면 분명 그만한 가치가 있는 물건이겠지. 그리고 밀천궁의 요승들이 소유거의 능력을 알면서도 소유거와 헤어질 결심을 했다면 결국 그 생혼단의 힘이면 소유거를 두려워하지 않아도 된다고 생각한 것일 테고. 그러니 생혼단의 힘은 의심할 필요가 없을 거야. 어떻게든 그 물건이 밀천궁이든 소유거든 누구에게라도 들어가는 것을 막아야 해.'

파소가 눈빛을 굳히며 어둑해지는 숲을 응시했다. 이미 파소 일행은 평안곡 안으로 깊숙이 들어와 있었다. 소문대로 계곡은 곳곳에서 여러 갈래로 가라지며 수십 개의 물길을 만들고 있어서 만약 파소 등이 홀로 이 계곡에 들어왔다면 어느 계곡으로 움직여야 할지 판단하기가 어려웠을 터였다.

그러나 파소 등은 어지럽게 얽힌 계곡 속에서 어렵지 않게 길을 잡아가고 있었다. 왜냐하면 이미 평안곡에는 수백 명의 강호 고수들이 들어와 있었고, 그들은 마치 연어가 태어난 곳으로 거슬러 오르듯 한 방향으로 움직이고 있었기 때문이다.

"정말 깊기도 하구나. 과연 어디서 이 행보가 끝날 것인가?"

포구에서 배를 내린 후 벌써 세 시진째 어렵게 길을 헤쳐 나가던 남독마군 기신이 지친 듯 말했다. 말은 기신이 흘려냈지만 일행 역시 이 깊은 계곡을 헤쳐 나가는 것에 서서히 지쳐 가고 있었다.

그런데 바로 그때였다. 갑자기 어디선가 강렬한 신호음이 계곡을 뒤흔들었다.

삐이익!

"뭐지?"

남독마군 기신의 지루해하던 눈빛이 한순간 반짝였다. 그리고 그 순간 조용하던 숲에서 지금까지와는 다른 맹렬한 움직임이 일어났다. 앞서거니 뒤서거니 평안곡을 헤쳐 나가고 있던 무림 고수들이 일제히 신호음이 울린 방향으로 달려가기 시작했던 것이다.

"우리도 가봐야지?"

남독마군이 생기가 살아난 눈으로 파소를 보며 물었다.

"그래야죠. 뭔가 변화가 생기기 시작한 모양이니."

파소가 고개를 끄덕이자 일행은 서둘러 무림인들이 몰려가는 방향으로 신형을 날리기 시작했다.

차창!

파소 등이 신호음을 듣고 신형을 날린 지 일각이 조금 지났을 때, 일행의 귀에 강렬한 격돌음이 들려왔다.

"이크, 드디어 칼부림이 시작된 모양이군."

남독마군이 격돌음이 들리는 쪽으로 시선을 주며 말했다. 그 말이 끝나기도 전에 파소의 신형은 이미 격돌음이 들려오는 방향을 향해 달리고 있었다.

"원, 성질도 급하지!"

남독마군이 혀를 차는 순간 석청과 을향, 그리고 고담도 바람처럼 파소의 뒤를 따라 몸을 날렸다.

"제길, 소천이 급한 게 아니라 내가 늦은 건가?"

남독마군이 고개를 갸웃하고는 이내 일행의 뒤를 따랐다.

두 명의 검객이 좁은 협곡을 가로막은 채 십여 명의 고수들을 상대하고 있었다. 계곡의 폭이 워낙 좁아 두 명만 길을 막아도 좌우로 뚫고 들어갈 공간이 보이지 않았다.

계곡 양옆에 세워진 절벽의 높이는 어림잡아 수십여 장. 더군다나 그 뒤의 좁은 계곡은 끝이 보이지 않을 정도로 길게 이어져 있어 절벽을 올라 계곡으로 들어가기도 어려웠다. 한마디로 천험의 길목을 두 명의 검객이 지키고 있었던 것이다.

두 명의 검객 뒤쪽으로는 다시 다섯 명의 인물이 계곡 입구에서 벌어지는 격전을 지켜보고 있었는데, 그들 한 사람 한 사람의 기도가 강호에서 쉽게 만날 수 없는 고수들이었다.

"검산의 고수들이군!"

격전이 벌어지는 계곡이 바라다보이는 숲에 도착한 남독마군이 놀란 목소리로 말했다. 남독마군의 말대로 계곡 입구 공터에서 십여 명의 고수를 맞아 싸우고 있는 두 명의 고수는 검산의 고수들이었다. 반면 검산 고수들과 도검을 섞고 있는 자들은 여러 문파 출신의 고수가 뒤섞여 있었다.

"이상하군요. 검산 고수들이 강호의 고수들을 막아서고 있다니… 그럼 소문을 낸 것은 소유거가 아니라 밀천궁이라는 말이 되는 것인가요?"

석청이 파소를 돌아보며 물었다.

"그렇다고 봐야겠지요."

파소가 고개를 끄덕였다.

"그렇다면 결국 그 생혼단인가 뭔가 하는 것을 소유거가 밀천궁에서 탈취했다는 말이 되는 건가?"

남독마군이 고개를 갸웃하며 중얼거렸다.

"만약 소유거가 생혼단을 손에 넣었다면 과연 이 평안곡에 머물까요? 그자와 검산 고수들의 능력이라면 이미 무한을 벗어나 자취를 감췄을 거예요."

을향이 남독마군의 말에 고개를 저으며 말했다.

"그도 그렇군요. 그렇다면 도대체 어찌 된 일일까요? 이거, 도통 추측이 안 되는 상황이네."

남독마군이 의문을 흘려냈으나 누구도 그의 의문을 풀어줄 사람은 없었다. 다른 사람들이 입을 다물고 있자 남독마군이 다시 입을 열었다.

"그나저나 역시 검산이군. 저들은 얼핏 보기에도 남칠문의 고수들 같은데 단 두 명의 검산 고수에게 막혀 계곡 안으로 들어가지 못하고 있으니……."

"그것도 다행 아닌가요? 난 오히려 아직까지 저들이 죽지 않은 것이 더 이상한데요?"

석청이 남독마군의 말을 받았다.

“아, 그런 건가? 하긴 저들은 검기도 일으키지 않고 있으니 전력을 다하는 것 같지는 않군. 도대체 뭘 하는 거지?”

“아마도 시간을 끄는 것 같아요.”

석청이 대답했다.

“시간을 끈다라… 그렇다면 역시 저 계곡 안에서 뭔가 일이 벌어지고 있다는 말이군.”

남독마군이 고개를 들어 끝이 보이지 않게 이어진 좁은 계곡을 바라보며 말했다.

“크악!”

그때 장내에서 누군가의 비명 소리가 들려왔다. 드디어 두 명의 검산 고수를 상대하던 자들 중 한 사람이 비명을 내지르며 땅위로 쓰러지고 있었다.

“악!”

그리고 다음 순간 연이어 또 다른 자가 피를 뿌리며 무너져 내렸다.

“물러나라!”

연달아 두 명의 고수가 죽임을 당하자 장내의 싸움을 지켜보고 있던 강호무림인들 중 노고수 한 명이 앞으로 나서며 소리쳤다. 그러자 두 명의 검산 고수와 치열한 격전을 벌이던 중년의 무인들이 분분히 뒤로 물러났다.

“놀라운 자들이구나. 어느 문파에서 나왔느냐?”

한마디 말로 싸움을 중지시킨 노고수가 두 검산 고수를 보며 물었다. 말 한마디 한마디에 위엄이 넘쳐 나는 것이, 보통 인물이 아닌 듯 보였다.

"어느새 벌써 도착했군. 역시 걸음들은 빨라. 저자가 바로 남궁세가 오대검객 중 한 명이라는 남궁무강이네."

남궁세가의 고수들에 관해선 누구보다 잘 알고 있는 남독마군이 말했다.

"남궁무강이라면 저도 알고 있어요. 남궁세가의 대외적인 일을 거의 도맡아 한다는 그자군요."

"맞네, 석 부인. 후후, 예전에 나와도 몇 번 마주친 적이 있지."

"그렇다면 그의 무공에 대해서도 잘 아시겠네요?"

"뭐, 오래전 일이니까 지금과는 비교할 수 없겠지. 하지만 제법 대단한 인물이라고 할 수 있지."

"검산 고수들을 상대할 수 있을까요?"

"글쎄, 쉽지는 않겠지. 지금 소유거를 따르고 있는 검산 고수들은 하나같이 검산에서도 날고 기는 자들이었으니까."

말을 하는 사이 남궁무강의 목소리가 다시 들려왔다.

"밀천궁의 요승들과 한패거리냐?"

대답없는 검산 고수들을 향한 일갈이 삼엄하기 이를 데 없었다. 그러나 남궁무강의 질타를 받은 검산 고수들은 마치 웬 개가 짖냐는 듯 남궁무강을 무시했다.

순간 남궁무강의 눈썹이 꿈틀거렸다. 강호에서 남궁무강을 무시할 수 있는 인물은 거의 존재하지 않는다. 그는 남무림의 패자인 남칠문의 오대고수였다. 그런데 이름도 알려지지 않은 자들이 남궁무강의 존재를 철저히 무시하고 있는 것이었다.

"몽둥이를 맞아야 짖겠구나!"

남궁무강이 나직한 목소리로 노성을 흘려냈다.

"늙은이, 말이 많군. 대접을 받고 싶다면 능력을 보여라."

드디어 두 명의 검산 고수 중 한 명이 남궁무강을 향해 반응을 보였다.

"연사항이군요."

고담이 오랜만에 입을 열었다.

"연사항이라… 모르는 사람이네요."

을향이 고개를 갸웃했다. 을향이 모른다면 파소나 석청, 그리고 남독마군은 더더욱 모를 수밖에 없는 이름이었다.

"종성 연파곤이 은밀히 키우던 자입니다. 과거 향주님의 명으로 검산의 내정을 살필 때 알게 된 인물인데, 연파곤이 검산 내에서도 밖으로 내놓지 않고 애지중지하던 인물입니다."

"그럼 대단한 실력을 지니고 있겠구려."

남독마군이 호기심을 드러내며 물었다.

"검산이목까지는 아니어도 그에 근접하는 실력자이지요."

"저런, 그렇다면 남궁 늙은이가 곤욕을 치르겠군. 흐흐."

남독마군이 빙긋 미소를 지으며 장내로 시선을 돌렸다.

第三章

무천향의 무공

武天鄉
무천향

　"젊은 놈이 강호의 예절도 모르니 분명 밀천궁 마인들과 한 통속인 사파놈이리라."

　연사항이 남궁무강에게 어린놈 소리를 들을 나이는 아니었다. 연사항 또한 오십대 중후반의 중년 고수. 그러나 남궁세가의 오대검객 중 한 명이라 불리는 남궁무강에 비하면 한참 아래의 나이였다.

　"늙은이, 나이를 주둥이로 먹었느냐?"

　연사항이 남궁무강의 주절거림이 귀찮다는 듯 쏘아붙였다. 그러자 남궁무강의 얼굴이 한차례 붉어지더니 이내 단호한 손놀림으로 허리춤에서 검을 뽑아 들었다.

　스르룽!

검과 검집의 마찰음이 시리게 울려 나오며 서슬 퍼런 검신이 모습을 드러냈다. 검을 뽑아 든 남궁무강이 어깨 넓이로 발을 넓히며 검을 들어 연사항을 가리켰다. 순간 남궁무강의 검에 어릿한 아지랑이가 생기는가 싶더니 일 장 가까운 검기가 검신으로부터 만들어졌다.

"역시 남궁세가 오대고수라고 불릴 만하군요."

석청이 남궁무강의 모습에 나직한 감탄사를 흘려냈다.

"뭐, 남궁세가의 늙은이들이 검 하나는 제대로 쓰는 편이지."

남독마군도 남궁세가의 검법에 대해선 인정을 하는지 석청의 말에 고개를 끄덕였다. 석청이 감탄한 남궁무강의 기도는 당연히 연사항도 느끼고 있었다.

남궁무강이 검기를 만들어내자 그동안 남궁무강을 철저히 무시하던 연사항의 얼굴에도 언뜻 놀란 기색이 떠올랐다.

"제법이군."

연사항의 입에서 나직한 말이 흘러나왔다. 그런데 혼잣말처럼 흘려낸 이 연사항의 말이 남궁무강의 노기를 더욱 키웠다. 연사항이 내뱉은 말은 강호의 연장자가 아랫사람에게나 하는 말이지, 한참 어린 연사항이 남궁무강에게 던질 말은 아니었던 것이다.

"놈! 과연 네게 그토록 오만하게 굴 만한 자격이 있는지 확인해 봐야겠다."

검기를 만들어낸 남궁무강의 눈에서 시퍼런 안광이 흘러나오더니 한순간 그의 신형이 연사항을 향해 도약했다.

슈우욱!

남궁무강의 신형은 한차례 파공음을 일으키더니 어느새 연사항의 머리 위에 떠올라 있었다.

"받아보거라!"

남궁무강의 입에서 한차례 노성이 터져 나오더니 허공으로 솟구쳤던 그의 검이 번개처럼 연사항을 향해 사선으로 내리그어졌다.

기잉!

찰나의 순간 강력한 파공음이 일어나며 남궁무강의 검기가 그대로 연사항의 신형을 잘라 버렸다.

"오오!"

장내에서 남궁무강의 움직임을 지켜보고 있던 사람들 사이에서 탄성이 일어났다. 쉽게 검기를 만들어내는 공력도 공력이었지만 남궁무강의 일검은 그야말로 상대에게 생로를 허락하지 않는 면밀한 각도로 떨어져 내려 틀림없이 연사항의 신형을 단번에 갈라 버릴 것처럼 보였기 때문이다. 그런데 남궁무강의 검기가 폭풍처럼 연사항을 잘라가는 순간 연사항의 신형이 바람에 흩어지는 연무처럼 그 자리에서 사라졌다.

"앗!"

남궁무강은 물론, 두 사람의 격돌을 지켜보고 있던 장내의 고수들 입에서 당혹스런 탄성이 터져 나왔다. 한순간에 신형을 감춘 연사항의 보법은 강호에서 쉽게 볼 수 없는 절정고수의 그것이었다.

"언제까지 놀라고 있을 텐가!"

사라진 적을 찾지 못해 잠시 당황하는 남궁무강의 귀에 갑자기 나직한 목소리가 들려왔다. 순간 남궁무강의 신형이 번개처럼 회전하며 빠르게 오른쪽으로 흘러나갔다.

파앗!

그러자 바람처럼 움직이는 남궁무강을 따라 한줄기 차가운 검기가 뱀처럼 따라붙었다. 검기의 주인은 당연히 연기처럼 사라졌던 연사항이었다.

꼬리를 무는 연사항의 검기에 남궁무강은 당혹해하면서도 빠르고 간결하게 검을 휘둘러 대항했다.

차창!

맑고 강렬한 격돌음이 두 사람 사이에서 터져 나왔다. 동시에 두 사람의 신형이 바람처럼 서로를 스쳐 가더니 오 장 간격을 두고 재빨리 서로를 향해 돌아섰다.

"도… 도대체 네놈들은 어디서 온 자들이냐?"

한차례의 격돌이 끝난 후 남궁무강의 모습은 처음 싸움을 시작할 때와는 완전히 달라져 있었다. 그는 마치 믿지 못할 광경을 본 사람처럼 연사항을 보며 물었다.

남궁무강의 가슴 쪽 옷깃이 길게 찢어져 있었는데, 그건 연사항의 검기가 아슬아슬하게 남궁무강을 스치고 지나갔다는 것을 의미했다. 그것뿐만이 아니었다. 노고수 남궁무강의 얼굴은 연사항과의 겨룸으로 인해 파리해져 있었는데, 그건 그가 공력을 무리하게 운용했다는 것을 말해주었다.

남궁무강의 물음에 연사항이 깊게 심호흡을 한 후 나직하면서도 강렬한 기운이 느껴지는 목소리로 입을 열었다.

"우린 검산(劍山)에서 온 사람들이다."

"검산(劍山)?"

남궁무강은 물론, 장내의 모든 고수들이 고개를 갸웃거렸다. 그들로서는 검산이란 이름의 문파나 세력을 들어본 적이 없기 때문이었다.

"검산이라… 금시초문의 문파로구나. 어디에 있는 문파냐?"

남궁무강의 물음에 연사항이 신비스런 기운을 흘려내며 말했다.

"검산은 천하에 존재한다. 검산의 무공은 천외천(天外天), 언젠가 검산의 고수들이 그대들의 문파를 방문할 것이다. 그러면 무림에 검산의 시대가 왔음을 깨닫고 순순히 검산의 사자에게 앙복해야 할 것이다. 검산을 거부하는 문파는 결코 무림에 존재할 수 없을 것이니……."

연사항의 말은 허무맹랑한 협박처럼 들렸지만 장내의 고수들 중 누구도 연사항의 경고를 무시하는 사람은 없었다. 방금 전 연사항이 보여준 무공과 지금 흘려내고 있는 이 신비스런 기도는 연사항이 내뱉은 말이 단지 사람들에게 두려움을 주기 위한 허언이라고만 생각할 수 없게 만드는 것이기 때문이었다.

사람들이 그 말에 당혹감과 알 수 없는 두려움을 느끼는 사이 다시 연사항의 입이 열렸다.

"오늘 이 평안곡은 검산이 접수한다. 그러니 모두들 물러가라. 만약 이 경고를 무시하고 평안곡에 머문다면 결국 스스로 죽음을 불러들이게 될 것이다."

한줄기 강렬한 살기가 배어 있는 안광이 연사항의 눈에서 경고성과 함께 흘러나왔다. 그러자 연사항을 주시하고 있던 강호무림인들 중 담력이 약한 자들이 흠칫 놀라며 몇 걸음 뒤로 물러났다.

그러나 장내에는 그렇게 근기가 약한 인물들만 존재하는 것이 아니었다. 여전히 얼어붙은 듯 서 있는 남궁무강 옆으로 서너 명의 노고수가 다가왔다. 그리고 그중 머리에 문건을 쓴 노고수 한 명이 입을 열었다.

"그대의 대단한 무공과 홀로 천하의 동도들을 상대하는 담력에 진정으로 감탄했소이다. 그대와 같은 고수를 배출했으니 검산이란 곳은 아마도 대단한 저력이 있는 곳일 것이오. 하지만 오늘 우리가 이곳에 모인 것은 그대들 검산과는 아무 상관이 없는 일이오. 우린 그동안 천하를 수십 년간 어지럽힌 밀천궁의 요승들을 추격해 이곳에 온 것이오. 그리고 그간의 모든 정보를 고려해 보건대, 이 협곡 안쪽에 밀천궁의 근거지가 있음이 확실하오. 해서 오늘 강호 동도들이 의기를 모아 밀천궁의 요승들을 처치하러 이곳에 온 것이오. 그런데 그런 천하무림인의 의기를 검산의 고수분들께서 막아서는 이유를 모르겠구려?"

　본시 강호란 힘과 계략에 의해 움직이는 세계지만 겉으로 드러나는 대의명분 또한 무척 중요한 세계였다. 그 대의명분은 가끔 강호의 한 문파를 일거에 절멸시키는 힘을 발휘하기도 했다. 지금 연사항을 향해 조용하면서도 힘있는 목소리로 질문을 던지는 자의 말은 그래서 검산에 대한 일종의 협박과 같은 것이었다.

　그러나 그는 검산을, 아니, 무천향이란 곳을 몰라도 너무 모르고 있었다. 무천향을 모른다는 것은 무천향에서 자라고 성장한 고수들을 모른다는 것이고, 그들이 보통의 강호무림인들과는 전혀 다른 형태의 사람들임을 모른다는 것을 의미했다.

　"그대는 누군가?"

　연사항이 되물었다.

　"이 늙은이는 무당의 무극자라 하오."

　순간 공터가 아닌, 공터를 둘러싼 숲에 몸을 숨기고 있던 수많은 고수들의 웅성거림이 계곡 앞 공터까지 들려왔다.

　"무당의 무극자라면 정말 거물이 나왔군."

　남독마군 역시 놀란 표정으로 무극자를 바라봤다. 파소로서는 알 수 없는 인물이었으나 석청은 귀에 익은 인물인 듯 보였다.

　"무당에서 무 자 항렬의 고수는 이제 겨우 셋이 남아 있을 뿐이에요. 무극자는 그중 한 명이지요. 무 자 항렬의 무당 도사들은 현 장문인인 청진자의 사숙뻘 되는 자들이지요."

석청의 설명만으로도 파소는 무극자가 어떤 인물인지 짐작할 수 있었다. 남무림에 수많은 무림문파가 존재하지만 그중에서도 소림과 무당은 남무림의 쌍룡이라 칭해지는 문파였다.

애초부터 세속과는 거리를 두고 득도와 득선을 목표로 수련하는 자들이라 일반인들에게 신비감을 주는 존재들이기도 하거니와, 무공을 수련한 자들에겐 정통의 정종 무공을 수련하는 대표적인 문파로 인식되는 문파들이었다.

정종의 무공이란 결국 시간과의 싸움이다. 정종의 무공은 느리지만 정교하고, 시간이 지날수록 바위처럼 단단해져 결국 세월이 흐른 뒤에는 어떤 사마의 무공보다도 강력한 경지를 이룩하게 된다. 그러니 그런 정종 무공을 익히는 문파에서 무공을 익힌 세월과 항렬은 그 사람의 가치를 평가하는 중요한 기준이 되는 법이다.

그런 면에서 볼 때 무당의 무극자는 현 무당에서 가장 항렬이 높은 인물이었으므로 그의 무공에는 다른 설명이 필요치 않다고 할 수 있었다.

"그런데 무극자까지 나올 이유가 있었을까?"

남독마군이 고개를 갸웃하며 중얼거렸다. 생각해 보면 이상한 일이기도 했다. 겨우 세 명 남은 무 자 항렬의 노고수가 나올 만큼 무한의 일이 무당에 그리 중요한 일인지는 의문의 여지가 있었다. 그런데 그때 불쑥 일행의 뒤에서 한 사람의 목소리가 들려왔다.

"무당은 과거 밀천궁의 요승들에게 그 제자들이 죽임을 당한 적이 있었네. 해서 밀천궁의 요승들에 대해선 각별한 원한을 지니고 있지. 더군다나 이 무한은 무당의 본거지인 무당산과 거리가 멀지 않으니 무극자가 나섰다고 해서 이상할 것은 없을 것이네."

단보였다. 다른 길을 통해 평안곡에 들어온 단보가 어느새 파소의 일행에 합류한 것이었다.

"오셨습니까?"

파소가 고개를 돌려 단보를 바라봤다.

"오냐. 그런데 일이 참 묘하게 되었구나."

"그렇습니다. 결국 저 계곡 안쪽에 오래전부터 강호의 의혹 중 하나인 밀천궁의 본거지가 있다는 말인데, 그 입구를 검산의 고수들이 지키고 있으니 이상한 일이지요. 서로 갈라선 상황에서 말입니다."

"보자, 일이란 복잡할수록 하나하나 풀어내야 하는 법이다. 일단 저 계곡 안에 밀천궁의 요승들이 있다는 것은 분명한 사실이겠지?"

"그렇겠지요."

"그리고 검산의 고수들이 강호의 고수들이 계곡 안으로 진입하는 것을 막고 있다면 결국 이곳으로 강호의 고수들을 끌어들인 것은 다름 아닌 밀천궁이란 말이겠고……."

"그게 이상한 일이지요. 왜 자신들의 본거지로 강호의 고수들을 끌어들인 걸까요?"

"생각해 보면 단순한 일이다. 밀천궁의 요승들이 자신들의 본거지를 노출하면서까지 강호의 고수들을 끌어들인 이유는 오직 하나겠지. 바로 소유거와 검산 고수들로 하여금 강호무림인들을 상대하게 하려는 것, 그것 말고 다른 무슨 이유가 있겠느냐?"

단보의 말에 파소가 고개를 끄덕이다 눈빛을 빛내며 입을 열었다.

"그렇다면 결국 지금 그 생혼단은 밀천궁에 있다는 말이 되겠군요. 소유거는 아직 생혼단을 얻지 못했고, 지금 저 안에서 밀천궁의 요승들로부터 생혼단을 회수하려 하고 있겠군요. 그래서 강호 고수들이 계곡 안으로 진입하는 것을 검산 고수들이 막아서는 것이고요."

"아마도 네 짐작이 맞을 것이다. 단지 의문은 과연 밀천궁의 요승들이 생혼단을 완성했느냐는 것이겠지."

"그게 무슨 말씀이시죠? 이미 완성되었기에 소유거와 밀천궁이 갈라선 것 아닌가요?"

이번엔 석청이 물었다.

"물론 그럴지도 모르네. 하지만 난 밀천궁의 요승들이 왜 자신들의 본거지로 돌아왔는지에 대한 의문이 있다네. 그들이 생혼단을 완성했다면 굳이 이 평안곡으로 돌아올 이유가 있었을까? 그것도 소유거의 추격을 받는 상황에서 말이야. 강호의 고수들까지 불러들이면서."

"다른 이유가 있다는 말인가요?"

"내 생각에는 아마도 생혼단이 완성되기 위해선 반드시 밀천궁의 본거지로 와야 하는 이유가 있었을 거란 생각이네. 수많은 사람들의 정혈을 모으는 것뿐 아니라 그것으로 생혼단을 연단하기 위해선 반드시 이 밀천궁의 본거지에 뭔가 필요한 것이 있다는 말이지.”

“본거지 안에 생혼단의 완성을 위한 도구들이 있다는 말이군요.”

“아마도 그렇겠지. 그런데 생혼단을 완성하기엔 소유거와 검산 고수들의 추격이 너무 급박했을 걸세. 그래서 그들은 강호무림인들과 검산 고수들을 격돌시켜 시간을 벌려고 했을 수도 있네.”

단보의 말에 일행이 고개를 끄덕였다. 최근 일어난 일의 전체적인 그림이 그려지는 듯싶었다.

“그런데 만약 그렇다면 밀천궁의 요승들에겐 다른 탈출로가 있을 거란 말이 되는군요.”

문득 파소가 입을 열었다. 그러자 단보가 파소를 보며 물었다.

“무슨 말이냐?”

“강호의 뭇 고수들과 검산의 절정고수들… 그들을 뚫고 이 출구를 통해 강호로 나갈 수는 없지 않겠습니까?”

“아! 정말 그렇군. 그럼 그들은 분명 저 계곡의 입구 말고 자신들의 본거지를 벗어날 비밀 통로를 가지고 있는 것이 분명하겠군.”

남독마군이 무릎을 쳤다. 그러자 단보가 고개를 끄덕였다.

“듣고 보니 그렇구나. 그럼 조금 바빠지겠는데.”

단보가 고개를 돌리자 단보 곁으로 고승이 다가왔다.

“이 계곡의 끝이 어디까지인지 모르겠지만 밀천궁의 본거지가 이 안에 있다면 비밀 출구 역시 그리 멀지 않은 곳에 있을 걸세. 살펴볼 수 있겠는가?”

단보의 말에 고승이 눈을 들어 깊게 이어진 좁은 협곡을 바라보며 말했다.

“절벽을 타고 이동하면 어려운 일은 아닐 듯합니다만…….”

“하지만 사람들의 눈에 띄면 안 되네.”

“걱정 마십시오.”

“좋아, 가보게.”

단보의 말에 고승이 고개를 숙여 보이고는 두 명의 죽림 고수와 함께 어두운 숲 속으로 모습을 감췄다.

“일단 천추군들을 주변에 대기시킨 후 고승의 연락을 기다려 보자. 어떤 변화가 일어날지 모르니 섣불리 천추군 전체를 움직일 수는 없다.”

“알겠습니다.”

파소가 고개를 끄덕인 후 시선을 돌려 계곡 앞 공터를 바라봤다.

“아아!”

계곡의 입구에선 계속해서 감탄사가 흘러나오고 있었다. 어느새 검을 겨루고 있는 무극자와 연사항의 대결 때문이었다. 남궁무강을 물러나게 만든 연사항은 무당 최고 항렬의 고수 무극자를 맞아서도 전혀 밀리지 않는 무위를 보여주고 있었다.

이름 모를 중년 고수가 무당의 노고수를 맞아 대등함을 넘어 오히려 선기를 잡아가는 무공을 보여주고 있으니 장내 고수들로서는 경악하지 않을 수 없는 일이었다.

"백혼을 넘어서겠군요. 거의 검산이목에 육박한 듯……."

을향 역시 놀란 표정으로 연사항의 검공을 지켜보고 있었다.

"본시 검산에서 검산이목의 비중이 워낙 커 다른 후가지수들은 본 실력에 비해 낮은 평가를 받는 경향이 있었지요. 아마 연사항은 연파곤이 검산이목을 배출한 두 종파에 대항하기 위해 심혈을 기울여 키운 자일 겁니다. 그러니 그의 실력이 놀랄 일은 아니지요."

단보가 을향의 말에 대꾸했다.

"그렇군요. 십이조사 중 검선 육돈의 후예들은 검산에서 항상 뒤로 밀려 있는 신세였으니까요."

을향이 고개를 끄덕였다.

"그나저나 저 노인네 큰일 났군. 연사항, 저자가 단단히 결심을 한 모양인데……."

남독마군이 혀를 찼다. 남독마군의 말처럼 장내의 싸움은 서서히 변화를 일으키고 있었다.

파파팟!

연사항의 검기가 끊이지 않고 다섯 차례 연이어 무극자를 향해 떨어져 내렸다. 무극자는 유연한 움직임으로 연사항의 검기들을 피해냈으나 워낙 촘촘하게 떨어져 내리는 연사항의 공세에 반격할 기회를 찾지 못하고 있었다.

보통의 무인이라면 이해할 수도 있는 일이지만 무당의 무극자라면 현재 상황은 본인은 물론, 강호의 고수들도 쉽게 받아들일 수 없는 상태라 할 수 있었다.

"옷!"

노고수 무극자의 입에서 한마디 기합성이 터져 나왔다. 동시에 삼 장여를 번개처럼 뒤로 물러난 무극자가 재빨리 검으로 원을 그리며 연사항을 향해 달려들었다.

위잉!

무극자의 검에서 강력한 파공음이 일어났다. 동시에 무극자가 그어낸 원형의 검로를 따라 둥근 검기가 만들어졌다.

"오오!"

마치 이제야 기대했던 일이 벌어졌다는 듯 사람들의 입에서 탄성이 흘러나왔다. 무극자가 만들어낸 둥근 검기가 마치 그물이 던져지듯 연사항을 덮쳐 갔다. 그 검기의 모서리에만 걸려도 치명적인 부상을 입을 만큼 위험한 검기가 연사항을 쓸어갔다.

그러나 자신을 향해 덮쳐 오는 거대한 검기의 그물을 응시하면서도 연사항의 표정은 전혀 변하지 않았다. 오히려 그의 입가엔 한줄기 미소가 지어졌다.

“핫!”

연사항의 입에서 강렬한 기합성이 터져 나왔다. 동시에 연사항의 검이 아래에서 위쪽으로 맹렬하게 그어져 올라갔다.

부왕!

연사항의 검에서 기이한 파공음이 일어나더니 한줄기 검기가 무서운 속도로 솟아올라 거침없이 무극자가 만들어낸 검기의 그물을 찢어나갔다.

쿠쿠쿵!

검기와 검기가 충돌하면서 크고 작은 충돌음이 연이어 터져 나왔다. 동시에 폭죽 터지듯 충돌한 진기들이 허공에서 불꽃을 일으켰다. 그렇게 화려한 불꽃과 맹렬한 폭음 속에서 두 명의 고수가 수차례 검을 교환했다. 그리고 십여 초의 초식 교환이 끝나는 순간 두 사람은 누가 먼저랄 것도 없이 삼사 장 뒤로 물러나며 서로의 거리를 넓혔다. 이후 드러난 결과는 장내의 무림 고수들을 경악으로 몰아넣었다.

“크으음!”

무극자의 입에서 억눌린 신음성이 흘러나왔다. 그리고 잠시 후 그의 입에서 붉은 핏빛이 내비쳤다.

일순 장내가 침묵으로 물들었다. 연사항은 조금 파리해진 표정으로 미세하게 흔들거리는 무극자를 바라보고 있었다. 그리고 잠시 후 무극자가 차차 본래의 신색을 회복하자 불쑥 물었다.

“더 하시겠소?”

　건방지기 이를 데 없는 물음. 그러나 싸움의 시작과 끝을 지켜본 장내의 고수들 중 연사항이 건방지다고 느끼는 사람은 단 한 명도 없었다.

　"나이가 들면 힘든 일이 귀찮아지는 법이지. 이 늙은이가 패한 것을 인정하겠다."

　"무당의 도사들이 현명하다더니, 그 말이 맞는 모양이구려."

　여전히 안하무인의 말투. 그러나 이미 연사항의 그런 말투에 익숙해진 무극자는 노기를 드러내는 대신 정말 궁금한 표정으로 질문을 던졌다.

　"도대체 검산이란 문파는 어디에 존재하는 것인가? 일백 년 가까이 강호에서 살아온 나조차 검산이란 문파를 들어보지 못했군. 아니, 검산이라 칭해지는 산은 여럿 있지. 하지만 그건 그저 산 모양을 보고 붙여진 산 이름이지 한 문파의 이름은 아니거든?"

　무극자의 질문에 연사항이 잠시 망설이다 입을 열었다.

　"그저 무공에 미친 사람들이 모여 사는 곳이라고 알면 될 것이오."

　"무공에 미친 사람들이라… 강호무림인치고 무공에 미치지 않은 사람이 어디 있을까."

　무극자가 중얼거리듯 말했다. 그러나 연사항은 더 이상 입을 열지 않았다. 그러자 다시 무극자가 물었다.

　"검산과 밀천궁의 관계는 무엇인가?"

그러자 연사항이 차가운 목소리로 대답했다.

"그런 것까지 알려줄 필요는 없을 것 같소만… 한 가지 확실한 것은 오늘부로 강호에서 밀천궁이란 이름은 사라진다는 것이오."

"좋은 관계는 아니란 말이군. 그런데 듣자하니 밀천궁에 강호의 기보가 있다 하던데, 검산 역시 그 기보를 노리는 것인가?"

무극자의 물음이 계속되자 연사항의 얼굴에 살짝 짜증이 묻어났다.

"강호의 기보를 탐하지 않는 사람이 얼마나 되겠소. 검산 역시 밀천궁의 기보에 관심이 있소. 물론 오늘 이곳에 온 그대들도 밀천궁보다는 밀천궁의 보물에 관심이 있어서 온 것일 터. 하지만 기보의 주인은 이미 결정되었으니 그만들 돌아가시구려."

"그 주인이란 것이 그대가 속한 검산이란 말이겠군."

"그렇소."

연사항이 당연하다는 듯 말했다. 그러자 무극자가 가볍게 고개를 저었다.

"그대의 무공은 그대보다 수십 년 먼저 강호에 나온 나조차 감당할 수 없는 수준이지만 그대는 강호를 잘 모르는군. 이곳엔 지금 수백의 강호 고수들이 모여 있다. 강호엔 이런 말이 있지, 보물을 가진 것이 죄라는. 그대들 검산의 무공이 보기 드물게 특출 난 것은 인정하지만 과연 이곳에 모인 수백의 무림인들로부터 그 보물을 지켜낼 수 있을 것 같은가? 차라리 계곡의 문을 열고 보물의 향방을 모두와 함께 논의하는 것이 어떻겠는가?"

무극자의 말에 연사항이 한줄기 싸늘한 미소를 지었다.

"후후후, 충고 고맙구려. 하지만 말이오, 이곳에 수백 아니라 수천의 사람이 몰려들었다 해도 결과는 같소. 기물은 본 검산의 것이고, 그 기물에 욕심을 내는 사람은 목숨을 잃을 것이오. 물론 그럼에도 불구하고 쉽게 기물에 대한 욕심을 버릴 수는 없겠지만… 목숨을 걸고 기보를 탐할 사람이 있다면 한번 시험해 보시구려, 보물과 자신의 목숨의 무게를!"

연사항의 말투는 워낙 단호하고 자신감에 차 있어서 장내의 고수들 중 섣불리 연사항의 말에 반박하는 사람이 없었다. 더군다나 연사항은 이미 남칠문의 대표적 고수인 남궁무강과 무극자를 패퇴시키지 않았던가.

연사항의 말을 끝으로 장내에 침묵이 찾아들었다. 남칠문으로 대표되는 장내의 고수들은 뒤로 물러나 무엇인가를 의논하는 듯했고, 연사항을 비롯한 검산 고수들은 그런 무림 고수들을 도도한 시선으로 바라보고 있었다.

"사고 친 자들만 아니라면 정말 칭찬이라도 해주고 싶군. 강호의 패자를 자처하는 자들을 상대로 저토록 도도한 기세를 보이다니, 역시 무천향의 고수들이야."

남독마군이 비록 적이긴 하지만 검산 고수들에 대한 칭찬을

늘어놓았다. 무천향이라는 한 뿌리를 가지고 있는 자들이 강
호인들을 상대로 보여주는 강렬한 모습은 비록 그들이 적일지
라도 남독마군의 가슴을 뿌듯하게 만드는 모양이었다.

“어리석은 짓을 하고 있는 걸세.”

남독마군의 말에 단보가 고개를 저으며 말했다.

“어리석다뇨? 남칠문의 고수들조차 기세에 밀려 전전긍긍
하고 있는데…….”

“강호란 그리 만만한 곳이 아니야. 자네도 잘 알고 있지 않
은가? 비록 검산의 무인들이 세간의 무림인들과 차원이 다른
무공을 지닌 것은 분명하지만 그래 봐야 그 숫자가 얼마 되지
않는단 말일세. 그들이 강호의 각 문파를 각개격파해 나가는
것은 수월하겠지만 이렇게 수백의 무림인들이 모여 있는 곳에
서 저렇게 그들을 자극하며 자신들의 모든 것을 내보이는 것
은 극히 위험한 일이란 말이네. 지금이야 연사항의 무공에 기
선을 제압당해 주저하고 있지만 한 꼭지 바람만 불면 아마 저
들은 목숨을 걸고 계곡으로 진입해 들어갈 걸세. 그러면 과연
검산 고수들이 저들 모두를 막아낼 수 있겠는가?”

“과연 이곳에 모인 자들에게 그런 용기가 있을까요?”

“보물에 대한 탐욕은 모든 것을 감수하게 만들지. 자신의 목
숨조차도 말이야.”

단보의 말은 그리 오래지 않아 현실로 나타났다. 한참 동안
뒤로 물러나 궁리를 하던 강호의 고수들이 한순간 계곡 앞으

로 몰려나왔다. 물론 그 중심에는 무극자를 포함한 남칠문의 고수들이 서 있었다.

그러자 연사항을 비롯한 검산의 고수들 역시 계곡 입구를 막고 죽 늘어섰다.

"밀천궁의 일은 강호 전체의 일, 어느 한 문파의 손에 맡겨 놓을 수 없다는 것이 우리의 뜻이네."

무극자가 연사항을 바라보며 차가운 목소리로 말했다. 그러자 연사항이 무덤덤한 표정으로 대꾸했다.

"죽기를 소원한다면 죽여 드리겠소."

"그대들의 무공이 대단하다는 것은 알겠으나 단 일곱 사람만으로 이 많은 강호 고수들을 감당할 수 있을 거라 생각하는가?"

"결과는 두고 보면 알 것이오."

"오늘 강호 동도들의 뜻을 거부한다면 검산이란 그대들의 조직은 강호의 공적이 될 것이다."

차가운 협박이 남궁무강의 입에서 흘러나왔다. 그러자 연사항이 한줄기 비웃음이 담긴 눈으로 남궁무강을 보며 말했다.

"그댄 몸이나 제대로 추스렸소? 그리고 강호 전체가 검산을 적으로 돌린다 해도 상관없소. 머지않아 그 강호 전체가 바로 우리 검산 아래 무릎을 꿇어야 할 것이니 말이오."

"광오하구나. 무림 역사에 천하독패를 한 자가 없다는 교훈을 모르는 것이냐?"

"그렇다면 그 역사를 우리 검산이 만들게 되겠구려."

　연사항의 차가운 대꾸에 남궁무강이 무극자를 돌아보며 말했다.

　"더 볼 것도 없을 듯합니다. 이자들을 강호독패를 노리는 마인들이 분명합니다. 강호의 미래를 위해서 오늘 조금의 손해를 감수하고라도 이곳에서 제거를 해야 할 자들입니다."

　남궁무강의 말에 무극자는 물론, 그들 주위에 몰려 있던 강호 고수들이 일제히 고개를 끄덕였다. 그러자 남궁무강이 재차 고수들을 선동했다.

　"오늘 이곳에서 이자들을 제거하지 못하면 강호는 앞으로 큰 곤경에 처하게 될 것이오. 오늘 우리는 밀천궁의 요승들을 처치하러 이곳에 모였지만 이제 보니 정작 무림을 위협하는 자들은 따로 있었소. 자, 모두 나서서 이 마인들을 제거합시다!"

　"남궁 노사의 말씀이 옳소이다. 모두 나섭시다."

　"강호의 정의를 세웁시다!"

　곳곳에서 남궁무강의 말에 동조하는 목소리들이 터져 나왔다. 그러자 계곡 앞 공터는 물론, 그 뒤에서 장내에 나서지 않던 고수들이 숨어 있는 숲에서까지 일진광풍이 몰아치듯 뜨거운 살기가 일렁였다.

　"갑시다!"

　누군가의 입에서 터져 나온 말을 신호로 수십 명의 강호 고수들이 일제히 검산 고수들이 지키고 있는 계곡 입구를 향해 달려들었다.

"불나방들이로구나!"

연사항의 입에서 차가운 노성이 터져 나오더니 일순 그의 검이 허공에 그어졌다.

우웅!

강력한 검기가 번개처럼 번쩍였다. 순간 계곡을 향해 밀려들던 고수들 중 일부가 비명을 지르며 사방으로 나가떨어졌다.

"크악!"

"악!"

서너 명의 무림 고수들이 피를 토하며 쓰러지자 계곡을 향하던 강호 고수들의 발걸음이 잠시 주춤했다. 그러자 재차 사람들을 독려하는 남궁무강의 목소리가 터져 나왔다.

"독한 자들이 아닌가? 강호의 공의를 무시하고 피를 보다니! 이자들의 마성이 만천하에 드러났으니 강호의 영웅들께선 반드시 오늘 저 마인들을 제압해야 할 것이오!"

남궁무강의 선동에 잠시 주춤했던 무림 고수들이 다시금 계곡의 입구를 향해 몰려들기 시작했다. 그러자 연사항과 검산 고수들의 도검도 다시 춤추기 시작했다.

"크아악!"

처절한 비명이 장내에 울려 퍼지고 한순간 자욱한 혈무가 어둑한 계곡을 가득 메웠다. 강호의 고수들은 물밀듯이 계곡 안쪽으로 밀려들었지만 그 앞을 가로막은 검산 고수들은 태산처럼 굳게 자리를 지키며 한 치도 뒤로 물러나지 않았다.

"정말 대단하군, 대단해. 겨우 몇 명의 고수가 저럴진대 저들이 무천향을 장악하고 무천향의 모든 고수들을 끌고 강호로 나왔다면 과연 어떤 일이 벌어졌을 것인가?"

남독마군이 탄식하듯 말했다. 겨우 일곱, 그 일곱이라는 숫자가 남무림의 패자라는 남칠문의 고수들이 포함된 무림인들의 거센 공격을 끄떡없이 막아내고 있는 것이었다.

"하지만 시간은 그들의 편이 아닐 걸세."

검산 고수들의 분전에도 불구하고 단보는 상황을 비관적으로 보는 듯했다. 그리고 이번에도 역시 단보의 예상은 맞았다.

계곡의 폭이 좁아 횡으로 서면 겨우 십여 명만이 통과할 수 있다는 점이 검산 고수들이 물밀듯이 닥쳐드는 무림인들을 막는 데 큰 도움을 주고 있었는데, 무림인들 중 출중한 경공을 지닌 자들이 계곡의 입구가 아닌, 그 양옆의 절벽을 타고 계곡 안으로 들어가기 시작했던 것이다.

"어딜!"

순간 검산 고수들 사이에서 노성이 터져 나오며 두 명의 검산 고수가 계곡 양옆으로 서 있는 깎아지른 듯한 절벽을 타고 오르며 절벽을 타고 계곡 안쪽으로 들어가려는 강호 고수들을 공격했다.

"크아악!"

다시 몇 차례의 비명 소리가 터져 나오며 절벽을 타고 이동하던 한 무리의 고수들이 절벽 아래로 떨어져 내렸다. 그러나

한 손이 열 손을 막을 수 없는 것이 세상의 이치. 어느새 강호 고수들의 일부가 검산 고수들의 방어막을 통과해 절벽 안쪽으로 날아내리고 있었다.

그러자 자연스럽게 그들을 막기 위해 검산 고수들이 계곡 안쪽으로 물러났고, 그것을 시작으로 강호 고수들이 일제히 계곡 안으로 밀려들어 가기 시작했다.

"저래서는 어렵겠군요."

남독마군이 고개를 저으며 말했다.

"아마도 결국 밀천궁의 본거지가 있는 곳까지 밀릴 걸세."

"우리도 가볼까요?"

남독마군이 단보를 돌아보자 단보가 고개를 저으며 말했다.

"뭐 하러 저 난장판에 뛰어든단 말인가? 우리에게 필요한 건 소유거와 밀천궁의 요승들이 만든 생혼단뿐일세."

그런데 단보의 말이 끝나기 무섭게 숲으로 사라졌던 고승이 일행 앞에 모습을 드러냈다.

"찾았는가?"

단보가 기대 어린 표정으로 묻자 고승이 고개를 끄덕였다.

"이 계곡을 둘러싼 기암괴석의 절벽은 워낙 험하고 넓어서 절벽을 넘어 안으로 진입하는 것은 거의 불가능합니다. 그러니 비도가 있다면 비도 또한 절벽을 넘는 길이 아닐 겁니다."

"그렇다면 절벽 아래로 길이 있겠군요."

파소가 묻자 고승이 고개를 끄덕였다.

"그렇습니다. 하지만 사람이 절벽을 뚫어 길을 내는 것은 불가능한 일이지요. 해서 만약 밀천궁의 본거지에서 계곡 밖으로 이동하는 비도가 있다면 그건 아마도 천연적으로 만들어진 동굴을 이용해 만든 비도일 것입니다."

"해서 찾았는가?"

단보가 다시 급하게 물었다.

"계곡을 둘러싼 절벽의 둘레는 거의 수십 리에 달하지만 동굴이 형성되어 있을 수 있는 지형은 본래 한정되어 있습니다. 그중 비도가 있을 만한 세 군데의 지형을 찾았습니다."

"음, 그런 전력을 셋으로 분산시켜야 한단 말이군. 자칫하다간 위험해질 수도 있겠어. 지금은 천추군의 숫자도 그리 많지 않으니. 소 종성께서 도착하려면 아직 하루는 더 남아 있고……."

"그래도 일을 확실히 하려면 그래야 할 듯합니다."

고승이 재차 말했다.

"좋네. 그럼 사람들을 셋으로 나누지."

단보가 파소를 보며 말하자 파소가 고개를 끄덕였다. 그리고 잠시 후 파소를 포함한 천추군이 일제히 장내를 벗어났다.

철썩철썩!

바닷가에서나 들을 수 있는 파도 소리가 파소의 귀에 들려왔다. 파소의 시선은 수십 장 아래의 낭떠러지를 내려다보고 있었다. 뱀처럼 꿈틀거리는 협곡이 파소의 눈에 들어왔다.

추적의 달인 고승이 지목한 밀천궁의 비밀 통로가 있을 수 있는 장소 가운데 한 곳은 그렇게 급하게 흘러가는 협곡의 격류가 절벽을 스치고 지나가는 곳이었다.

파소는 석청과 남독마군, 그리고 다섯 명의 천추군과 함께 격류가 부딪쳐 흘러가는 협곡 쪽을 맡고 있었다. 단보와 을향 등은 각기 천추군을 나눠 다시 고승이 지목한 두 개의 비도 추정지를 지키고 있었다.

고승은 파소가 지키고 있는 곳이 비도로써 가장 적합한 조건을 갖추고 있다고 판단했는데, 그건 장강으로 흘러가는 물길이 지나고 있기 때문이었다.

"본래 도주하는 자에게 가장 쉬운 방법은 물길을 따라 움직이는 것이고, 추적하는 자에게 가장 어려운 것은 물을 타고 도주한 자를 추적하는 것이지요. 이유는 물에는 흔적이 남지 않기 때문입니다."

그것이 고승이 파소가 지키는 곳을 가장 유력한 추정지로 판단한 이유였다.

"정말 이곳일까요?"

석청의 긴장한 목소리가 파소의 귀에 들려왔다.

"밀천궁의 본거지와 연결되어 있는 동굴이라면 나 역시 이곳을 비도로 택할 것 같은데?"

남독마군이 석청의 말을 받았다. 파소 역시 같은 생각이었다. 절벽 옆을 흐르는 격류는 도주자에게 너무도 유리했기 때문이다.

"조금 더 아래로 내려가 보죠."

파소가 문득 입을 열었다.

"놈들이 눈치채지 않을까?"

"격류가 흘러 소란스러우니 가까이 접근해도 들킬 염려는 없을 겁니다."

파소가 남독마군의 말에 대답을 하고는 훌쩍 몸을 날려 수십 장 절벽을 타고 내려가기 시작했다.

비록 수직으로 깎여 있었지만 곳곳에 돌출된 바위들이 있었고, 또 강한 생명력으로 암벽을 뚫고 나와 자란 고목들도 있었기에 절벽을 타고 내려가는 것은 그리 어렵지 않았다. 더군다나 파소를 따르는 사람들은 천추군의 고수들이 아니던가.

절벽 위로부터 이십여 장을 이동한 파소가 문득 신형을 멈췄다. 불쑥 튀어나온 바위가 앞을 막아주는 곳, 그 바위 너머로 격류가 절벽과 만나는 지점이 한눈에 들어왔다. 고고한 달빛이 비쳐 들어 시야는 밝았으나 왠지 모르게 스산한 기운이 풍겨 나오는 장소였다.

"정말 동굴이 있군요."

파소의 뒤에서 석청의 낮은 목소리가 들려왔다. 절벽 아래로 내려오자 위에서는 보이지 않던 깊은 동굴이 일행의 눈에 들어왔기 때문이다.

"비도로는 정말 적합한 곳이군. 그런데 맨몸으로 격류를 타고 내려갈 것이 아니라면 뭐 배라도 있어야 하는 것 아닌가?"

남독마군이 고개를 갸웃하며 중얼거렸다.

"그렇지는 않을 겁니다. 이런 곳에 배와 같은 물건을 놓아두면 누구든 이상하게 생각할 테니까요."

"하지만 사방의 시야가 막힌 곳 아닌가?"

파소의 말에 남독마군이 반박했다.

"만일의 경우를 생각했겠지요."

"하면 정말 맨몸으로 저 격류를 타고 도주할 거란 말인가?"

"준비가 되어 있다면 그것이 무엇이든 동굴 안쪽에 있을 겁니다."

"흠, 그렇겠군. 하지만 그렇다면 배 같은 물건일 수는 없겠는데? 저 동굴은 사람이 드나들기엔 작지 않지만 배가 드나들기엔 너무 작지 않은가?"

"뭐, 통나무라도 준비해 놓았겠지요."

"하긴 비도란 곳이 도주를 하기 위해 만들어놓은 것이니 팔자 좋게 배를 타고 도주하진 않겠지. 그런데 그럼 이러고 있을 게 아니라 내려가서 저 동굴을 조사해 보는 것은 어떨까?"

남독마군이 호기심을 드러내며 말했다.

"그것도 나쁘지는 않겠는데요?"

석청이 파소를 보며 말하자 파소도 고개를 끄덕였다. 시간이 허락된다면 저들의 탈출 수단을 없애는 것도 좋은 방법이기 때문이었다.

파소의 허락이 떨어지자 남독마군과 천추군들이 동굴로 이동하기 위해 몸을 일으켰다. 그런데 바로 그 순간, 갑자기 파소가 손을 들어 일행의 움직임을 막았다.

"무슨 일인가?"

남독마군이 재빨리 몸을 낮추며 파소에게 물었다.

"인기척입니다."

파소의 말에 남독마군과 천추군들이 일제히 고개를 돌려 동혈을 바라봤다. 그러자 과연 어둑한 동굴 입구로 다섯 명의 라마승이 모습을 드러냈다.

"밀천궁의 요승들이군."

남독마군의 말처럼 동굴을 통해 나타난 사람들은 붉은 가사를 입은 밀천궁의 요승이었다. 다섯 명의 요승 가운데에는 라마 홍첸이 있었는데, 그의 얼굴은 무척이나 상기되어 있는 듯 보였다.

"역시 도주할 때 쓸 물건들을 준비해 두었었군요."

석청이 속삭이듯 말했다. 밀천궁의 요승들 중 두 사람의 옆구리에는 굵은 나무가 들려 있었는데, 아마도 그 나무 기둥을 타고 격류를 흘러내려 갈 요량인 듯 보였다.

그때 문득 동굴을 벗어난 라마 홍첸이 자신이 지나온 동굴을 바라보며 입을 열었다. 그러나 서장의 언어로 말을 하는 통에 파소 등은 그가 무슨 말을 하는지 알아들을 수 없었다. 홍첸은 한동안 서장어로 중얼거리더니 동굴 쪽을 향해 합장을 했다.

그러자 그를 호위하던 라마들도 들고 있던 나무 기둥을 내려놓고 함께 합장을 하는 것이었다. 아마도 밀천궁 본거지에 남아 추격자들을 상대하고 있을 동료들을 위한 행동인 듯 보였다.

“막아야겠지?”

남독마군이 파소를 돌아봤다.

“그래야겠지요.”

파소가 고개를 끄덕인 후 자신이 먼저 훌쩍 몸을 날려 밀천 궁 요승들이 서 있는 동굴 입구로 날아내렸다.

생혼단

武天鄕
무천향

“웬 자들이냐?”

라마 홍첸의 입에서 곤혹스런 목소리가 흘러나왔다. 특이한 억양의 한어. 오랫동안 중원에서 살아왔어도 애당초 그들의 뿌리가 서장임을 드러내는 말투는 오늘도 여전했다.

파소는 라마 홍첸의 물음에 답을 하는 대신 깊은 눈으로 그를 응시했다. 그러자 라마 홍첸이 흠칫한 표정을 지었다. 비록 사파의 길을 걷고는 있지만 라마 홍첸은 불가의 고수다. 다시 말해 사이함이 가미되었을지언정 정통적인 서장 불교의 진수를 따르고 있는 승려였다. 그런 그가 파소에게서 흘러나오는 기운을 알아채지 못했을 리 없었다.

“어디서 온 자들이냐?”

홍첸의 목소리가 한층 더 가라앉았다. 그러자 드디어 파소가 입을 열었다.

"그대의 뒤를 쫓고 있는 자와 같은 곳에서 왔소."

"무천향……!"

라마 홍첸이 신음하듯 중얼거렸다.

"역시 그대와 대성사 소유거의 관계는 보통이 아닌 모양이구려, 검산이 무천향에 뿌리를 두고 있다는 것을 알 정도면."

"천추군인가?"

"무천향에 대해 모든 것을 아는 모양이구려."

파소의 물음에 홍첸은 답을 하지 않았다. 그는 뭔가를 망설이는 듯하더니 대답 대신 하나의 질문을 던졌다.

"내게서 원하는 것이 무엇이냐? 내 목숨? 아니면……."

홍첸이 말꼬리를 흐렸다.

"그대들이 세상에 씻을 수 없는 악업을 저지른 것을 알고 있소. 하지만 그 죄업의 값은 강호의 고수들이 받아낼 것이오. 난 대성사 소유거가 바라는 것을 원하오."

순간 홍첸의 눈이 흔들렸다.

"대성사 소유거가 바라는 것?"

어쩌면 홍첸은 파소 등이 생혼단의 존재를 모를 수도 있다고 생각했는지도 몰랐다. 그도 그럴 것이, 생혼단의 존재가 강호로 흘러나갔을 가능성은 거의 없기 때문이었다. 하지만 그가 알고 있기로 이들은 천외천의 세계인 무천향의 고수들. 어쩌면 생혼단의 존재를 짐작하고 있을지도 몰랐다. 그리고 그런 훙첸의 불안감은 파소의 말에 의해 현실로 드러났다.

"그대의 품속에 들어 있는 것, 천인의 정혈을 뽑아 만든다는 그 물건을 회수해야겠소."

파소의 말에 훙첸의 얼굴에 낭패한 기색이 역력하게 드러났다.

"역시 무천향, 생혼단의 존재를 알고 있었군."

"생각해 보면 당연한 일 아니겠소? 무천향의 뿌리가 누구인지 알고 있다면……."

파소의 말에 훙첸이 고개를 끄덕였다.

"수백 년 전의 일까지 알고 있다면 생혼단의 존재를 알고 있는 것도 특별한 일은 아니지."

수백 년 전의 일이란 무천향을 연 대종사 을조인과 서장 고수 마승의 대결을 말하는 것일 터였다.

"과거 마승은 을조인 대성사에게 감화되어 그 마단의 연성을 포기하고 서역으로 돌아갔소. 그런데 그대는 어째서 선조의 뜻을 어기고 천인의 정혈이 필요하다는 그 마단을 만든 것이오?"

파소가 냉엄한 목소리로 추궁했다. 그러자 훙첸의 눈에 붉은 기운이 서리더니 마치 앉아 있는 부처상이 말하듯 굳은 표정으로 입을 열었다.

"물론 생혼단의 연성이 역천의 연단술임은 나도 인정한다. 우리 홍교가 황교에 밀려 사이한 집단으로 치부되고 있다지만 우리 또한 불법을 잇는 승려들, 생혼단을 연단하기로 결정하는 일은 쉬운 일이 아니었지. 하지만 가끔 세상에는 하고 싶지 않아도 해야 할 일이 있는 법이다."

"생혼단의 연단이 반드시 해야 할 일이었소?"

"나에겐 두 가지 이유가 있었다. 하나는 생혼단을 완성한다면 우린 다시 서역으로 돌아가 잃어버린 우리의 자리를 되찾을 수 있으리란 것. 그리고 다른 하나는 그의 요구를 감히 거절할 수 없었다는 것이다."

"그라면… 역시 대성사 소유거겠구려?"

파소의 물음에 홍첸이 고개를 끄덕였다.

"도대체 대성사 소유거, 아니, 검산과 밀천궁은 어떤 관계요? 양쪽이 만나게 된 이유가 무엇이오? 비록 검산이 향 밖에 다른 세력을 키우고 있었다 해도 이렇게 밀접하게 밀천궁과 관계를 형성했다는 것은……."

파소의 질문이 이어졌다. 그러자 홍첸이 슬쩍 고개를 돌려 자신들이 지나온 동굴을 바라보고는 다시 고개를 돌려 파소에게 시선을 주며 대답했다.

"물론 검산과 밀천궁은 그대가 생각지 못할 인연이 있다. 하지만 지금으로선 그런 이야기를 나눌 만한 여유가 없는 것 같군. 이제 곧 그와 검산의 고수들이 저 동굴을 따라 나를 추격해 올 것이고… 그들의 뒤를 이어서는 수백의 강호 고수들이 봇물처럼 쏟아져 나올 것이니. 그러니 어찌 한가하게 과거의 이야기를 하고 있을 수 있겠는가?"

파소도 홍첸의 말이 틀리지 않다는 것을 알고 있었다. 그로서도 일단은 생혼단을 회수하는 일이 먼저였다.

"물건을 건네주시겠소? 물건을 포기한다면 이곳을 떠나는 걸 허락하겠소."

파소의 말에 홍첸이 심각한 표정으로 고민을 하다 입을 열었다.

"불법을 이은 승려도 사람이라 목숨은 중하지. 해서 그대의 제안이 고민되는 것은 사실이다. 하지만 역시 물건을 포기할 수는 없다. 이 물건은 밀천궁이 다시 서역으로 돌아가기 위해 반드시 필요한 물건. 그 목적을 상실한다면 우린 살아도 죽은 것이나 마찬가지일 것이다."

홍첸의 표정에서 강렬한 의지가 드러났다. 그러자 파소가 고개를 저으며 말했다.

"그럼 결국 검이 모든 걸 해결해 주겠구려."

파소가 한 손으로 살짝 검집을 밀어내자 검이 살아 있는 생물처럼 흘러나와 파소의 손에 들어갔다.

"물론 이 문제에 생사의 문제가 함께 걸려 있음을 모르지 않는다. 또한 그대들 천추군의 무공이 강호의 뭇 고수들과는 차원이 다르다는 것을 알고 있다. 하지만 우리도 죽음 속에서 기회를 찾을 수밖에 없는 사정이다. 모두 준비하라!"

라마 홍첸의 말이 흘러나오자 홍첸의 주위에 늘어서 있던 다섯 명의 라마승이 일제히 가사 속에서 기이하게 생긴 괴병기를 꺼내 들었다. 도(刀) 같기도 하고 륜 같기도 한 밀천궁 라마들의 병기는 보는 사람에게 은연중에 두려움을 느끼게 만드는 힘을 지니고 있었다.

그러나 천추군의 고수들은 상대의 병기에 두려움을 느낄 사람들이 아니었다.

차창!

파소의 뒤에 있던 천추군 고수들이 일제히 도검을 빼 들었다. 그러자 서슬 퍼런 도기와 검기들이 은은하게 천추군 고수들의 도검에 어른거렸다. 그 모습을 보고 있던 라마 홍첸이 나직하게 탄식을 흘려냈다.

"아아, 그가 말하길 무천향의 무공은 강호에서 대적할 자가 없다더니, 오늘 밀천궁이 최대의 위기에 몰렸구나. 뒤에는 늑대가 따라오고 앞에는 호랑이가 막고 있으니 이 난국을 어찌 헤쳐 나갈 것인가. 하지만 형제들이여, 최선을 다해 길을 만들어라. 천에 하나, 만에 하나 생로가 열린다면 훗날 오늘의 이 비참함을 되갚을 날이 있을 것이다."

홍첸의 말이 끝나자마자 다섯 명의 라마승이 일제히 허공으로 뛰어오르며 천추군 고수들을 향해 괴병을 휘둘러 갔다.

파아앙!

강렬한 진기가 깃든 밀천궁 라마들의 괴병이 기이한 파공음과 함께 밀천궁 고수들을 향해 떨어져 내렸다. 보통 무인이라면 괴병의 공세에 기세가 밀릴 만도 하지만 천추군 고수들은 여유있는 표정으로 다가오는 밀천궁 요승들을 향해 도검을 뻗어냈다.

차차창!

강렬한 격돌음이 동굴 옆을 차고 흐르는 격류 속으로 파고
들어 갔다. 그러는 사이 파소는 밀천궁 다섯 요승 사이를 바람
처럼 헤집고 전진해 불쑥 라마 홍첸의 이 장 앞에 다가섰다.

"대성사 소유거가 그답지 않게 겁을 낸다 했더니, 역시 대단
하구나. 오늘 밀천궁이 이 난국을 빠져나가는 것은 어려울 듯
하군. 아, 수십 년 적공이 이렇게 허물어지는 것인가?"

홍첸의 입에서 탄식이 흘러나왔다.

"아직도 늦지 않았소. 그대와 그대 수하들의 목숨을 건질 기
회는 여전히 남아 있소."

파소의 말에 홍첸이 고개를 저었다.

"아니, 일이란 게 일단 시작되면 멈출 수 없는 것도 있게 마
련 아니겠는가? 나의 일도 그렇다. 애초에 내가 밀천궁의 궁주
로 정해진 순간부터 난 멈출 수 없는 길에 들어선 것이다. 어
디, 천외천이라는 무천향의 무공을 견식해 보자."

라마 홍첸이 한 손을 가볍게 흔들었다. 그러자 그의 소매 안
쪽에서 한 자루 기병이 흘러나왔는데, 모양은 다른 라마들이
사용하는 것과 같았으나 그 빛깔을 달라서 눈부신 금광이 번
뜩이고 있었다.

파소는 라마 홍첸을 앞에 두고 잠시 그의 눈을 바라봤다. 패
망해 버린 홍교의 재건을 위해 수십 년을 살아온 끈질긴 집념
이 그의 눈에 드러나 있었다. 파소의 마음에 한 가닥 동정심이
생겼다. 그러나 다음 순간 파소가 고개를 저었다.

'동정심으로 그들을 보내주기엔 그들이 그동안 행한 악업

이 너무 지나치고, 또한 생혼단으로 인해 앞으로 그들이 일으킬 혈겁이 너무 크다. 여기서 역시 정리를 해야 한다.'

결심이 서자 파소가 천천히 검을 빼 들었다. 그러자 홍첸이 눈빛을 번뜩이더니 훌쩍 신형을 날려 파소를 향해 날아들었다.

창!

날카로운 격돌음과 함께 홍첸의 기병과 파소의 검이 부딪쳤다. 한줄기 번개가 번뜩이며 홍첸의 신형이 애초에 그가 있던 곳으로 되돌아갔다.

"으음!"

홍첸의 입에서 나직한 신음성이 흘러나왔다. 단 한 번의 격돌로도 무공의 고하는 여실히 드러났다. 그러나 그렇다고 해서 병기를 내리고 항복할 홍첸도 아니었다. 그럴 것이라면 애초에 파소를 상대로 병기를 빼 들지도 않았을 것이다.

"욱!"

그때 한쪽 옆에서 한마디 신음성이 흘러나오며 붉은 가사의 라마 한 명이 피를 뿌리며 쓰러졌다. 그러자 홍첸의 안색이 더욱더 어두워졌다.

"병기를 내려놓으시오."

파소가 다시 한 번 투항을 권했다. 그러나 홍첸은 여전히 고개를 저었다.

"이미 그 말에 대한 답은 하지 않았는가?"

홍첸이 차갑게 답하더니 순식간에 파소의 좌측으로 이동하며 번개처럼 기병을 휘둘렀다.

우웅!

순간 홍첸의 기병에서 한줄기 붉은 섬광이 번뜩이더니 도기나 검기라고 표현하기 모호한 진기 덩어리가 파소를 덮쳐갔다. 파소는 자신을 향해 덮쳐 오는 붉은 섬광을 응시하며 한쪽 발을 슬쩍 틀었다. 그리곤 가볍게 검을 사선으로 올려쳤다.

기이잉!

가볍게 올려친 파소의 검이 자신을 향해 덮쳐 오는 라마 홍첸의 붉은 기운을 오른쪽으로 밀어냈다. 그렇게 홍첸의 공격을 비껴낸 파소가 홍첸을 향해 한 걸음 앞으로 다가섰다. 그러자 마치 축지법이라도 쓴 듯 파소의 신형이 불쑥 홍첸의 일 장 안으로 다가들었다.

"헛!"

홍첸의 입에서 자신도 모르는 사이에 다급성이 흘러나왔다. 수많은 세월 강호를 떠돈 그였지만 파소와 같은 움직임을 보이는 고수는 이제껏 만나본 일이 없었다.

"시간이 없으니 이쯤에서 끝을 내지요."

파소의 입에서 나직한 목소리가 흘러나오는 순간 홍첸이 이를 악물며 소리쳤다.

"원하던 바다!"

홍첸이 붉게 상기된 얼굴로 기병에 진기를 담아 파소를 향해 휘둘렀다.

우웅!

일 장 안에 들어선 파소를 향해 홍첸의 기병이 강력한 기운을 흘려내며 무서운 속도로 닥쳐들었다. 그러나 파소는 전혀 개의치 않는 표정으로 가볍게 검을 휘둘러 홍첸의 공격을 팅겨냈다.

짜릉!

파소의 검과 홍첸의 기병이 강력한 충돌음을 일으켰다. 그런데 그때 두 병기가 만들어내는 반탄력에 뒤로 물러나는 듯하던 홍첸이 순식간에 신형을 돌리더니 격류를 향해 날아갔다.

"모든 것은 부처의 뜻에 맡긴다!"

홍교 최고의 지도자이자 밀천궁의 궁주인 신분에는 어울리지 않는 선택, 홍첸은 도주를 선택했다. 홍첸의 신형이 번개처럼 절벽에 부딪쳐 부서지는 격류 속으로 떨어져 내렸다.

순간 파소의 몸이 움찔했다. 홍첸의 움직임을 막으려면 지금 검을 뻗어야 한다. 그러면 반드시 홍첸은 죽을 것이다. 파소에겐 그럴 능력이 있었다. 그러나 왠지 모르게 홍첸에 대한 인간적인 동정심이 파소의 손속을 조금 늦어지게 만들었다.

'하지만!'

파소가 입을 굳게 다물고는 번개처럼 검을 휘둘렀다. 그러자 거의 격류에 닿은 홍첸의 신형 뒤에 불쑥 초승달 모양의 검기가 생겨났다.

파앗!

파소가 만들어낸 검기가 물살을 가르듯 공기를 가르며 홍첸을 잘라갔다. 홍첸의 신형은 온전히 격류 속에 들어가지 못했기에 파소의 검기를 막지 않는다면 그가 살아날 확률은 거의 없었다.

"하앗!"

홍첸의 입에서 격한 기합성이 흘러나왔다. 그 또한 자신의 등 뒤에 다가선 파소의 검기를 느끼고 있었다. 그리고 그에 대항하지 않는다면 그건 곧 죽음을 받아들이는 일이라는 것도 알고 있었다.

대신 천운이 닿아 한 번의 공격을 피해낼 수만 있다면 그는 격류에 몸을 실을 수 있을 것이다. 그리되면 그의 말대로 그의 운명은 결국 부처가 결정하게 될 터였다. 그러니 그 어떤 대가를 치르더라도 파소의 이번 공격은 막아내야 했다.

쉬이익!

허공을 날아가던 홍첸의 신형이 급격하게 회전하며 반달 모양으로 다가오는 파소의 검을 향해 괴병을 휘둘러 댔다. 그러자 자연히 격류를 향해 날아가던 속도가 확연히 감소했다.

캉!

수십 리 밖에서 잠든 산짐승마저 깨울 듯한 굉음이 장내에 울려 퍼졌다. 그 순간 황금빛으로 번쩍이던 홍첸의 괴병이 정확하게 반쪽으로 잘려 나갔다. 그리고 그 사이로 여전히 생생한 생명력을 지닌 파소의 검기가 뚫고 들어가 홍첸의 몸을 찔러갔다.

“잇!”

순간 홍첸이 이를 악물며 기합성을 토해내더니 무모하게도 피하지 않고 오히려 파소의 검기를 향해 몸을 날렸다.

“음!”

순간 파소의 입에서도 작은 신음성이 흘러나왔다. 대부분의 사람은 죽음이 다가오면 죽음을 피해 달아나게 마련인데 홍첸은 그 죽음을 향해 달려들었기 때문이다. 그러나 사실 홍첸이 선택한 방법은 그가 살 수 있는 유일한 길이었다.

퍽!

파소의 검기가 그대로 홍첸의 몸을 관통했다. 그러자 홍첸의 팔 한쪽이 그의 몸에서 이탈되며 붉은 선혈이 쏟아졌다. 그러나 홍첸은 죽지 않았다. 그는 한 팔을 버림으로써 자신의 생명을 구한 것이다.

그렇게 한 팔을 잃는 대신 생명을 구한 홍첸이 믿을 수 없을 만큼 강한 의지를 드러내며 격류에 휩쓸려 들어갔다. 파소는 그런 홍첸을 향해 재차 검을 휘두르려다가 이내 손을 내렸다. 현재 홍첸이 입은 부상으로 보건대, 그가 살아날 확률은 만분지 일도 되지 않았다. 그렇기에 이미 죽은 사람을 향해 또다시 검을 날릴 만큼 파소의 심장은 차갑지 않았다.

홍첸이 죽으면 생혼단 역시 격류 속으로 사라지고 말 것이니 이곳에 온 목적은 달성된 것이나 마찬가지였다. 그런데 바로 그 순간 전혀 예상치 못한 일이 일어났다.

슈우우욱!

파소의 귀에 한 가닥 파공음이 들리는 순간, 파소가 재빨리 신형을 돌리며 검을 휘둘렀다. 그러자 그의 검에서 푸른 검기가 일어나 자신을 향해 닥쳐드는 전율적인 기세의 검기를 막아냈다.

쿠웅!

묵직한 파공음이 일어나며 동굴이 흔들리더니 부서진 바위들이 동굴 아래쪽으로 떨어져 내렸다. 그리고 그 순간 하나의 검은 물체가 파소의 신형을 넘어 격류로 꽂혀들었다.

"기회를 주어 고맙소, 소천!"

검은 물체가 격류로 꽂혀들기 전 한마디 음성이 흘러나와 파소의 귀에 들려왔다.

"소유거!"

파소의 입에서 신음성 같은 음성이 흘러나왔다. 그에게 일검을 날리고 허공을 뛰어넘어 라마 홍첸의 뒤를 따라 격류로 뛰어든 사람은 다름 아닌 대성사 소유거였기 때문이다.

"두 마리 고기가 바다로 뛰어들었구나. 큰 실수를 했어. 손에 여유를 두지 말고 홍첸을 잡았어야 했는데……."

파소는 일말의 동정심으로 홍첸을 완벽하게 제압하지 못한 자신의 실수를 탓하며 격류를 바라봤다.

"크악!"

그리고 그 순간 밀천궁 요승 중 살아남았던 마지막 인물의 신음 소리가 흘러나왔다.

"어찌 된 건가?"

싸움이 끝나자 남독마군이 재빨리 다가오며 물었다. 그러자 파소가 고개를 저으며 말했다.

"둘 모두 놓쳤습니다."

"훙첸은 심한 부상을 입은 것 같던데?"

"살아나긴 쉽지 않을 겁니다."

"그럼 일단 안심이군. 대성사 소유거를 잡지 못한 것이 아쉽지만 저 격류 속에서 그가 훙첸을 찾아내 생혼단을 회수할 가능성은 없지 않겠는가?"

"그렇긴 하지만… 왠지 개운치 않군요."

"너무 걱정 마시게. 아무리 재주가 비상한 소유거라도 자연의 힘은 거스를 수 없는 법이네."

남독마군이 파소를 위로할 때 고담이 다가오며 말했다.

"떠나야 할 것 같습니다. 비도를 통해 강호의 고수들이 몰려오고 있습니다."

고담의 말에 파소가 동굴 쪽으로 귀를 기울이니 과연 동굴 저 멀리서 분주하게 움직이는 사람들의 발걸음 소리가 들려왔다.

"가야겠군요."

파소가 고개를 끄덕였다. 그러자 천추군들이 일제히 날아올라 동굴 위로 이어진 수직의 절벽을 타고 오르기 시작했다.

"어서 가요."

천추군들이 자리를 피하는 와중에도 훙첸과 소유거가 뛰어든 격류를 바라보고 있던 파소의 소매를 석청이 끌었다. 파소는 그런 석청에 이끌리듯 석청의 손을 잡고 훌쩍 신형을 날려 절벽을 거슬러 오르기 시작했다.

파소와 천추군들이 떠난 뒤 채 반 각이 지나지 않아 장내에 일단의 인물들이 몰려들었다. 선두에는 남궁세가의 노고수 남궁무강이 피투성이가 된 채 서 있었는데, 그는 밀천궁 요승들의 시신이 보이자 급히 걸음을 멈췄다.

"이게 어찌 된 일인가?"

남궁무강의 입에서 당혹스런 음성이 흘러나왔다. 그러자 그의 곁에 내려선 무당의 무극자가 탄식을 흘리며 말했다.

"아마도 어부지리를 노린 자들이 있었던 모양이구려."

"누군가 이곳에서 밀천궁의 그 요승들을 기다리고 있었단 말입니까?"

남궁무강에게도 무극자는 어려운 사람이었다. 남궁무강이 조심스런 목소리로 묻자 무극자가 고개를 끄덕였다.

"아마도 그런 것 같소이다. 여기서 밀천궁의 요승들을 기다려 기보를 탈취한 모양이외다."

"혹, 그 마신(魔神) 같던 자의 소행이 아닐까요?"

남궁무강이 마신이라고 칭한 자는 당연히 대성사 소유거일 터였다.

"비록 그가 신적인 무위를 보여줬다고는 하나 우리와 그의 거리는 그리 큰 차이가 없었소이다. 그런데 여기 죽어 있는 자들 중 일부는 죽은 지 꽤 오래되어 보이지 않소이까?"

무극자의 말에 남궁무강이 고개를 끄덕였다.

"그렇군요. 그렇다면 그 무서운 자가 이곳에 도착하기 전 이미 밀천궁의 요승들 중 일부가 죽임을 당했다는 말이 되는군요. 결국 제삼자가 있었다는 말인데……."

남궁무강이 고개를 들어 주위를 돌아보며 말했다. 그러나 깎아지른 듯 서 있는 절벽에서는 거친 격류 소리만 요란할 뿐 인기척은 느껴지지 않았다.

"그들이 누군지 모르겠지만 대단한 능력을 지닌 자들이 분명하군요. 어느새 흔적도 없이 사라졌으니……."

그러나 남궁무강의 말처럼 파소 일행이 온전히 장내에서 사라진 것은 아니었다. 파소 일행은 절벽 위 은밀한 곳에서 강호인들의 움직임을 살피고 있었다. 강호의 무림인들은 잠시 그 자리에서 서성이다가 이내 그들이 나온 동굴 쪽으로 되짚어 돌아갔다.

"다행이군. 조금만 늦었으면 저 남궁 늙은이를 상대해야 할 뻔했어. 저 늙은이는 과거에도 날 무척이나 따라다녔으니 내가 변복을 했다고 해도 내 기운을 읽어 날 알아볼 수도 있는 늙은이지."

남독마군이 강호인들이 물러가자 다행이라는 듯 말했다.

"설마 그들이 두려운 건 아니죠?"

석청이 놀리듯 말하자 남독마군이 고개를 갸웃하다 입을 열었다.

"음, 솔직히 조금 두렵기는 하다오."

"네?"

놀리자고 한 말에 정색으로 답을 하는 남독마군의 반응에 놀란 석청이 엉겁결에 되물었다.

"뭐, 그들과 드잡이질하는 것이 두려운 것이 아니라 무천향에 든 이후 바뀐 내 운명과 인생이 그들을 만남으로써 다시 예전으로 돌아갈까 그게 두렵다는 말이네."

"지금 생활에 만족하시나 보군요?"

"적어도 한 가지는… 혼자가 아니라 호형호제하는 사람들이 생겼다는 것, 그래서 독패의 길로 들어서 마인 소리까지 들었던 내가 누군가를 걱정하고 또 누군가가 날 걱정해 주는 사람이 되었다는 것이 내겐 행운이라네."

남독마군의 말에 석청이 빙그레 미소를 지었다. 생각해 보면 남독마군 기신은 많이 변해 있었다. 처음 은하의 계곡에서 그를 보았을 때는 말을 붙이기조차 어려울 만큼 독선적인 기운을 흘려내던 그가 아니었던가.

"그만 가죠."

석청이 뭔가 말을 꺼내려는 순간 파소의 목소리가 들려왔다. 그리곤 자신이 먼저 훌쩍 몸을 날려 절벽을 타기 시작했다.

"석 부인의 낭군 말이야, 사실 별로 재미없는 사람이라니까."

"그러게요. 분위기 깨는 데는 아주 특별한 재주가 있는 사람이죠."

"하하하, 맞아, 맞아. 하지만 그래도 사람을 끄는 매력이 있으니 어쩌겠나. 갑시다."

소법이 이끄는 천추군이 무한에 들어선 것은 평안곡에서의 대분란이 끝난 지 하루가 지나서였다. 그리고 그것은 천추군에게 있어서는 무척 아쉬운 일이었다. 만약 소법의 천추군이 하루만 먼저 무한에 들어섰다면 천추군은 대성사 소유거를 제거할 수 있었을지도 몰랐다.

파소와 단보 등은 무한 남서쪽의 장강 변에서 소법의 천추군을 맞이했다. 두 사람이 굳이 장강 변으로 장소를 정한 것은 혹시나 하는 마음에 평안곡에서 장강으로 이어지는 격류, 그러니까 밀천궁의 라마 홍첸과 대성사 소유거가 뛰어든 그 격류를 조사하기 위해서였다. 혹시라도 두 사람이 살아 있다면 어떤 식으로든 흔적을 남겼을 것이란 기대를 가지고.

그러나 두 사람의 기대는 얼마 지나지 않아 허물어지고 말았다. 추격의 달인 고승조차도 두 사람이 남긴 어떤 흔적도 찾아내지 못했다. 소법이 이끄는 천추군도 중도에 합류해 장강 기슭을 조사했지만 천추군은 두 사람에 대한 어떤 단서도 찾지 못했다.

더군다나 평안곡에서의 분란이 일어나던 그날 밤 늦게는 봄비라고 보기 어려운 장대비까지 내려서 두 사람의 흔적을 찾는 것은 더더욱 어려운 일이 되어버렸다.

"이젠 정말 꼬리가 잘린 것 같군."

단보가 봄비에 불어난 장강의 누런 흙물을 보며 말했다.

"그나마 그를 따르던 검산의 무리들을 대부분 정리했으니 그 성과도 적다고는 할 수 없을 걸세."

소법이 위로하듯 말했다. 그러자 단보가 고개를 끄덕이며 입을 열었다.

"그렇지요. 이제 대성사 소유거는 끈 떨어진 연 신세이니 비록 그에게 천하를 오시할 두뇌와 무공이 있다 한들 감히 무천향에 대적할 세력을 키우진 못할 겁니다. 무천향은 하루 이틀에 만들어진 곳이 아니니 말입니다. 하면 이쯤에서 천추군을 거두는 것입니까?"

단보가 소법에게 물었다. 그러자 소법이 대답을 하는 대신 파소를 돌아봤다.

"소천의 생각은 어떠신가?"

소법의 물음에 파소가 잠시 생각에 잠겼다가 말했다.

"그가 그 격류에서 죽었다고는 생각지 않습니다. 라마 홍첸은 심한 부상을 입었으니 죽었을 가능성이 많지만 대성사 소유거는 부상을 입지 않았으니 그의 능력으로 보아 분명 살아 있을 겁니다."

"하면 천추군을 거두지 말고 그를 계속 추적하자는 말이신가?"

"모두가 나설 필요는 없겠지요. 천추군을 회향시키는 것은 저도 찬성입니다. 대신 향의 천안성을 새롭게 정비해 좀 더 주도면밀하게 천하를 살피는 것이 필요할 겁니다. 비록 그가 더 이상 무천향에 위협이 될 만한 세력을 키울 수는 없을 거라지만 그는 대성사 소유거입니다. 수백 년 이어온 무천향을 깨뜨린 자지요. 그는 작은 힘으로도 큰 방벽에 구멍을 낼 수 있는 사람임을 잊으면 안 될 것입니다."

파소의 말에 소법과 단보가 고개를 끄덕였다.

"듣고 보니 소천의 말이 맞는 것 같구려. 그를 추격하는 일은 그의 주검이 발견될 때까지 그칠 수 없는 일인 것 같소이다. 하지만 그래도 어쨌든 일단은 천추군을 향으로 복귀시켜야겠구려."

"그래야겠지요. 전쟁은 끝이 났고, 이젠 여우 사냥이 남았을 뿐이니 천추군은 향으로 돌아가야 할 것입니다."

"보자, 그럼 일단 모두 돌아들 가는 것으로 합시다."

소법의 말에 파소가 고개를 저었다.

"전 조금 더 강호에 남아 있겠습니다."

"그게 무슨 말이오? 홀로 소유거를 추격하겠다는 말이시오?"

"어쨌든 그에 대한 추격은 이곳에서 시작해야 합니다. 이곳에서 그가 사라졌으니까요. 그런데 일단 향으로 회향하면 그의 흔적은 정말 씻은 듯이 사라질 겁니다. 소 종성님과 단 어르신께선 천추군을 이끌고 향으로 돌아가 주십시오. 전 좀 더 남아 그의 행적을 찾아보겠습니다."

"허허, 말이야 옳은 말이지만 향주께서 걱정하실 터인데……."

소법이 난처한 표정으로 말했다.

"향주께선 제가 그를 계속 추적하는 것을 이해하실 겁니다. 저와 그 사이에는 씻어야 할 악연이 있다는 것을 알고 계실 테니까요."

파소가 단정적으로 말했다.

"음, 소천 부모의 일을 말하는 것이라면… 하긴 향주께서도 소천의 행보를 이해는 하실 것이오."

소법이 파소의 말에 고개를 끄덕이자 단보가 얼른 나서며 입을 열었다.

"나도 남겠다. 종성 어른, 저도 소유거의 추적에 나서겠습니다. 저야 어차피 향의 천안성이니 이 일에서 빠질 수 없는 사람이지요."

"어허, 자네까지? 자네, 혹시 향으로 돌아가고 싶지 않은 것 아닌가?"

소법의 추궁에 단보가 미소를 지으며 말했다.

"전 비록 무천향의 사람이지만 향보다는 오히려 강호에서 생활한 시간이 더 많아 향에 돌아가면 조금 답답한 편이지요."

"후후, 제대로 실토를 하는구만. 하지만 향주께선 자네가 돌아오길 기다리실 걸세. 향주께서 자넬 특별히 생각하는 걸 모르는 것은 아니겠지?"

"아마도 향주께선 제가 소천의 곁에 있기를 더 원하실 겁니다."

단보가 미소를 지으며 말하자 소법이 이마를 치며 말했다.

"아아, 그렇군. 자네는 어린 소천을 보호하며 천하를 떠돌았으니 충분히 그럴 수 있는 일일세. 좋아, 그럼 일단 그렇게 하세. 내 돌아가 향주께 말씀을 드리겠네. 하지만 적어도 두어 달에 한 번은 전서구를 통해 행로를 알려야 할 걸세."

"알겠습니다. 그렇게 하지요."

단보가 만족스런 표정으로 대답했다.

"자, 그럼 오늘 밤 안으로 소천을 따라 강호에 남을 사람을 정하도록 하고 나머지는 내일 새벽길을 떠나도록 하지. 지금 이 무한은 남무림의 고수들이 득시글대고 있으니 하루라도 빨리 이곳을 떠나는 것이 좋을 것 같으이."

"알겠습니다, 종성 어른!"

소법의 말에 천추군 고수들이 일제히 고개를 숙여 대답했다.

새벽 어스름한 강변의 수풀 사이로 안개가 솟아오르기 시작했다. 안개는 이내 구름을 만들고 미처 구름이 되지 못한 입자들은 이슬이 되어 수초 끝에 매달렸다. 그리곤 잠시 후 사람들의 발길에 수초에서 떨어져 자신들이 솟아올랐던 장강으로 다시 흘러내려 갔다.

스스스!

근 육십여 명에 이르는 사람들이 움직이고 있음에도 장내에는 소음이 거의 일지 않았다. 떨어져 내리는 이슬 소리뿐, 그렇게 일단의 인물들이 신비스런 움직임으로 장강 변을 따라 북쪽으로 멀어져 갔다.

"드디어 끝이군."

단보가 감개무량한 표정으로 말했다.

"이 년이 넘었군요."

파소의 목소리 역시 깊은 여운을 담고 있었다.

"어쨌든 이번 출정은 성공적이라고 할 수 있겠지?"

"검산이 와해되었으니까요."

"소유거와 무무경, 이 두 사람을 잡지 못한 것이 못내 아쉬울 뿐이군."

"그래서 남은 것 아닙니까?"

"휴, 하지만 그 두 사람의 능력이라면 쉽게 찾아내지 못할 것이다."

"천안성들이 천하 각지로 나가면 언젠가는 눈에 들어오겠죠. 깊은 산속에 들어가 숨어 살지 않는다면."

"후후, 그렇게 살 자들이라면 애초에 무천향을 뛰쳐나오지 말았어야지. 자, 어쨌든 이렇게 천추군의 강호행은 끝이 났고… 어디를 먼저 갈까?"

단보가 파소를 돌아보며 물었다.

"어차피 남은 사람이 십여 명에 불과하니 사람들의 이목을 끌지는 않을 겁니다. 잠시 무한에 남아 강호의 정세를 살피지요. 소유거와 무무경, 두 종성은 무공도 무공이지만 노련한 고수들이니 어쩌면 무한에 남아 있을지도 모릅니다."

"흠, 등하불명이라… 그것도 강호의 도망자들이 즐겨 쓰는 술책 중 하나지. 그래, 그럼 무한에서 한 십여 일 푹 쉬어보자꾸나."

　천추군이 무천향으로 회군한 그날부터 강호에 남은 파소와 단보 등 십여 명의 무천향 고수들은 그동안과는 다르게 여유 있는 움직임으로 무한을 살폈다. 십여 명에 지나지 않는 인원일뿐더러 석청과 을향, 두 명의 여인이 포함되어 있었기에 일행을 주목하는 사람들은 없었다.

　그렇게 무한에서 십여 일을 보내며 은밀히 소유거와 무무경의 행적을 찾았지만 어디서도 두 사람의 행적은 발견되지 않았다. 그래서 십여 일이 지난 후 파소와 일행은 결국 무한을 떠나기로 결정했다. 하지만 문제는 다음 행선지였다.

　의견은 분분했다. 소유거가 격류를 타고 장강에 흘러들어왔으면 그가 향할 곳은 세 곳이었다. 장강의 물길을 타고 하류로 내려가거나 혹은 상류로 거슬러 올라갔을 수도 있었다. 아니면 아예 장강을 건너 강남의 오지로 숨어들 수도 있었을 터였다. 해서 누구도 쉽게 다음 행보를 결정하지 못하고 있는데 문득 한 마리 전서구가 파소와 일행이 묵고 있는 객잔에 날아들었다.

　"거참, 아무리 대단한 사람이라도 결국 본성을 숨길 수는 없는 것인가?"

　전서를 풀어 내용을 살피던 단보가 중얼거렸다.

　"무슨 말이십니까?"

　남독마군이 의아한 표정으로 묻자 단보가 전서를 파소에게 건네며 말했다.

"다음 행선지는 정해졌군."

그러자 단보에게서 전서를 건네받은 파소가 전서를 보며 입을 열었다.

"사천이라… 장강을 거슬러 올라야겠군요."

순간 일행의 눈빛이 반짝였다.

"소유거의 흔적이 발견된 것인가요?"

파소를 따라 강호에 남은 석청이 기대 섞인 표정으로 물었다.

"호랑이가 아니고 늑대의 흔적을 발견했다는군요."

"호랑이가 아니고 늑대라뇨?"

파소의 대답에 석청이 되물었다. 그러자 파소가 미소를 지으며 대답했다.

"십이종성 무무경의 흔적이 사천 성도에서 발견되었다고 해요. 그 또한 반드시 제거해야 할 사람이니 일단 사천으로 가야 할 것 같아요."

파소의 대답에 남독마군이 단보에게 물었다.

"그런데 처음 하셨던 말씀은 무슨 뜻입니까? 아무리 대단한 사람이라도 본성을 숨길 수 없다는 말씀은?"

"무무경의 선조인 불괴 무인은 본래 사천에 뿌리를 둔 사람이었다고 전해진다네. 사람이 곤궁해지면 아는 사람을 찾거나 고향으로 돌아가게 마련인데 무무경이 사천에 모습을 보였다는 것은 그 또한 그런 보통 사람과 다르지 않다는 증거 아니겠나?"

"그런 말씀이셨군요."

남독마군이 그제야 단보의 말을 이해하고는 고개를 끄덕였다.

"그럼 언제 출발하죠?"

석청이 파소를 보며 물었다.

"한시라도 빨리 출발하는 것이 좋겠지요."

"그럼 내일 바로 떠나기로 하지."

단보의 말에 파소가 고개를 끄덕였다.

다음날 새벽, 일행은 서둘러 객잔을 나서 장강을 타고 사천으로 향하는 상선에 몸을 실었다.

*　　　*　　　*

수십 척의 배가 포구에 정박한 채 천하 각지에서 실어온 물품들을 내리고 있었다. 포구의 오후는 특히 분주해서 해가 지기 전 서둘러 하역을 마치려는 사람들의 고함 소리로 가득 차 있었다. 얼마 전 내린 비로 땅이 젖어 있어 걷기에 불편했지만 사람들은 아랑곳하지 않고 옷에 흙을 묻혀가며 분주하게 움직였다.

"서둘러라. 오늘 중으로 하역을 마쳐야 해!"

파소의 귀에 성난 듯 소리치는 상인의 목소리가 들려왔다. 파소는 그 상인이 타고 온 상선에 함께 몸을 싣고 있었고, 그의

앞에는 수백의 인부들이 분주하게 움직이는 성도의 포구 풍경
이 펼쳐져 있었다.

"드디어 도착했군요."

파소의 곁으로 석청이 다가왔다.

"이곳이 성도군요. 어려서 천하를 떠돌았지만 이곳엔 처음
이에요."

"저도 동무림 인근은 다녀봤어도 이렇게 먼 곳에 온 것은 처
음이에요. 사람들이 좀 달라요. 말도 다르고."

석청이 신기한 듯 주변을 돌아보며 말했다.

"자자, 우리도 얼른 내리자고. 이곳은 내가 잘 아니 앞장서
지."

남독마군이 사람들을 재촉했다.

"이곳에 와보신 적이 있으세요?"

석청이 묻자 남독마군이 고개를 끄덕였다.

"당연하지. 이 사천은 말이야, 천하에서 가장 험한 지형을
가진 곳 중 하나지. 해서 홀로 남궁세가를 상대해야 하는 나에
게 가장 적합한 땅이었단 말씀이야."

"오호라, 그러니까 남궁세가 고수들을 피한 곳이 이 사천이
란 말이군요?"

"피하다니? 무슨 말을 그렇게 섭섭하게 하시나. 난 단지 조
금 더 유리한 지형에서 그들을 상대했을 뿐이라고."

남독마군 기신이 정색을 하며 말했다. 그러는 사이 어느새
다가온 단보가 일행에게 당부의 말을 전했다.

“사천에선 될 수 있는 한 행동들을 조심해야 할 걸세.”

“무슨 일이라도 있나요?”

이번에 을향이 물었다.

“본래 사천엔 무림에서도 알아주는 명문대파가 많지요. 비록 현재 남무림을 장악하고 있는 남칠문에는 꼽히지 못하지만 청성과 아미, 그리고 당문 등 각기 고유한 무공을 발전시킨 무시 못할 문파들이 몰려 있는 곳이 성도지요.”

“그건 단 노형님의 말이 맞습니다. 본래 이 사천은 천하의 어느 곳보다도 무림인들이 많은 곳이지요. 사실 내가 이곳에서 남궁세가의 고수들을 상대한 이유도 험준한 지형도 지형이지만 이곳에선 남궁세가라 할지라도 함부로 고수들을 움직일 수가 없었기 때문이지요.”

남독마군까지 나서서 말하자 을향이 고개를 끄덕이다 다시금 갸웃하며 물었다.

“전 무천향을 벗어나 본 일이 없지만 청성파나 아미파, 그리고 당문에 대해서는 들어보았지요. 그런데 제가 아는 바로 그들은 수백 년 역사의 명문들인데 왜 남칠문에서 빠진 거죠?”

을향의 물음에 남독마군이 입을 열었다.

“사실대로 말하자면, 그들이 남칠문에 미치지 못하는 것이 아니라 그들 자신이 남무림에 속하는 걸 거부했다고 봐야 할 겁니다.”

“스스로 남무림에 드는 것을 거부했다고요?”

“오면서 보셨겠지만 이 사천 성도는 사실 황하와 장강에 의해 동쪽의 지역과 지리적으로 구분되어 있지요. 촉이라는 땅은 그래서 예로부터 남무림과는 별개의 무림을 형성해 왔던 겁니다. 그래서 강호에선 사천을 남무림에서 제외하고 그냥 사천무림이라 부르기도 하지요. 다시 말해 사천무림의 명문대파들은 남무림에 포함되지 않고 독자적인 사천무림을 형성하고 있다고 보면 될 겁니다. 세력이나 무공으로 보자면 당연히 사천의 삼대문파인 청성, 아미, 당문은 남칠문에 대적하고도 남음이 있지요."

"자존심이 무척 센 모양이군요."

"후후, 결국 결론은 그런 것이지요."

남독마군이 웃음을 흘려냈다.

"자, 이제 그만들 가지. 해가 지려 하니."

단보가 일행의 걸음을 재촉하자 일행이 상선에서 포구로 이어진 사다리를 타고 천천히 상선을 떠났다.

일행이 상선에서 내린 뒤 분주한 포구를 잠시 걷자 주점과 객잔, 그리고 상점들이 이어진 제법 큰 시전이 눈에 들어왔다. 그리고 그즈음 한 명의 중년 사내가 일행 앞에 모습을 드러냈다.

"오셨습니까?"

사내는 단보를 향해 가볍게 고개를 숙여 보였다.

"그래, 잘 지냈는가?"

"저야 별일 없었습니다만."

"얼마 만이지?"

“뵈온 지 한 오 년쯤 된 것 같습니다.”

“후후, 팔자 편했군. 무천향의 분란에서 벗어나 있었으니.”

“몸은 편했지만 마음은 편치 않았습니다. 항시 걱정이 되었지요. 그나마 혼란이 평정되었다니 다행입니다.”

“그래, 다행이지. 참, 자네, 소천을 처음 보지? 인사하게. 새로운 향의 소천이시네.”

단보가 중년 사내에게 파소를 소개했다. 그러자 중년 사내가 당당하면서도 예의를 잃지 않는 태도로 고개를 숙여 보이며 자신을 소개했다.

“소천, 뵙게 되어 영광입니다. 사천 지방에 나와 있는 천안성 모슬입니다.”

第五章

불괴의 신화

武天鄉
무천향

　"성도 북쪽으로 십여 일 정도 가다 보면 흑수라는 제법 큰 성읍이 있습니다. 그 흑수 북쪽에 천험의 절지인 중두협이라는 협곡이 있지요. 황하 상류의 한 지류가 지나가는 곳입니다. 중두협이라는 이름에서 느끼셨겠지만 거대한 바위들이 특히 많은 계곡입니다. 담이 작은 사람은 감히 그 계곡에 들어갈 생각을 못하지요. 왜냐하면 계곡 중간 중간에 위태롭게 얹혀 있는 그 거암들이 금방이라도 떨어질 것 같은 불안감 때문입니다."

　사천을 책임지고 있고 있는 무천향의 천안성 모슬은 일행을 성도 외곽의 작은 객잔으로 인도한 후 종성 무무경의 흔적을 발견하게 된 경위를 설명하고 있었다.

"그곳이 불괴 무인 조사와 연관이 있는 곳인가?"

단보가 물었다.

"아마도 그런 듯합니다. 그곳으로 무무경 종성이 이동한 것을 확인했습니다."

"음, 불괴 무인 조사의 출신지가 사천이라는 것은 알려져 있었지만 사천의 어느 곳인지는 알려지지 않았었는데, 그런 곳이 있었군."

단보가 고개를 끄덕였다.

"그런데 모 대협께서는 어떻게 그의 행적을 알게 되신 거지요?"

을향이 궁금하다는 듯 물었다.

"운이 좋았다고 해야겠지요. 아니면 필연적이었을지도 모르고 말입니다."

모슬의 말에 일행이 의아한 표정으로 그를 바라봤다. 그러자 모슬이 침착한 목소리로 다시 입을 열었다.

"본래 천안성의 주요 임무는 두 가지라고 할 수 있지요. 하나는 무천향을 외부로부터 보호하는 일이고, 두 번째는 무천향에 입성할 만한 성정과 무공을 지닌 고수를 무천향으로 안내하는 것. 하지만 지난 몇 년간 두 번째 임무는 거의 중지된 상태였습니다. 무천향에 변고가 일어났으니 새로운 사람을 무천향으로 보내는 것은 의미가 없는 일이었으니까요. 그런데 마침 향으로부터 내분이 종식되었다는 소식을 듣고는 예전부터 눈여겨보던 한 인물을 무천향으로 인도해 볼까 하여 흑수를 찾았습니다.”

“음, 아직은 무천향에 새 인물을 받아들이기는 이른 시기
지.”

단보가 고개를 저었다.

“물론 저도 당분간 은하의 계곡이 열리지 않을 거란 건 알고
있습니다. 다만 혹시라도 은하의 계곡을 열어 새 사람을 받아
들이게 될 때를 대비한 일이었지요.”

“그래, 적당한 사람이 있던가?”

“흑수에 외곽에 상륭이라는 사람이 살고 있습니다.”

“상륭?”

“그렇습니다. 하지만 그의 진면목을 알고 있는 사람은 드물
지요. 오히려 강호엔 그저 미친 삼류무사쯤으로 알려진 사람
입니다.”

“도대체 어떤 자이기에 그런 소문이 난 것인가? 또 자네는
왜 그런 자에게 관심을 갖게 된 것이고?”

“제가 그에게 관심을 갖게 된 것은 그가 익히고 있는 한 가
지 무공 때문이었습니다.”

“무공이라… 어떤 무공인가?”

“그는 불괴공을 익히고 있었습니다.”

“응?”

순간 단보의 표정이 변했다. 단보뿐 아니라 파소 등 다른 일
행의 표정도 살짝 변했다. 불괴 무인의 출신지인 흑수, 그곳에
서 불괴공을 익히는 무인. 이 두 가지 단서는 어떤 식으로든

무천향 무인들의 관심을 끌 수밖에 없는 의미를 가지고 있었다.

"계속 말해보게."

단보가 모슬의 말을 재촉했다.

"처음 불괴공을 익히고 있는 미친 삼류무사가 있다는 말을 들었을 때, 다들 마찬가지시겠지만 전 불괴 무인 조사를 먼저 떠올렸습니다. 사천의 불괴공이라면 당연한 일이지요. 해서 사람들이 비록 미친 사람 취급을 한다 해도 그를 살피지 않을 수 없었습니다. 해서 은밀히 그를 살피러 갔다가 그의 수련 모습을 보고 전 놀라지 않을 수 없었습니다. 왜냐하면 그가 수련하는 모습은 지금은 거의 무천향에서조차 절전이 됐다시피 한 불괴 무인 조사께서 남긴 불괴공의 수련 모습과 흡사했기 때문입니다."

"불괴 무인 조사의 후인이 강호에 있었던 것이군."

"처음에는 그 부분이 불분명했지요. 불괴 무인 조사께서 무천향에 들어가실 때 일부의 후학들이 강호에 남아 그 진전이 이어져 온 것인지, 아니면 불괴 무인 조사의 무학 중 일부가 강호를 떠돌다 그 사람의 손에 들어간 것인지를 알 수 없었으니까요."

"그래서 그가 어떻게 불괴 무인 조사의 불괴공을 얻었는지 알아보았는가?"

"그에게 접근하는 것은 어려운 일이 아니었습니다. 사람들이 미치광이 취급을 하고는 있지만 그는 무척 순박한 사람이

었으니까요. 해서 우연을 가장해 그의 이야기를 들어보았지
요."

"그래, 어디서 불괴 무인 조사의 진전을 얻었다던가?"

"그가 불괴 무인 조사의 진전을 얻은 것은 그야말로 우연한
일이었더군요. 그는 본래 석공(石工)이었답니다. 좋은 돌을 캐
다 깎고 다듬어 내다 파는 일을 하던 사람이었던 거지요. 그러
니 그에게 좋은 돌은 황금만큼이나 값어치가 있다고 할 수 있
을 겁니다. 그런데 이 흑수 인근에는 좋은 돌이 많기로 유명한
곳이 있지요."

"바로 중두협이겠구려."

남독마군이 얼른 입을 열었다.

"맞습니다. 바로 중두협이 바로 그곳이지요. 하지만 이미
말씀드렸듯이 중두협은 웬만한 배짱이 없으면 가기 힘든 곳이
라 대부분의 석공들은 중두협에 좋은 돌이 많다는 걸 알면서
도 그곳에 가기를 꺼려했지요. 하지만 이 순박한 석공 상륭은
달랐습니다. 그는 매번 중두협에 가서 상품의 돌을 가지고 나
왔고, 해서 그는 제법 많은 재물을 모았다고 합니다. 그러던 어
느 날, 그날도 좋을 돌을 구하려 중두협 깊숙이 들어갔다가 쉽
게 발견할 수 없는 곳에 위치한 하나의 동굴을 발견했다고 합
니다. 그리고 호기심에 들어간 그 동굴에서 괴이한 그림과 글
씨가 새겨져 있는 석화(石畵)를 볼 수 있었다고 합니다."

"그게 바로 불괴 무인 조사가 남긴 유학이었던 모양이군."

"아마도 그런 것 같습니다. 석동에 남겨진 글 중 이 무공을

익히면 천하에서 가장 강한 몸을 지니게 될 거란 말이 쓰여 있었답니다. 본시 상륙은 순박한 석공이었지만 또한 강호 고수들에 대한 환상도 가지고 있었나 봅니다. 그러니 그 범상치 않은 석동의 석화들이 그의 환상을 충동질했지요. 결국 그는 잘나가던 석공의 생활을 때려치우고 불괴공을 익히는 미치광이 삼류무사가 된 것입니다."

"음, 석벽에 남겨진 글과 그림만으로는 홀로 불괴공을 익히기가 힘들었을 텐데?"

단보가 고개를 갸웃거렸다.

"물론 그렇지요. 하지만 그가 불괴공을 익힌 것이 올해로 삼십 년째랍니다. 그러니 아무리 난해하다 하더라도 성취가 없을 수는 없지요."

"어느 정도던가?"

단보가 호기심이 가득한 얼굴로 물었다.

"그 자신은 자신의 능력을 모르고 있으나 제가 보기에 한두 달 기공의 원리와 무공의 기본적인 이치를 정식으로 배워 깨치게 된다면 능히 은하의 계곡을 통과할 수 있을 만한 실력입니다."

"호! 대단하군. 홀로 그 정도 무공을 익혔다면 그야말로 대단한 집념이군. 무천향에 어울리는 사람이야."

"저도 같은 생각이었습니다. 그래서 그를 다시 찾아봤던 것이고요."

천안성 모슬의 말에 장내 고수들이 천천히 고개를 끄덕였다. 그러다 잠시 후 다시 단보가 모슬에게 물었다.

"그건 그렇고, 무무경에 대한 단서는 어떻게 잡게 된 것인가?"

단보의 물음에 모슬이 얼굴색을 굳히며 입을 열었다.

"상륭이란 사람이 비록 대단한 인내심을 가진 사람이지만 그도 사람인지라 무공에 진전이 없을 때는 답답할 때가 많았답니다. 해서 그런 기분이 들 때면 불괴 무인 조사의 석동을 찾아 마음을 달래거나 석화를 보며 자신이 놓친 것이 있는가를 살피곤 했답니다. 그런데 지난번 제가 그를 찾아갔을 때 그는 무척 불안해하고 있더군요."

"무엇 때문에 말인가?"

"자신만이 알고 있을 거라 생각했던 석동에 다른 누군가가 들어 있다는 것입니다. 비록 그 얼굴은 보지 못했지만 석동 가까이 다가갔을 때 본능적으로 엄청난 기운이 느껴져 미처 석동엔 들어가 보지도 못하고 걸음을 돌려 중두협을 빠져나왔다고 하더군요. 중두협에 불괴 무인 조사의 비동이 있다는 것을 알고 있는 사람이 천하에 누가 있겠습니까? 검산에서 불괴 무인 조사의 후학을 이은 자들 중에서도 중두협 비동의 존재를 알고 있는 자는 아마도 거의 없을 것입니다."

"그렇군. 종성 무무경 정도는 되어야 그 존재를 알고 있을 것이네. 그렇다면 역시……."

단보가 고개를 끄덕였다. 그러자 그때까지 모슬의 이야기를 듣고 있던 파소가 입을 열었다.

"역시 가보는 것이 좋겠군요."

파소의 말에 행보는 결정됐다. 일행은 그 다음날 흑수 북쪽의 중두협을 향해 다시 길을 떠났다.

*　　　*　　　*

거대한 협곡이 끝없이 펼쳐져 있었다. 협곡의 양옆으로는 병풍처럼 절벽이 서 있고, 그 병풍에는 세월이 화공이 되어 그려놓은 시간의 흔적들이 남아 있었다. 그리고 중간 중간에는 떨어질 듯 아슬아슬하게 매달려 있는 거대한 암석들이 절벽에 붙어 있었다.

개중에는 간혹 이쪽 절벽과 저쪽 절벽을 이어 걸쳐진 것도 있어 능히 계곡을 건너는 다리로 써도 좋을 듯했지만 그 아래로 천 길 낭떠러지 협곡이 있으니 그 돌다리를 타고 두 절벽 사이를 건널 만큼 간 큰 사람을 극히 적을 터였다.

"범상치 않은 곳이군요."

파소가 눈을 가늘게 뜨고 거친 격류를 토해내고 있는 협곡을 바라보며 말했다.

"그러게 말이다. 과연 십이조사 중 한 사람을 탄생시킬 만한 지형이구나."

단보도 고개를 끄덕였다.

"들어가는 길이 있긴 한 겁니까?"

남독마군이 협곡을 내지르는 격류와 절벽 사이를 살피며 말했다. 그러나 아무리 살펴도 사람이 걸어 들어갈 만한 공간은 보이지 않았다.

"상룡, 그 사람의 말로는 절벽을 타고 안으로 들어가야 한다고 했지요."

모슬이 남독마군의 말에 대답했다.

"절벽을 타고 가야 한다라… 그러고 보니 갈 수는 있겠군. 하지만 보통 사람은 절대 갈 수 없을 것 같은 길이군."

남독마군이 고개를 저으며 말했다. 남독마군의 말대로 모슬이 말한 길은 절대 보통 사람의 심장으로는 갈 수 없는 길이었다.

격류에서 오 장여 높이의 절벽에는 한줄기 위태로운 길이 나 있었는데 그건 길이라고 부르기엔 너무 빈약한 모습을 하고 있었다. 겨우 한 발을 떼어놓을 수 있을까 말까 한 넓이에 그것도 중간 중간 끊어져 있어 절벽에서 불규칙하게 튀어나온 부분을 밟고 가야 했다.

"그런데 상룡, 그는 저 길을 타고 돌을 구하러 들어갔단 말이지?"

단보가 고개를 끄덕이며 말했다. 보지 않아도 상룡이란 사람의 담대함을 짐작할 수 있었기 때문이다.

"그런데 그렇게 들어갔다고 치고, 어떻게 거대한 돌을 가지고 나올 수 있었을까요? 저 길로는 도저히 석재를 가지고 나올 수 없을 것 같은데?"

석청이 고개를 갸웃하며 묻자 모슬이 이내 석청의 의문을 풀어줬다.

"중두협 안쪽에는 사람들이 알지 못하는 작은 숲이 있답니다. 사람들의 발길이 닿지 않아 수백 년 묵은 고목이 수백 그루는 있다고 하더군요. 그는 그 나무들을 베어낸 후 석재를 그 나무들에 실어 격류로 흘려보내는 방식으로 석재를 옮겼다고 합니다."

"후후, 머리까지 좋군."

남독마군이 나직하게 웃음을 흘렸다.

"들어가 보죠."

사람들의 대화를 중간에 끊으며 파소가 절벽을 향해 걸음을 옮기기 시작했다.

"하여간 분위기를 깨는 것도 고수라니까."

남독마군이 혀를 차면서도 얼른 파소의 뒤를 따랐다.

격류와 절벽이 마주치는 곳에 도착한 파소가 시선을 들었다. 그러자 그의 눈앞으로 모슬이 말한 위태로운 길이 나타났다. 파소가 잠시 길이 이어진 절벽을 살피다가 망설이지 않고 신형을 날렸다. 그리곤 바람처럼 절벽을 타고 중두협 안쪽으로 들어가기 시작했다.

길은 갈수록 험해졌다. 디딜 모서리의 거리가 이 장에 이르는 곳이 있을 만큼 더 이상 길의 형태를 지니지 않고 있었다. 그러나 일반 사람이라면 모를까, 내공을 쌓은 무인들의 걸음에는 그리 먼 거리가 아니어서 파소 일행은 날듯이 절벽을 타고 안으로 전진해 들어갔다. 그렇게 위태로운 절벽을 타고 이동하기를 이각여, 어느 순간 협곡이 크게 휘어지더니 사람들 눈에 제법 큰 숲이 들어왔다.

"저곳이 상륙, 그가 말한 숲인가 보군."

파소의 뒤에서 신형을 날리고 있던 단보가 말했다.

"불괴 무인 조사의 유물이 남아 있는 동굴은 저 숲에서 다시 오 리 정도를 들어가야 한다고 했습니다."

이번엔 모슬의 목소리가 파소의 귀에 들렸다. 파소는 두 사람의 말을 들으며 한순간 몸을 날렸다. 그러자 파소의 신형이 마치 나는 새처럼 허공을 떠가더니 이내 숲이 시작되는 부근에 가볍게 내려섰다. 다른 사람들은 파소보단 조금 더 절벽의 길을 타고 움직이다 하나둘 파소의 곁에 내려섰다.

"숲이 무성하니 그가 있다 해도 들킬 염려는 없겠군."

단보가 눈앞에 빼곡히 들어찬 나무들을 보며 말했다.

"불괴 무인 조사께서 이곳에 자리를 잡은 이유를 알겠군요."

을향이 숲을 돌아보며 말했다.

"정말 그래요. 숲이 넓으니 혼자 살아가며 필요한 것들은 충분히 얻을 수 있을 것 같아요. 강호사에서 벗어나 무공을 수련하는 곳으론 이보다 좋은 곳이 없을 것 같아요."

석청이 을향의 말에 대꾸했다.

'마치 또 다른 무천향을 보는 것 같군. 어쩌면 불괴 무인 조사는 무천향에 들기 전부터 무천향에서와 같은 생활을 하고

'있었는지도 모르겠어.'

파소가 속으로 생각하며 숲 안으로 걸음을 옮겼다. 빼곡히 들어선 숲 중간 중간에는 작은 초지도 형성되어 있어 석청의 말대로 혼자 살아가는 데 필요한 것들은 대부분 숲에서 구할 수 있을 듯했다. 숲은 그렇게 백여 장 길이로 이어졌는데, 숲을 관통하자 이번엔 조금 다른 형태의 계곡이 일행의 눈에 들어왔다.

"상륙, 그 사람이 왜 이곳에서 석재를 구했는지 알겠군."

남독마군이 숲이 끝나고 나타난 계곡을 보며 고개를 끄덕였다. 그도 그럴 것이, 숲이 끝나는 부분에서부터 시작된 계곡에는 기이한 모양과 색깔을 지닌 바윗덩어리들이 계곡을 가득 채우고 있었기 때문이다.

물론 계곡 양편에는 여전히 깎아지른 듯한 절벽이 서 있었지만 격류가 흐르는 아래쪽은 중두협의 입구와는 달리 다양한 바위들로 가득 차 있어 격류의 유속을 줄이고 있었다. 기이한 삼류무사 상륙은 아마도 이 계곡에서 아름다운 석재들을 구했을 것이 분명했다.

바위들이 계곡 아래쪽을 채우고 있다는 것은 일행에겐 또 다른 도움을 주었다. 그건 상륙이 말한 그 석굴까지 몸을 감추며 접근할 수 있다는 점이었다.

파소와 일행은 은밀하게 신형을 움직여 바위에 몸을 감춘 채 계곡을 타고 올랐다. 느려진 유속 덕에 더 이상 절벽을 탈 필요도 없었다.

그렇게 오 리 정도 전진한 후 일행은 푸른빛이 도는 바위 뒤에서 걸음을 멈췄다.

"저기군."

단보가 긴장한 시선으로 절벽 아래로부터 이십여 장 높이에 있는 석굴을 바라봤다. 석굴의 입구는 겨우 사람 하나 통과할 만큼 작아 관심을 갖지 않고 보면 그냥 지나칠 수도 있었다.

"불러내는 게 좋을까요, 아니면 들어가는 게 좋을까요?"

남독마군이 침을 삼키며 단보에게 묻자 단보가 파소를 바라봤다. 그러자 파소가 침착한 표정으로 말했다.

"그래도 무천향의 십이종성이었으니 그에 대한 예의를 지켜야겠지요."

파소의 말에 단보가 고개를 끄덕였다.

"나도 그렇게 생각했다. 그리고 그를 불러내자면 역시 내가 나서는 것이 좋겠지."

단보는 말을 마치자마자 망설임없이 바위 위로 신형을 일으켰다. 그리곤 훌쩍 몸을 날려 몇 개의 바위를 날아 넘더니 이내 석굴의 바로 밑에 도착해 올려다보며 소리쳤다.

"종성 어른, 죽림의 단보가 종성 어른 뵙기를 청합니다!"

단보의 목소리는 협곡을 울려 계곡의 먼 안쪽까지 퍼져 나갔다. 그사이 파소와 나머지 일행들도 신형을 날려 단보를 중심으로 넓게 계곡을 차지하고 섰다. 만에 하나라도 무무경이 도주할 것을 염려한 행동이었다.

그러나 기대와 달리 동굴에선 어떤 인기척도 느껴지지 않았다. 마치 사람이 들어 있지 않은 듯, 그러나 그 지나친 침묵이 오히려 동굴 안에 사람이 있다는 걸 증명하고 있는 듯했다.

"어르신, 죽림의 단보입니다."

단보가 다시 동굴을 향해 입을 열었다. 이번에는 제법 강력한 진기가 깃든 목소리여서 조금 전보다 훨씬 더 강한 메아리가 협곡을 휘감고 지나갔다. 그러나 여전히 이어지는 침묵. 단보도 더 이상은 입을 열지 않았다.

"이거, 올라가 봐야 하는 것 아닌가?"

남독마군이 나직하게 중얼거렸다. 그리고 모두의 마음속에 남독마군과 같은 생각이 들 무렵, 갑자기 동굴 입구에 인기척이 느껴졌다. 순간 사람들이 일제히 긴장하며 동굴 입구로 시선을 돌렸다.

산을 무너뜨릴 듯 건장해 보이는 신체, 비록 팔십에 이르는 노구지만 그 어떤 젊은이보다도 강한 신체를 지닌 노고수가 동굴 입구에 서서 파소 등을 내려다보고 있었다.

"종성 어른을 뵙습니다."

단보가 가볍게 고개를 숙여 무무경에게 인사를 건넸다. 그러자 무무경이 희미한 미소를 지으며 입을 열었다.

"대설문에서 헤어졌는데 여기까지 추격해 오다니, 역시 자네 무천향 제일의 천안성인가 보군."

"제 능력으로 어찌 감히 종성 어른을 추격했겠습니까? 단지 운이 조금 따랐지요."

"운이라… 자네에겐 행운이 나에겐 악운이군. 보자, 소천께서도 오셨구려."

　무무경이 담담한 표정으로 파소를 보며 말했다. 그러자 파소가 가볍게 고개를 숙여 보이는 것으로 대답을 대신했다.

　"후후, 소천, 그대는 여전하구려. 그대의 그 허허로운 기운은 참으로 독특한 것이었지. 무도를 추구하는 무천향에서조차도 말이오."

　그러나 여전히 파소는 대답이 없었다. 그저 담담히 무무경을 바라볼 뿐이었다. 그러자 무무경이 잠시 생각에 잠기는 듯하다가 입을 열었다.

　"이곳은… 불괴 무인 조사께서 무천향에 들기 전 무공을 완성한 곳이라오. 오직 불괴 조사의 진전을 이은 종성에게만 전해져 내려오는 장소요."

　물론 짐작하고 있던 말이었다. 무무경이 계속 말을 이었다.

　"죽기 전에 꼭 한 번 와보고 싶었던 곳이오. 우리 무천향의 무인들은 십이조사로부터 그 무공은 이어받았지만 그 조사들이 강호에 남긴 유적은 누구도 본 적이 없었소. 난 항상 그게 아쉬웠다오. 무공이라는 것은 무공의 특질에 따라 익히는 장소도 달라져야 한다는 것이 늘그막에 얻는 내 생각인데… 물론 그 때문에 무천향을 나왔다고 변명하는 것은 아니오. 어쨌든 소천의 그 허허로운 기도 또한 소천이 자라난 환경과 관계가 있을 것이오."

　"가르침 감사합니다."

　파소가 정색을 하며 포권을 해 보였다.

“허허허, 소천의 무공이 이미 무선의 경지를 넘보고 있다는 것을 알고 있는데 어찌 내가 소천에게 가르침을 내리겠소. 다만… 내가 이곳에 온 이유를 설명하고 싶을 뿐이었소. 그나저나 대성사 소유거의 행방은 찾았소이까?”

무무경이 묻자 파소가 고개를 저었다.

“그의 행방은 아직 찾지 못했습니다.”

“음, 역시 뛰어난 자야. 그 두뇌가 너무 뛰어난 것이 오히려 독이 된 사람이라고 할 수 있지. 돌이켜 보면 우리 검산의 육종성은 모두 그의 손바닥 위에서 움직이고 있었던 것 같소이다. 물론 우리의 선택을 변명하려는 것은 아니오. 단지 그가 그만큼 귀계에 능한 자였다고 말하려는 것이오. 그래서 조금 억울한 생각도 드는구려. 남의 손에 놀아나다 무천향의 배반자가 되고 이렇게 죽음을 맞이해야 하니 말이오. 해서… 나도 그에게 한 가지 작은 불편을 주어야겠소. 내가 소천에게 대성사 소유거의 행방을 찾는 데 도움이 될 만한 화두를 하나 주겠소.”

무무경의 말에 파소는 물론 일행 모두의 눈빛이 반짝였다. 무무경이 던지겠다는 화두에는 필시 대성사 소유거의 행방에 대한 실마리가 들어 있을 것이기 때문이었다.

“무천향을 출향한 후 난 한 가지 사실에 크게 놀랐소. 그건 무천향 외부에 형성된 검산의 세력이 내가 생각했던 것 이상이라는 것이었소. 물론 회정단을 빼돌려 향에서 추방된 자들의 무공을 되살린 것은 알고 있었지만 향 밖에 존재하던 검산의 추종 세력은 결코 무천향에서 추방된 자들만으로 구성된 것이 아니었소. 그리고 그중에서도 특히 날 놀라게 한 것은 바로 밀천궁 요승들의 존재였소."

무무경의 말대로라면 그조차도 강호로 나오기 전에는 검산의 외부 세력에 밀천궁이 포함되어 있는 것을 몰랐다는 의미였다. 그리고 그건 검산의 반란이 사실은 철저하게 탁발로와 소유거의 주도하에 진행되었다는 것을 말해주고 있었다, 종성의 신분에 있는 무무경조차도 모르는 일들이 은밀히 진행될 정도로.

"밀천궁 요승들의 존재를 알았을 때 난 썩 기분이 좋지 않았소. 왜냐하면 검산이 패도의 길은 걸을지언정 적어도 사도의 길을 걸을 것이라곤 생각지 않았기 때문이오. 특히 종성 탁발로의 성정으로 보건대, 밀천궁 요승들의 존재는 정말 언짢은 일이었소. 하지만 대성사 소유거가 밀천궁의 일은 오로지 자신에게 맡겨달라고 강하게 요구했기에 그에 대한 이의를 제기하지 못했던 것이오. 하지만 그 이후 진행되는 일들은 더더욱 나를 당혹스럽게 만들었소. 대성사 소유거는 향을 떠나온 검산 고수들을 움직이는 일에서 여전히 중추적인 역할을 하고 있었지만 또 한편으로는 그보다 더 밀천궁 요승들과 빈번하게 접촉을 했기 때문이오. 이상한 건 또 있었소. 그건 바로 밀천궁 요승들이 대성사 소유거를 대하는 태도였소. 그들은 다른 검산 고수들에게완 달리 대성사 소유거에게만큼은 특별한 호의를 가지고 있는 것이 분명했소. 해서 천추군에게 쫓겨 북방으로 옮겨가면서, 또 대설문에서 물러나 다시 이 사천까지 오면서도 난 줄곧 대성사 소유거와 밀천궁 사이를 의심하지 않을 수 없었소. 그리고 어느 날 문득 난 한 가지 사실을 깨달았소."

무무경의 말에 장내의 고수들이 모두 숨을 죽이고 그의 입을 바라봤다. 누군가의 마른침이 목울대를 넘어가는 소리도 작게 들려왔다.

"그건 바로 대성사 소유거의 선조가 무천향에 머물게 되었던 한 토막의 아주 오래전 이야기 때문이었소. 아마 그의 선조에 대해 아는 사람은 무천향엔 거의 없을 것이오. 소천도 알겠지만 은하의 계곡을 통해 들어온 자의 과거는 무천향에선 철저히 지워지기 때문이오. 누구도 은하의 계곡을 통해 들어온 자의 과거를 묻지 않는 것이 무천향의 관례, 오직 그를 은하의 계곡으로 이끈 천안성만이 입향자의 과거 내력을 알고 그를 향주께 보고할 뿐인 것이오. 십이종성이라 하더라도 입향자의 과거를 조사할 권한은 없는 것이 무천향이니까."

무무경의 말은 정확했다. 강호에서 천안성의 눈에 들어 무천향에 입향한 사람의 과거는 은하의 계곡을 통과하는 즉시 침묵 속에 묻혀진다. 무천향의 입향자는 입향하는 순간 오로지 무도의 수련자란 신분으로 새롭게 태어나는 것이다.

"그런데 비록 과거의 행적을 묻지 않는다고는 해도 그 행색으로 입향자가 강호에서 어떤 사람이었는지 짐작할 수 있는 경우는 종종 있소. 내가 듣기로 소유거의 선조는 이백여 년 전,

그러니까 최초로 무천향이 은하의 계곡을 열어 외부인을 들이기 시작하던 시기에 들어온 사람으로 알고 있소. 당시에는 죽림이 형성되지 않았던 시기라 입향자들은 검산과 정종 양쪽으로 분산되어 정착했소. 그때 입향한 대성사 소유거의 선조는 검산에 정착했는데, 돌아가신 전대 종성께서 대성사 소유거의 뛰어난 재질을 보고 이런 말을 했던 것을 기억하오. 전대 종성께선 소유거를 보고 '그의 선조는 승가의 사람인데 어찌 저 아이에게선 승가의 선기보단 세속의 날카로움이 더 강한 것일까. 저 아이의 재질은 능히 무선의 경지를 넘볼 만한데 그 성정이 날카로운 것이 못내 아쉽구나' 라고 말이오. 즉, 다시 말해 대성사 소유거의 선조로 은하의 계곡을 통과했던 사람은 승려의 신분이었던 것이오. 물론 그의 선조가 승려든 무엇이든 당시엔 관심이 없어 더 이상 그의 선조에 대해 알아보지 않았지만 지금 생각해 보면 그의 선조는 어쩌면 서장 라마승이었을지도 모르겠다는 생각이 드는구려. 어떻소, 내가 던진 이 화두가?"

무무경이 파소를 보며 물었다. 그 순간 파소는 물론 장내의 모든 고수들은 무무경이 던진 화두에 큰 충격을 받고 있었다. 승가에서 화두를 통해 선을 얻는 것은 극히 어려운 일이지만 지금 무무경이 던진 화두로 대성사 소유거의 뿌리를 짐작하는 것은 그리 어려운 일이 아니었다.

서장 라마교의 승려가 소유거의 뿌리라면 결국 소유거는 과거 대종사 을조인과 일 합을 겨뤄 패한 후 서장으로 돌아간 마승과 선이 닿게 되는 것이다. 그렇다면 밀천궁과 소유거의 밀접한 관계 역시 새로운 측면에서 바라볼 수 있게 된다.

"어쩌면 대성사 소유거가 일으킨 이 분란은 아주 오래전부터 준비된 것인지도 모르겠군요."

파소가 나직한 목소리로 중얼거렸다.

"그야 지금으로선 모르는 일이오. 일의 전말이야 소천과 향주께서 파헤쳐야 하는 것이고… 이제 우리의 일을 해결할 시간이구려."

무무경의 말에 파소와 일행들이 다시 긴장했다. 무무경의 화두에 정신이 팔려 무무경이 무천향의 적이라는 사실을 잠시 잊고 있었던 것이다.

"향으로 돌아가시는 것은 어떻습니까?"

파소가 물었다. 화두 이야기를 꺼낼 때부터 무무경에게서는 더 이상 지난날의 야망을 찾아볼 수 없었기 때문이다. 그는 조금 허무해 보였고 그런 상태라면 순순히 무천향으로 돌아갈 수도 있을 듯했다.

"흑정단을 삼키고 말이오?"

"일단은……."

파소가 고개를 끄덕였다. 비록 그가 과거의 일을 후회하고 있다 해도 그가 저지른 일의 대가를 받지 않을 수 없었다. 흑정단은 검산의 난을 주도한 사람들 누구에게나 공평하게 주어져야 하는 형벌이다. 향으로 돌아가 향주 을도산에게서 회정단을 다시 받을지라도 지금 이 자리에서는 반드시 흑정단을 받아야 한다.

"후후후."

무무경의 입에서 나직한 웃음소리가 흘러나왔다. 그의 시선이 동굴 아래 서 있는 파소에게서 멀어져 계곡 너머의 먼 하늘로 향했다. 그런 그의 모습에선 왠지 모를 선기가 느껴지기까지 했다.

'사람을 잘못 봤던 것일까, 아니면 사람이 변한 것일까?'

분명 무무경의 지금 모습은 파소가 알고 있는 무무경의 모습이 아니었다. 과거 무무경은 탁발로 이상으로 야망의 기운을 흘려내던 사람이었다. 그러나 지금은 마치 무천향의 무선이라도 된 듯한 기운을 흘려내고 있지 않은가.

"이 중두협으로 오면서 언젠가는 무천향에서 사람들이 올 것이라는 걸 예상하고 있었소. 하지만 이렇게 빨리 찾아올 줄은 몰랐지. 하지만 시간은 크게 문제가 되지 않소이다. 이곳에서 난 내 자신이 누군지, 내 뿌리가 무엇인지 새삼스레 깨달았기 때문이오. 이곳엔 무극의 경지에 도전했던 불괴 무인 조사의 기상이 아직도 남아 있고, 또 인연이 닿아 불괴 무인 조사의 무학을 이어가려는 사람도 있었소."

무무경은 아마도 상륭의 존재를 이미 알고 있는 모양이었다. 하긴 무무경 정도의 고수가 석실에서 사람의 흔적을 찾아내지 못했을 리 없고, 멀리서라도 동굴을 살폈던 상륭의 존재를 모를 리 없었다.

"내 삶에 후회는 없지만 그래도 불괴 조사께 대한 죄송한 마

음은 지울 수 없었소이다. 무학은 끊기고, 그 후손은 불괴 조사
께서 한 축을 담당하셨던 무천향을 파괴하는 일에 가세했으
니… 저승에 가서 어찌 조사를 뵈올런지. 그래서 한 가지 부탁
이 있소."

무무경이 파소를 보며 말했다. 그러자 파소가 눈빛으로 무
무경의 다음 말을 재촉했다.

"그 상륭이라는 사람… 그대로 놓아두실 수 있겠소? 무천향
이 아닌, 무천향을 모르는 사람에게 불괴 무인 조사의 무학이
이어지는 것도 나름대로 가치가 있는 일 같아서 말이오."

무무경의 말에 파소가 잠시 생각에 잠겼다가 입을 열었다.

"그는 그만의 삶을, 그만의 무공을 연성해 갈 것입니다."

"고맙소. 그 보답으로 내 무인 조사께서 이루셨던 무공을 그
대들에게 흉내 내어 보여주리다. 난 이곳에 도착해서 제법 큰
깨달음을 얻었다오. 후후, 그러고 보면 꼭 야망 때문만이 아니
더라도 무천향을 벗어나 강호에 나온 일은 나름대로 의미가
있는 일이었던 것 같소."

무무경의 말이 끝나는 순간 그의 전신에서 거대한 기운이
일어나기 시작했다. 약간의 청색 빛깔을 흘려내는 기운은 순
식간에 그의 몸을 휘감더니 한 사람이 겨우 서 있을 만한 크기
의 동굴 입구를 가득 메웠다. 그러자 그 기운에 밀려 동굴 입
구가 진동을 일으키기 시작했다.

그그그궁!

거대한 북이 전쟁의 시작을 알리듯 그렇게 동굴로부터 격렬

한 굉음이 흘러나왔다. 순간 파소를 비롯한 일행이 일제히 진기를 끌어올리기 시작했다.

파소 역시 긴장하기는 마찬가지였다. 지금 무무경이 흘려내는 기운은 단언컨대 파소가 경험한 그 어떤 고수보다 강력했다. 물론 무공이라는 것이 공력의 고하로만 그 경지가 결정되는 것은 아니지만 누가 뭐래도 공력은 모든 무공의 근간이 되는 주춧돌이었다.

'도대체 저 사람은 이곳에서 무엇을 얻은 것일까?

파소의 머릿속에 무무경이 불괴 무인 조사의 동굴에서 얻은 심득에 대한 호기심과 그에 대한 경계심이 동시에 일어났다. 그러나 다음 순간 파소는 자신이 그런 걸 궁금해하고 있을 때가 아니라는 것을 깨달았다. 지축이 흔들릴 정도의 강력한 기운을 흘려내는 무무경의 시선이 파소 자신을 향했기 때문이다.

"검산 무벽에서 소천 그대의 검흔을 보았을 때 난 깊은 자괴감에 빠졌었소. 평생 무도를 추구한 나조차도 가늠하기 힘든 현기가 스며 있는 검흔이었기 때문이오. 아마도 그런 감정을 느낀 것은 나뿐만이 아니었을 것이오. 무천향의 어린 후학들이야 모르겠지만 적어도 무천향에서 백대고수 안에 들어갈 만한 사람들은 모두 같은 생각이었을 것이오. 그들 중 누구는 그런 소천의 등장을 반겼겠지만 또 다른 누구는 그런 소천의 등장에 자신이 걸었던 무도의 길에 회의를 느꼈을 것이오. 소천이 어린 나이에 이룩한 경지를 우린 수십 년의 수련에도 불구

하고 미처 도달하지 못했으니 무도란 것도 어찌 보면 노력보
단 타고난 재능에 달린 것이 아닐까 하는 의구심이 들었기 때
문이오. 아마도 그래서 검산의 탈주는 더더욱 힘을 받았을 것
이오. 이 비동에 도착할 때까지도 난 그 자괴감에서 자유롭지
못했소. 하지만 지금은… 한번 시험해 보고 싶구려. 이곳에서
얻은 심득과 지난날 이뤄온 나의 수십 년 적공이 여전히 소천
에게 미치지 못하는지!"

말이 끝나는 순간 무무경의 신형이 허공으로 떠올랐다. 그
리곤 거대한 진기를 후광처럼 거느리고 파소를 향해 날아오기
시작했다. 파소의 검이 자신도 모르는 사이에 천천히 다가드
는 무무경을 향했다. 순간 파소의 얼굴이 창백하게 굳어졌다.

'마치 거대한 해일이 밀려드는 것 같구나. 정말 엄청난 공력
이다.'

파소는 밀려드는 무무경의 기운을 간신히 버티며 입술을 깨
물었다.

'어쩌면… 패할지도!'

단언하건대 파소가 강호에 나온 이후 누군가에게서 패배의
예감을 느낀 것은 이번이 처음이었다. 사막의 석동에서 선검
을 갈고닦아 무천향에 든 이후 파소는 그 누구에게서도 기세
를 제압당한 경우가 없었다. 그런데 지금 파소의 가슴속에는
패배에 대한 두려움이 드리워지고 있었다.

슈우욱!

그때 파소를 향해 다가오던 무무경에게서 지금까지완 다른

소음이 일어났다. 태산이 움직이듯 무거운 파공음을 내던 지금까지와는 달리 이번에는 한줄기 서늘한 바람이 불어오는 듯한 파공음이 일어났던 것이다. 그리고 그 파공음의 실체가 한순간 파소 앞에 나타났다.

실제의 크기보다 서너 배는 커 보이는 한 자루 도(刀). 도에 어린 도기가 만들어내는 환상은 아니었다. 무무경이 빼어 든 도에는 도기가 서려 있지 않았다. 그렇다고 쇠로 만들어진 도가 갑자기 부풀어 오른다는 것도 말이 되지 않았다.

'파소, 정신차렷!'

그것은 두려움이었다. 자신을 향해 다가드는 무무경의 기운에 제압된 파소가 느끼는 두려움의 크기가 무무경의 도를 실제보다 서너 배나 크게 느껴지게 만들고 있었다. 그걸 깨닫는 순간 파소의 가슴속에 한줄기 오기가 스멀거리듯 생겨났다.

'그 무엇도, 그 누구도 날 속박할 수 없어. 난 언제나 자유롭게 살아왔어. 그건 지금도 마찬가지야. 아무리 강한 상대도 내 가슴을, 내 정신을 제압할 수는 없어. 설혹 그것이 죽음일지라도……'

순간 파소의 가슴속에서 무무경에 대한 두려움이 거짓말처럼 사라졌다. 파소의 영혼은 다시 예전처럼 자유로움을 되찾았다. 그러자 그렇게 강력하게 파소를 압박하던 무무경의 진기가 마치 산들바람처럼 파소를 스치고 지나가기 시작했다. 또한 환상처럼 거대하게 보이던 무무경의 도 역시 애초에 도(刀) 스스로가 가지고 있던 크기로 보이기 시작했다. 그 순간 파소의 검이 움직였다.

자유를 얻은 것은 파소만이 아니었다. 파소의 가슴이 패배와 죽음의 압박에서 자유로워지자 파소의 검도 모두 속박에서 자유로워졌다. 파소의 검이 가벼운 움직임으로 해일처럼 밀려드는 무무경의 진기를 향해 뻗어나갔다.

파아아!

파소의 검끝에서 시원한 바람 소리가 일어났다. 어느 순간 무무경의 강력한 진기가 파소의 검끝에 닿자 푸릇한 무무경의 거대한 기운이 물결처럼 검의 좌우로 흘러나갔다. 그러자 파소에게 전해지던 강력한 압박감이 급격하게 줄어들었다. 그리고 다음 순간 파소의 신형이 허공으로 떠올랐다.

"아!"

누군가의 입에서 나직한 탄성이 흘러나왔다. 태산을 무너뜨릴 듯한 무무경의 기운을 뚫고 올라가는 파소의 신형이 천둥 번개 속에 비를 타고 승천하는 한 마리 신룡처럼 보였다.

"역시!"

범처럼 파소를 덮쳐 가던 무무경의 입에서 예상했다는 듯한 탄성이 흘러나왔다. 그러나 그렇다고 파소에 대한 공격을 멈출 무무경은 아니었다. 그의 도가 허공에서 반월을 그리며 파소의 머리를 향해 떨어져 내렸다.

콰아아!

한순간 무무경의 도신이 도기에 휩싸였다. 그러자 마치 거대한 빛기둥이 휘둘러지듯 그렇게 무무경의 도기가 파소를 갈라갔다. 순간 파소의 신형이 허공에서 한 바퀴 회전했다. 힘과 힘, 진기와 진기의 격돌에선 아무리 파소라 해도 무무경의 절대신력을 감당할 수 없었다.

파소의 신형이 회전하는 순간 무무경의 도기가 스치듯 파소의 옷자락을 훔치고 지나갔다. 그사이 파소의 검이 기이한 곡선을 그리며 무무경의 겨드랑이 아래 드러난 허점을 파고들었다.

팟!

뻗어나가는 순간 파소의 검에선 무무경의 거대한 도기와는 비교할 수 없을 만큼 작고 세밀한 검기가 만들어졌다. 모양은 예의 그 초승달 모양, 그러나 그 작은 검기는 거침없이 무무경의 기운을 파고들어 가 무무경의 겨드랑이를 번개처럼 관통했다. 그리고 그 순간 두 사람의 신형이 교차했다.

쿠우우웅!

산악이 무너져 내리는 듯한 거대한 충돌음이 중두협을 뒤흔들었다.

쿠쿠쿠쿵!

그리고 뒤를 이어 파소 등이 있는 곳에서부터 시작하여 계곡 저쪽으로 멀어져 가며 중두협의 깎아지른 듯한 절벽에 매달려 있던 거대한 돌덩어리들이 떨어져 내리기 시작했다.

"젠장, 뭐 저런 괴물이 다 있지?"

남독마군의 입에서 경악성이 흘러나왔다. 파소를 보고 한 말은 아니었다. 위태롭게 보이기는 하지만 수백 년 동안 계곡 아래로 떨어져 내리지 않던 중두협의 암석들을 수십 개나 계곡의 격류 속으로 떨어뜨린 무무경의 무지막지한 공력을 두고 한 말이었다.

무무경의 도는 정확하게 애초 파소가 서 있던 곳 뒤편의 청색 절벽 깊숙이 박혀 있었다. 무무경의 도는 그 길이의 배 이상 깊숙이 절벽 안쪽으로 들어가 있었는데, 그 주위로 반경 일장의 거대한 구멍을 만들어내고 있었다. 비록 파소를 베지는 못했지만 무무경의 공력이 어느 정도인지를 여실히 보여주는 도흔이었다.

그렇게 절벽에 강렬한 도흔을 만들어놓은 무무경은 이후 한동안 그 자리에서 움직일 줄 몰랐다. 그는 마치 자신이 뚫어놓은 절벽의 거대한 구멍이 필생의 적이라도 되는 듯 도가 꽂힌 절벽만을 노려보고 있었다.

침묵의 시간이 한동안 흘러갔다. 그렇게 얼마나 지났을까, 문득 무무경이 절벽에 꽂힌 검을 놓아둔 채 천천히 신형을 돌렸다. 파소는 이미 검을 내려뜨린 후 더 이상 싸울 마음이 없다는 듯 무무경을 바라보고 있었다. 그리고 기실 싸움은 이미 끝나 있었다.

"역시 무천향의 무인들을 자괴감에 빠지게 할 만한 실력이오."

무무경이 파소가 아닌 자신의 겨드랑이 부근을 바라보며 말했다. 그의 겨드랑이 쪽에서 가슴 안쪽으로는 작은 혈선이 그어져 있었다. 그리고 그 혈선은 점점 굵어지기 시작했다.

"처음부터 절 베실 생각은 없으셨던 겁니까?"

문득 파소가 물었다. 그러자 무무경이 빙긋 미소를 지었다.

"후후, 난 그렇게 너그러운 사람이 아니오. 벨 수 있었다면 베었겠지. 내 무공이 소천을 벨 만큼 강하지 못했을 뿐이오. 평생의 적공을 담은 일도를 받아준 소천에게 고맙다는 말을 하고 싶소. 고마웠소. 나로서는… 아주 만족한 마지막 비무였소."

무무경의 미소는 사라지지 않았다. 그러나 그의 눈빛에선 어느새 생기가 사라지고 있었다. 무무경은 신형은 흔들리거나 무너지지 않았다. 그러나 그의 혼은 이미 그의 몸을 떠나고 있었다. 무천향 십이종성으로서 부끄럽지 않은 죽음. 아마도 무무경은 자신의 마지막 진기를 자신의 신형이 죽은 후에도 무너지지 않게 하는 데 사용한 모양이었다.

무무경이 선 채 세상을 뜨자 예사롭지 않은 무무경의 죽음을 지켜보고 있던 파소가 나직하게 중얼거렸다.

"아니, 당신은 처음부터 날 벨 생각 같은 것은 없었을 겁니다. 단지 당신 스스로에게, 그리고 우리에게 불괴 무인 조사의 무공을, 당신이 최후에 얻은 심득을 확인시켜 주고 싶었을 겁니다."

第六章
하늘 길

武天鄉
무천향

　간혹 파소는 자신이 하늘을 향해 가고 있는 것이 아닌가 하
는 착각에 빠졌다. 눈부신 설봉 위로 펼쳐진 옥빛 하늘, 그 하
늘을 향해 길게 이어진 외로운 길. 하지만 하늘에 닿았다 느끼
는 순간 길은 다시 설봉을 넘어 산 아래로 이어졌다. 산 아래
는 인간들이 사는 세상, 결국 파소가 지금 걷고 있는 길 또한
사람과 사람 사이를 연결해 주는 통로일 뿐이었다.
　"아아, 멀고도 험하다더니, 정말 죽을 맛이구나. 이런 곳에
도 사람이 살아간다니, 신기한 일이야."
　남독마군도 오랜 여행에 지쳤는지 탄식을 자아냈다. 사천
흑수의 중두협에서 무무경을 만난 후 일행의 행보는 서장으로
이어졌다. 이유는 명확했다. 대성사 소유거, 라마 홍첸. 이들

의 뿌리는 서장의 라마교. 그렇다면 그들이 살아 있을 경우 향
했을 행선지도 당연히 라마교의 심장이라 불리는 납살의 포탈
라궁일 터였다.

"하지만 홍교가 추방된 것은 이미 오래전의 일이에요. 그들이
황교가 아닌, 홍교의 후예들이라면 납살의 본궁으로 돌아갈 리가
없잖아요? 그야말로 죽음의 길일 텐데."

처음 파소와 단보가 서장행을 이야기했을 때 석청이 제기한
의문이었다. 그러나 일행은 서장 고원으로 향했다. 석청의 말
이 틀린 것은 아니었지만 무무경의 경우에서 보았듯이 사람의
본성은 가끔 이성을 압도하기 때문이었다.

더군다나 라마 홍첸과 달리 대성사 소유거는 홍교와 황교가
분리되기 전 라마승의 후예였다. 그러니 그에게 홍교니 황교
니 하는 라마교의 파벌은 별로 중요치 않았다. 그에게 중요한
것은 무무경과 마찬가지로 그의 뿌리에 있을 마승의 그 무엇
일 터였다. 그리고 마승의 유적을 찾는 것은 그가 라마 홍첸으
로부터 생혼단을 얻었든 얻지 않았든 상관없이 이루어질 일일
터였다.

"그래도 아름답잖아요."

을향은 지친 표정이 아니었다. 그녀는 이 새로운 세계의 여
행이 마냥 즐거운 모양이었다. 하긴 평생을 무천향에서 살아
온 사람이니 서장 고원의 풍경은 색다를 수밖에 없었다.

"그런데 이 길은 누가 뚫어놓은 걸까요?"

문득 석청이 고개를 갸웃하며 물었다. 그러자 고승이 입을 열었다.

"이곳은 상로(商路)입니다."

"누가 이 길을 통해 장사를 한단 말인가요?"

"그렇지요. 이 길을 차마고도(茶馬古道)라고도 불리는데, 사천과 운남에서 서장으로 차가 들어가는 중요한 상로지요."

"세상에, 이런 길을 타고 장사를 다니는 사람이 있을 줄은 몰랐네요. 물론 동무림의 근거지인 요동도 험준한 산령이 많기는 하지만……."

석청이 혀를 내두르며 말했다.

"차는 서장인들에겐 없어선 안 될 물건이지만 이 고원에서는 생산이 되지 않지요. 마치 사막에서도 소금은 필요하듯 말입니다. 사막과 초원에서 소금이 금값이듯 이곳 서장에서는 차가 그러하지요."

고승의 말에 석청이 고개를 끄덕이다 문득 고개를 갸웃하며 고승에게 물었다.

"그런데 고 대협께서는 천하 각지의 사정을 어찌 그리 잘 알고 계시지요? 물론 고 대협께서 무천향 최고의 추적술을 지니고 계신 것은 알고 있지만 평생 무천향에서 살아오셨잖아요?"

석청의 질문에 고승이 미소를 지으며 대답했다.

"물론 전 일생의 대부분을 무천향에서 보냈지요. 제 재주를 기특하게 봐주신 향주님의 배려로 몇 번 출향을 한 적은 있지

만 그때도 무천향 주변의 사막과 초원을 돌아보는 정도였지
요."

"그러니 이상하다는 거예요."

"후후, 이상할 것 없습니다. 사실 알고 보면 간단한 일입니
다. 사실 사람들은 추적술하면 사람이 지나간 흔적을 찾는 특
별한 기술이 있을 것이라고 생각하지요. 뭐, 틀린 말은 아닙니
다. 추적술은 오감을 사용해 도망자의 흔적을 찾는 것이 기본
이니까요. 하지만 오감을 사용하는 것은 추적술의 일부분에
지나지 않습니다. 사실 추적술의 시작은 천하 각지의 지형과
특성을 숙지하는 일입니다. 지형과 그 지역의 특색을 알게 되
면 도주하는 자가 움직였을 방향을 짐작하게 되지요. 그러면
추격자는 그 방향에서 도주자의 흔적을 찾기 시작하는 겁니
다. 해서 비록 무천향에 머물러 있다 해도 추적술을 익히는 자
들이 반드시 해야 할 일 중 하나가 천하 각지의 지형과 특성을
알아두는 일이지요. 추적술이라는 것이 개인의 재능도 중요하
지만 선대로부터 이어지는 천하에 대한 지식의 전승도 중요한
이유입니다. 해서 추적술도 무의 한줄기를 이루게 되는 것이
지요."

말을 하는 동안 고승의 목소리에는 자신의 추적술에 대한
자부심이 묻어났다. 본시 강호에선 추적술을 무공으로 보지
않는 사람도 많아 추적술을 익힌 사람들은 종종 무시를 당하
기 마련인데 그에 대한 서운함이 고승의 가슴속에도 적지 않
게 쌓여 있던 모양이었다.

"추적술을 익히는 것도 그런 어려움이 따르는 일이군요. 그 동안은 그저 타고난 재능이려니 생각하고 있었는데……."

석청이 고개를 끄덕이며 말했다. 석청뿐 아니라 다른 사람들도 고승의 이야기를 통해 추적술에 대한 새로운 면을 알게 된 듯 저마다 고개를 끄덕였다.

"하하, 이거, 말을 하다 보니 마치 제 자랑을 한 것처럼 되어 버렸습니다. 전 단지 추적술도 대대로 이어지는 무공의 한줄기라는 것을 말하고 싶었을 뿐인데……."

고승이 사람들이 정색을 하며 자신의 이야기를 받아들이자 멋쩍은 표정으로 말했다.

"아닐세. 자네의 말을 듣고 느낀 바가 크다네. 오늘 자네의 이야기는 비단 추적술을 익히는 방법에 대한 것뿐 아니라 무인으로서 무공을 익히는 데에 있어서도 큰 도움이 되는 이야기였네. 그러나 저러나, 그래, 고승, 자네가 알고 있는 바에 따르면 우린 얼마나 더 가야 납살에 도달하겠는가?"

단보가 묻자 고승이 고개를 들어 주위를 살피며 말했다.

"저도 납살 포탈라궁을 직접 다녀와 본 일이 없으니 정확히는 알 수 없으나 앞으로 십여 일 정도 더 가면 아마도 납살의 포탈라궁이 나오지 않을까 합니다."

"음, 십여 일이라… 그렇다면 이 지겨운 설산 구경도 거의 끝이로군."

어지간히 천하를 돌아다닌 단보도 길고 긴 고원의 산길은 질리는 모양이었다.

“그런데 포탈라궁에 도착하면 황교의 라마들을 만날 건가
요, 아니면 은밀히 대성사의 흔적을 찾으실 건가요?”

을향이 단보를 보며 물었다. 그러자 단보가 고개를 갸웃거
리며 중얼거렸다.

“그러고 보니 그것도 문제군요. 어찌하면 좋겠느냐? 포탈라
궁의 황교는 서역삼대기문 중 한 곳이다. 성급히 그들을 찾아
가는 것은 좋은 일 같지 않은데……”

“황교의 라마들은 어떤 사람들이죠?”

“과거의 홍교가 사람들을 현혹시키는 주술과 세속의 권세
에 큰 관심을 둔 자들이라면 황교는 그에 비해 철저히 불법을
따르는 수행승들이라고 해야겠지. 강호에서도 서역삼대기문
중 황교의 위치를 남무림의 소림과 거의 같이 보고 있단다. 또
한 이 서장에서 황교의 위치는 거의 절대적이라고 할 수 있다.
그러니 그들의 심기를 건드린다면 우린 상당히 곤란한 상황에
처하게 되겠지.”

“그럼 은밀히 포탈라궁의 최고 권력자를 만나는 것이 좋겠
군요.”

“황교 법왕(法王)을 직접?”

“그를 만나는 것이 황교가 혹시라도 소유거의 농락에 놀아
나는 것을 방비하는 제일 좋은 방법 아니겠습니까?”

“음, 그렇긴 하다만 이미 소유거가 그의 마음을 얻었다
면?”

“그럼 되돌려 놓아야겠지요. 그것도 은밀하게. 그래서 그를

은밀히 만나야 한단 것입니다. 소유거 모르게 말입니다."

"음, 알겠다. 하면 포탈라궁이 있는 납살에도 조심해서 들어 가야겠군. 어쨌든 이제부터는 황교의 세력권으로 들어가는 것 이니 모두들 조심해서 행동해야 할 걸세."

단보가 일행에게 경고를 하고는 서둘러 걸음을 옮기기 시작했다.

납살은 흰 눈에 덮여 있었다. 그 북쪽 홍산 기슭에 검은색이 살짝 섞여 있는 듯한 붉은색과 흰색이 어우러진 포탈라궁이 우뚝 서 있었다. 서장의 모든 세력과 주민들이 앙복하는 라마 교의 위세를 여실히 드러내는 포탈라궁은 보는 사람으로 하여 금 저절로 불심이 우러나오게 만드는 묘한 기운이 흐르고 있었다.

파소와 일행은 납살이 눈에 들어오는 순간 걸음을 멈춘 후 밤이 오기를 기다려 은밀하게 납살로 향했다. 납살로 들어선 일행은 낮은 가옥들을 지나 빠르게 포탈라궁으로 향했다.

서역삼대기문이라 꼽히는 황교지만 무림의 문파라기보다 서장인들의 정신적 지주로서의 역할이 더 중요했기에 도검을 든 무승들이 포탈라궁을 지키고 있지는 않았다. 대신 붉은 가 사를 몸에 두른 라마승들이 궁 곳곳을 서성이고 있었는데, 파 소는 그들 중 무공을 익힌 무승들이 섞여 있음을 어렵지 않게 눈치챌 수 있었다.

본시 무공을 익힌 사람은 그 걸음걸이와 서 있는 자세 자체

가 일반인과 달라서 무공의 수위는 감출 수 있어도 수십 년 수
련한 무공의 흔적은 감추기 어려운 법이었다.

　앞서서 일행을 인도하던 고승이 손을 들어 몇 개의 돌계단
과 그 위에 서 있는 몇 채의 건물을 가리켰다. 그러자 파소와
단보가 고개를 끄덕이고는 훌쩍 몸을 날려 절벽처럼 서 있는
포탈라궁을 향해 질주하기 시작했다. 두 사람이 떠나자 나머
지 사람들은 그리 높지 않은 곳에 위치한 한 채의 전각 아래로
다가가 몸을 숨겼다.

　파소와 단보는 어깨를 나란히 하고 돌계단을 치달았다. 곳
곳에 라마승들이 서 있었으나 두 사람의 움직임을 눈치채는
사람은 없었다. 두 사람은 고승이 일러준 대로 황교 법왕의 개
인 처소인 일광전으로 향했다. 깊은 밤, 흘러나오던 희미한 불
빛들도 사라지고 일광전은 어둠에 휩싸여 있었다.

　파소와 단보는 마치 나는 새처럼 흰 벽을 타고 올라 일광전
의 지붕 위에 내려섰다. 그리곤 재빨리 황교 법왕이 침소로
사용하는 가운데 방이 위치한 곳으로 이동한 후 걸음을 멈췄
다.

　걸음을 멈춘 두 사람은 가볍게 시선을 교환하고는 파소가
먼저 처마에 매달리는가 싶더니 화선지에 먹물이 스며들 듯
창을 열고 황교 법왕의 침소로 들어갔다.

　오래된 나무 냄새가 향냄새에 섞여 기묘한 향기를 만들어내

고 있었다. 파소는 이 이국적인 향기를 맡으며 창으로부터 오
장여 떨어져 있는 화려한 침상으로 이동했다.

온화한 듯하면서도 은연중에 위엄이 드러나는 얼굴, 가느다
란 주름은 세월의 흔적을 말하고, 부드럽게 감긴 눈은 세상에
대한 자비를 드러내는 듯했다. 당대 황교 법왕은 그렇게 고요
하게 누운 채 파소를 맞이했다.

파소가 평화롭게 잠든 황교 법왕의 얼굴을 잠시 내려다보고
있는 사이 어느새 단보가 파소의 곁에 다가섰다. 그러나 파소
나 단보, 둘 누구도 쉽사리 황교 법왕의 잠을 깨우지 못했다.
왜냐하면 그의 평화로운 단잠을 깨우는 것이 마치 큰 죄를 저
지르는 일처럼 느껴졌기 때문이다.

그 때문일까, 두 사람은 근 반 각을 침묵 속에서 황교 법왕
의 얼굴만 바라보고 있었다. 하지만 시간은 영원하지 않다. 이
밤도 끝이 있을 것이고 두 사람에겐 할 일이 있었다.

해서 두 사람이 서로 시선을 교환한 후 단보가 한 걸음 앞으
로 나가 황교 법왕을 깨우려는 순간 거짓말처럼 황교 법왕이
눈을 떴다.

“됐소. 난 이미 깨어 있었소.”

황교 법왕이 서툰 한어로 입을 열었다. 그리곤 무던히도 천
천히 몸을 일으켰다. 그의 행동은 너무 느려서 보는 사람으로
하여금 조바심을 일으키게 만들 정도였다.

“그래도 예의가 있는 사람들이구려. 반 각을 기다려 줬으니
말이오. 그 반 각이 그대들에게 반 시진의 시간을 주었소. 그

대들이 무슨 목적으로 날 찾아왔는지는 모르지만 내 반 시진
동안 그대들의 이야기를 들어주리다.”

황교 법왕이 온전히 일어나 침상에 가부좌를 틀고 앉은 후
상대의 내장까지 훑어낼 듯한 안광을 발하며 파소와 단보에게
말했다. 그런데 막상 황교 법왕의 말이 끝나자 파소와 단보의
말문이 막혔다. 어디서부터 이야기를 시작해야 할지 망설여졌
기 때문이다.

“인생은 말이오, 한순간의 꿈에 지나지 않는다오. 해서 인생
을 덧없다 말하는 것이오. 그러니 반 시진이란 시간은 결코 길
지 않소.”

황교 법왕이 파소와 단보의 말을 재촉했다, 여전히 공허하
면서도 날카로운 안광으로 두 사람을 훑어보며. 황교 법왕의
재촉에 파소가 입을 열었다.

“우린 사람을 찾아왔습니다.”

짧은 파소의 말에 황교 법왕은 마치 파소와 단보가 할 이야
기를 모두 들은 듯 고개를 끄덕이며 입을 열었다.

“그가 사람들이 찾아올지도 모른다고 했지. 세상에서 가장
강한 자들이라고 했던 것 같은데…….”

순간 파소와 단보의 눈이 가늘어졌다.

“소유거가 왔었습니까?”

파소가 물었다. 그러자 황교 법왕이 파소의 물음에 답하지
않고 자리에서 일어나더니 옆에 있는 작은 탁자 위에 놓여 있
던 찻주전자를 들어 고동색 찻잔에 차를 따른 후 천천히 한 모

금 마셨다. 그러고 나서야 그는 파소의 물음에 답했다.

"왔었소. 역시 중원의 차 맛은 좋아. 이 차로 중원은 서장을 통제하려 하고 있지만."

말끝에는 역시 다른 말이 따라붙었다. 마치 당신들과 당신들이 찾고 있는 자와의 일에는 관심없다는 듯이.

"그가 있는 곳을 아십니까?"

재차 파소가 물었다. 그러자 법왕이 파소를 응시하며 물었다.

"그를 찾아 뭐 하시려오?"

"그는… 책임져야 할 일이 있습니다."

"책임져야 할 일이라… 쉽게 말하자면 풀어야 하는 원한이 있다는 말이구려."

법왕의 질문에 파소는 침묵으로 응대했다. 침묵이 곧 긍정임을 모르지 않는 법왕이 다시 차를 한 모금 마셨다.

"본시 불법이란 생명을 존귀하게 여기는 것이 그 첫 번째 계율이오."

"알고 있습니다."

"그런데 하물며 한 종파의 수장이라는 내가 목숨을 끊으러 가겠다는 사람들에게 그의 행방을 말해줄 거라 생각하오?"

법왕의 대답에 파소가 단호한 어조로 말했다.

"그는 이곳에 오기 전 수많은 사람을 해쳤습니다. 그와 아무런 인연을 맺지 않은 사람조차 그에 의해 죽어갔지요. 그럼에도 불구하고 그 모든 것을 과거의 일로 치부하고 그가 새로운 사람이 되어 법왕께 귀의해 불도를 닦는다면야 그의 목숨은 법왕께서 지켜야 할 가치를 가지는 것이겠지요. 하지만… 아마도 그는 절대 변하지 않을 겁니다. 그가 이곳에서 힘을 기른다면 그는 지금까지 그가 일으켰던 혈겁보다도 더 큰 혈겁을 일으킬 겁니다.”

“아직 일어나지 않은 일이오.”

“하지만 반드시 일어날 일이지요. 그 한 사람을 제거해 수백 수천의 생명이 살릴 수 있다면 어느 쪽이 더 불도(佛道)에 적합한 일인지 능히 헤아릴 수 있는 것 아닙니까?”

파소의 추궁에 법왕이 다시 입을 다물고 차를 마셨다. 그리곤 한참을 생각에 잠겼다가 되물었다.

“만약 그래도 내가 입을 닫는다면 어찌하시겠소? 그의 말에 따르면, 당신들의 능력이라면 능히 본 교를 한순간에 잿더미로 만들 수 있을 거라 하던데.”

“그것이 그와 우리의 차이입니다. 그는 분명 그런 선택을 할 수 있는 자이지만 우린 그렇지 않습니다. 법왕께서 그의 행적을 말하지 않으시겠다면 조용히 물러가지요. 단, 우리 스스로 그의 행적을 찾는 일을 방해하지는 마십시오. 그것까지는 저희도 양보할 수 없는 일입니다.”

“남의 집 마당을 마음껏 뒤지는데 주인보고 가만히 있으라?”

“그 마당에 뛰어든 천하의 악인을 보호하고 있다면 마당이 성한 것만도 다행인 일이지요.”

대화를 나누는 사이 파소는 처음 황교 법왕에게 가졌던 알 수 없던 신비감을 서서히 지울 수 있었다. 황교가 비록 서장 불법의 정수를 지키는 곳이라고는 하지만, 또한 강호에선 서역삼대기문에 꼽히는 무림의 문파이기도 했다. 그러니 지금 파소 자신과 대화를 나누고 있는 법왕 역시 기실 강호인의 시각으로 보자면 한 명의 무인일 뿐이었다. 더군다나 대성사 소유거를 보호하려 한다면 더더욱 그를 존중할 이유가 없었다.

"그대들의 능력을 보고자 한다면?"

황교 법왕이 무인으로서의 성정을 드러냈다.

"사양치는 않겠으나… 후회하실 겁니다."

파소가 차가운 시선으로 법왕을 보며 말했다. 순간 법왕의 표정이 변했다. 지금 파소가 흘려내는 시선은 지금껏 그를 대하던 시선과는 사뭇 다른 것이었다. 그리고 드디어 이 노련한 황교의 수장은 자신 앞에 있는 자들이 정말 보통 인물들이 아님을 깨달았다. 앞서 그에게 다녀간 그가 말한 것처럼.

"그는 본 교의 진전을 이은 사람이 분명하고, 한눈에 보아도 백 년에 한 번 날까 말까 한 재능을 타고난 사람이었소. 더군다나 그는 자신의 뿌리에 대한 자긍심도 대단했지. 그런 사람을 반기지 않을 인물이 있겠소? 물론 그가 강호에서 어떤 일을 해왔는지 몰랐을 때의 일이겠지만……."

황교 법왕이 한 걸음 뒤로 물러난 듯한 목소리로 말했다.

"그는 어디 있습니까?"

파소는 황교 법왕이 결국 소유거의 행방을 말할 것이란 확신을 갖고 물었다.

"그가 왜 이곳으로 왔는지 아시오?"

황교 법왕이 파소에게 되물었다.

"그는 아마도 마승의 전설을 되살리려 이곳에 왔을 것입니다. 아니, 어쩌면 시간이 필요했을지도 모르지요, 우리의 눈에서 벗어나 있을 시간과 장소가."

"마승이라……."

황교 법왕의 표정이 살짝 변했다. 그리곤 잠시 고개를 저은 후 다시 입을 열었다.

"그대들에게 마승이라 불리는 분이 이곳에선 살아생전 생불로 입적하신 후에는 선승으로 불린다는 사실을 아시오?"

"도검을 들고 수백인을 살육한 사람이 부처라 불린다니, 아마도 라마교는 불법의 정수를 이은 곳이 아닌 모양이군요."

파소가 차갑게 말했다. 마승이 강호에서 죽인 자의 숫자가 얼마던가? 비록 그것이 정당한 비무에 의해 일어난 일일지라도 수백의 생명을 앗은 자가 부처로 불릴 수는 없었다.

"물론 그분께서 젊은 시절 강호에서 나가 행하신 일을 모르는 바는 아니오. 하지만 그분께선 강호에서 돌아오신 후 오로지 불도에만 전념해 결국 생불의 경지에 이르셨다고 전해지고 있소. 오수(汚水)에서 연꽃이 피듯 그렇게 말이오."

황교 법왕의 말에 파소가 눈을 가늘게 뜨며 물었다.

"그래서 지금 소유거, 그자가 그대들이 부처로 받드는 마승처럼 개과천선하여 불도에 전념할 거라 믿고 있는 것이오?"

파소의 물음에 황교 법왕이 잠시 망설이다가 입을 열었다.

"난… 그의 재질을 보고 그럴 가능성이 아주 없지는 않다고 판단했소. 해서 그에게 그대들이 마승이라 부르는 분의 유적이 있는 곳을 가르쳐 주었소. 그리고 그에 대한 기대는 아직도 여전하오."

황교 법왕의 말에 파소와 단보의 얼굴에 실망감이 드러났다. 서역삼대기문이라 불리는 황교의 법왕이라는 사람의 사람 보는 눈이 겨우 이 정도였던가 하는 실망감이었다.

"그는 결코 마승의 뒤를 따를 수 없을 겁니다. 만약 그가 마승의 진전을 잇는다면 그것은 오로지 무공일 뿐이고, 그가 가는 길은 생불이 된 마승과는 전혀 다른 길이 될 겁니다. 그가 마승의 무공을 완성하는 순간 이 황교조차도 다시 예전 홍교의 그 광란의 시대로 돌아갈 겁니다. 법왕께서는 아마도 그의 재능에 가려진 그의 심성을 읽지 못하신 모양이군요."

파소의 날카로운 추궁에 황교 법왕이 잠시 말문을 닫았다. 그리곤 뭔가를 곰곰이 생각하기 시작했다. 그리고 잠시 후 나직한 탄식과 함께 입을 열었다.

"홍산 뒤편을 넘어가면 긴 빙곡이 있고, 그 빙곡 끝에 보면 노을이 지는 시간 피처럼 붉게 빛나는 빙동을 발견할 수 있을 것이오. 이제 그만 가시구려. 이후의 일은 그대들과 그의 운명에 달린 일이겠지. 난 그대들의 운명에 관심을 두고 싶은 생각이 없소. 본래 인생이란 그런 분란에 휩싸여 심력을 허비하기엔 너무 짧은 시간이라오. 그럼 그만들 가보시구려. 난 잠이나 마저 자야겠소."

황교 법왕은 손짓으로 파소 등 두 사람에게 물러갈 것을 권하고는 노구를 이끌고 처음 그가 누워 있던 침상으로 올라갔다. 그런 황교 법왕을 약간 당혹스러운 눈으로 바라보고 있던 파소와 단보가 황교 법왕이 침상에 누워 아예 눈까지 감아버리자 어쩔 수 없다는 듯 황교 법왕의 거처를 벗어났다.

"마승이 될지 생불이 될지는 오직 하늘의 뜻에 달린 거겠지."

파소와 단보가 방에서 벗어나자 감겼던 황교 법왕의 눈이 다시 떠졌다. 그리곤 훌쩍 자리에서 일어나더니 가만히 가부좌를 틀고 앉아 염불을 외기 시작하는 것이었다.

*   *   *

등 뒤의 홍산 위로 태양이 떠오르기 시작했다. 그러자 어둠에 잠겨 있던 설산들이 하나둘 모습을 드러내기 시작했다. 그 설산들 사이로 길게 이어진 투명한 얼음 계곡이 눈부신 빛깔을 흘려내고 있었다.

"저곳인 모양이군."

단보가 빙곡을 바라보며 말했다.

"혹, 함정은 없을까요?"

뒤쪽에서 남독마군이 물었다.

"물론 있을 수도 있겠지. 적어도 마승이 이곳에선 부처로 추

앙받는 인물이라면 그의 유적으로 이어지는 길에 장애물이 있
다 해서 이상할 것은 없으니까. 그렇다고 아니 갈 수 없으니
일단 가자고!"

　말을 던진 단보가 고승을 돌아봤다. 그러자 고승이 고개를
숙여 보이고는 훌쩍 신형을 날렸다. 그렇게 고승을 선두로 파
소 일행이 차가운 빙곡으로 들어가기 시작했다.

　대설문이 있는 철림 인근의 추위와는 또 다른 형태의 추위
가 파소 일행을 맞이했다. 건조한 공기가 잘 갈린 칼날처럼 살
갗을 파고들었다. 사람을 본능적으로 긴장하게 만드는 추위,
한편으론 흐릿해진 정신을 번쩍 들게 만드는 쇠로 만든 채찍
같은 추위이기도 했다.

　'왜 이곳에서 유명한 불승이 많이 나오는지 알 것도 같군.'

　사람의 존재를 한없이 작게 만드는 대자연과 사람의 정신을
한시라도 풀어주지 않는 이 날카로운 추위 속에서 선승들은
끊임없이 자신을 채찍질했을 터였다.

　'마승이 활불이 되었다는 것이 거짓이 아닐지도 모르겠어.'

　마승의 유적을 찾아가는 길은 위험했지만 또한 선기로 가득
차 있었다. 빙곡 곳곳에는 끝을 알 수 없는 낭떠러지가 도사리
고 있어 자칫 발을 잘못 디디면 그대로 이승을 하직해야 하지
만 또한 신비로운 빛을 흘려내는 빙곡은 사람을 현실이 아닌
이상의 세계로 이끄는 힘을 가지고 있었다.

　그래서 대성사 소유거를 추격하는 길이지만 파소 등은 이

위태로우면서도 신비로운 계곡을 질주하며 평소에 경험하지 못한 깊은 내면의 세계에 빠져 있었다. 몸은 본능적으로 위험을 피해 계곡의 끝을 향해 질주하고 있었지만 정신은 어느새 현실을 떠나 자신이 살아온 길, 그리고 알 수 없는 미래에 대한 상념에 빠져 있는 것이었다.

그러나 결국 빙곡의 끝은 나타났다. 그러자 당연히 각자의 상념 역시 끝을 맺었다.

"한자락 꿈을 꾼 것 같아요."

계곡의 끝에 다다라 다시 현실의 세계가 사람들의 머리를 일깨우자 석청이 아련한 목소리로 말했다.

"나도 그래요. 정말 신비한 계곡이에요."

"마승이 생불이 될 만한 곳이구나."

단보도 한마디 거들었다.

"그렇다면 그도 자신의 길을 바꿀 수 있지 않을까요?"

을향이 단보를 보며 물었다. 이미 파소와 단보에게서 황교 법왕과 두 사람이 나눈 이야기를 전해 들은 일행이었다.

"사람의 본성이 한순간에 변할 것이라곤 생각지 않습니다 만… 가능성이 전혀 없는 것도 아닐 것 같군요. 일단 그를 만나보면 알겠지요."

단보가 계곡 끝을 병풍처럼 감싸고 있는 여러 줄기의 설산을 바라보며 말했다.

"그가 있는 곳은 어딜까요?"

거대한 설산 앞에서 을향이 막막한 표정으로 말했다. 그러나 누구도 소유거가 들어 있는 마승의 유적을 찾을 수는 없었다.

"법왕의 말대로 해가 지길 기다리는 수밖에 없을 것 같습니다."

황교 법왕은 말했다, 빙곡의 끝에 노을이 지면 피처럼 붉게 빛나는 빙동이 모습을 드러낼 것이라고. 하니 지금으로선 해가 지기를 기다릴 수밖에 없었다.

"만약 금자를 건다면 난 그가 절대 변하지 않았다는 쪽에 걸고 싶군."

남독마군이 한쪽에 있는 얼음 바위 위에 엉덩이를 붙이고 앉으며 말했다.

"이유가 뭔가요?"

석청이 물었다. 석청은 빙곡을 지나오며 선기에 깊은 감명을 받은 터라 누구라도 이곳에선 악심을 버리고 선심으로 돌아설 수 있다고 생각하고 있었다.

"과거 마승이 이곳에 돌아와 생불이 된 것은 무천향의 시조이신 을조인 대종사와의 만남이 있었기 때문이네. 비록 이곳에 선기가 넘친다고 하지만 그런 인연없이 그저 후일을 도모하기 위해 도주한 자가 이곳의 선기에 감복해 악을 버리고 선으로 돌아설 거라곤 생각지 않네. 선기로 보자면 무천향의 선기도 작은 것은 아니었으니까."

"듣고 보니 그러네요. 무천향의 선기도 천하에 비교할 곳이 드문 것이 사실이지요."

"그러니 그가 어찌 악인에서 불심 가득한 선인으로 변할 수 있겠는가?"

"맞아요. 사람이란 그리 쉽게 변하는 게 아니죠. 특히 본성은 말이지요."

남독마군과 석청의 대화를 듣고 있던 일행이 저마다 고개를 끄덕였다. 사람의 본성이 어찌 쉽게 변할 것인가. 만약 한 장소가 사람의 심성을 완전히 변화시킬 수 있다면 천하에 악인이 존재하지는 않을 터였다.

파소와 일행은 각기 편한 자세로 휴식을 취하며 해가 기울어 노을이 지기를 기다렸다.

세상이 아무리 고요해도 시간은 절대 그 자리에 머물지 않는다. 파소 일행이 신비로운 빙곡의 끝에서 침묵과 고요 속에 휴식을 취하는 사이 어느새 시간은 흘러 빙하의 계곡에 노을이 깃들기 시작했다. 그러자 계곡 끝에 마주한 설산이 붉은 기운으로 물들어갔다.

"정말 말이 나오지 않는군요."

무천향은 아름다운 곳이다. 누구든 무천향에 한번 발을 들이면 그 아름다움에서 헤어나지 못할 만큼 성해에 가득 담긴 별빛은 마약처럼 무천향의 무인들을 무천향에 잡아두지 않았던가. 해서 줄곧 무천향에 머물기를 꺼려하며 강호를 떠돌아다닌 단보조차도 언제나 무천향을 그리워했다.

그런데 지금 파소 일행 앞에 펼쳐지는 설산의 기경은 무천향의 아름다움조차도 잊어버리게 만들 만큼 대단한 것이었다.

눈앞의 설산이 선홍빛으로 물들어갔다. 세상이 한순간에 다른 색으로 변할 수도 있다는 것을 알게 된 일행은 그저 멍하니 설산의 변해가는 모습에 빠져 있었다. 그런데 그러던 어느 순간, 갑자기 파소의 눈이 반짝였다.

'저곳이군!'

옅은 선홍색으로 물들어가는 설산의 거의 정상 부근에 홍옥을 박아 넣은 듯 핏빛을 흘려내는 한 점이 눈에 들어왔다. 아마도 황교 법왕이 말한 곳이 바로 마승의 유적이 있는 빙동일 터였다.

"가죠."

이미 모두들 그 핏빛의 붉은 점을 발견했으리라 생각한 파소가 입을 열었다. 그러자 사람들이 꿈에서 깨어나듯 흠칫한 표정을 짓더니 어느새 설산을 타고 오르는 파소의 뒤를 따라 신형을 날렸다.

산길은 본래 눈으로 가늠하는 것보다 실제의 거리가 먼 법이다. 아래서는 단숨에 도달할 것 같던 핏빛 동굴까지의 길은 절대경지에 오른 무천향의 고수들에게도 상당한 시간을 요구했다. 그래서 일행이 핏빛 동굴에 도착했을 때는 어느새 설산을 물들이던 노을도 사라지고 이젠 그 붉은빛이 검은빛으로 변해 있었다.

핏빛의 동굴은 처절하지만 어둠에 휩싸인 검은 동굴은 사람을 두렵게 만든다. 그것도 설산 정상에 있는 이 검은 빙하의 동굴은 마치 연옥으로 이어지는 길처럼 음습하기 이를 데 없었다.

"과연 이곳에 그가 있을까?"

단보가 동굴을 앞에 두고 긴장한 목소리로 중얼거렸다. 그러나 누구도 단보의 질문에 답을 할 수 없었다. 소유거가 있고 없고는 동굴에 들어가 봐야 알 수 있을 것이다.

"들어가 보죠."

파소가 불쑥 말을 내뱉고는 서슴없이 동굴 안쪽으로 걸음을 옮겼다.

"저럴 때마다 깜짝 놀란다니까."

이미 동굴 안으로 사라지는 파소의 등을 보며 석청이 입을 삐죽이고는 얼른 뒤를 따랐다.

구우우구우우!

동굴로 들어서자 기이한 바람 소리가 동굴 안쪽에서 흘러나왔다.

"뭐야, 출구가 따로 있다는 말인가?"

바람이 불려면 동굴 입구 외에 다른 곳에도 밖으로 뚫린 공간이 있어야 한다. 하나의 출구만으론 이런 거친 바람 소리를 만들어낼 수 없었다.

"좀 더 조심해야겠군, 그가 도주할 수도 있으니."

단보가 긴장한 목소리로 말했다. 일행은 단보의 경고에 따라 좀 더 느리고 은밀하게 걸음을 내딛었다. 그렇게 일각여를 이동하자 동굴의 공간이 조금씩 넓어지기 시작했다. 그리고 동굴 벽에 아른거리는 빛의 그림자!

파소를 비롯한 일행이 누가 먼저랄 것도 없이 걸음을 멈췄다. 빛이 있다는 것은 사람이 있다는 의미, 지금 이 마승의 유적지에 있을 사람은 소유거밖에 없었다.

"후욱!"

일행 중 누군가 깊은 숨을 내쉬었다. 그리고 그 숨소리가 끝나기 전 파소가 다시 걸음을 옮겼다.

"어서들 오시게. 이곳까지 찾아올 거라고는 정말 예상치 못했는데… 역시 무천향인가?"

대성사 소유거, 그의 마른 음성이 파소의 귀에 파고들었다. 파소가 고개를 들어 대성사 소유거의 목소리가 들려온 곳으로 시선을 돌리자 마른 체형의 소유거가 돌을 깎아 만든 의자에 앉아 안으로 들어오는 일행을 바라보고 있었다.

"오랜만에 뵙습니다."

단보가 대성사 소유거를 향해 차가운 인사를 던졌다.

"그렇군. 정말 오랜만이야. 그래, 잘들 지내셨는가?"

대성사 소유거의 도도한 음성이 동굴에 울려 퍼졌다. 무천향에서도 그의 독선적인 성격은 유명했지만 오늘 그가 흘려내는 기운에는 독선을 넘어선 진중한 무게감이 깃들어 있었다.

'탁발로에게는 있고 그에게는 없던 절대자의 풍모를 갖춰

가고 있는 것일까?

애초에 검산을 이끄는 중심이 모든 일을 계획한 소유거가 아니라 탁발로였던 것은 소유거에겐 재주는 있을지언정 사람을 끌어들이는 흡입력이 없었기 때문이다. 소유거 역시 그 사실을 잘 알고 있었기에 일인자가 아닌 이인자의 위치에서 검산을 움직였던 것이다. 그런데 오랜만에 만난 소유거에게선 그동안 그에게 없던 우두머리의 풍모가 느껴지고 있었다.

'선기로 가득 찬 이곳에서 그는 다른 것을 얻은 모양이군.'

이미 그를 보는 순간 황교 법왕이 기대했던 생불로의 변화는 불가능하다는 것을 깨달은 파소였다. 대성사 소유거의 눈에서는 여전히 세상에 대한 강렬한 욕망이 흘러나오고 있었다.

"우리야 대성사의 뒤를 따라 천하를 유랑했지요."

단보의 대답에 소유거가 호탕한 웃음을 터뜨렸다.

"하하하! 그렇다면 나에게 고맙다고 해야겠군. 무천향에 갇혀 살던 사람들이 내 덕에 세상 구경을 했으니 말이야."

소유거가 장내의 사람들을 스윽 쓸어보며 말했다. 그러나 그의 말에 대꾸를 하는 사람은 아무도 없었다. 그러자 사람들을 둘러보던 소유거의 시선이 파소에게서 멈췄다.

"소천께서도 잘 지내셨소?"

"덕분에."

파소가 짧게 대답했다.

"음, 소천의 신위는 더욱 대단해지셨구려. 이젠 정말 무선이라 불려도 부족함이 없을 만큼!"

말을 하는 소유거의 눈빛에 한 가닥 시기의 빛이 스치고 지나갔다.

"그 또한 대성사 덕분이 아니겠습니까?"

파소가 차갑던 얼굴에 한줄기 미소를 지으며 말했다. 소유거가 자신을 향해 시기의 눈빛을 흘려내는 순간 파소는 소유거가 여전히 그가 원하는 만큼의 무공을 얻지 못했음을 직감했다. 그렇다면 오늘 이곳에서 그를 놓칠 일은 없을 것이다.

또한 모든 일의 시작이 그였으니 오늘 이곳에서 그를 제거하면 모든 것은 제자리로 돌아갈 것이다. 그런 생각에 파소의 머릿속엔 그가 돌아갈 푸른 초원이 떠올랐고, 그것이 그의 입가에 미소가 지어진 이유였다.

"내 덕분이라… 하긴 소천이 어려서 무천향을 떠난 것으로부터 오늘 이곳에 있게 된 것은 모두 나 때문이니 내 덕이라 하지 않을 수 없겠구려. 결국 악연이지만 그중에는 복연도 포함되어 있었다고 해야 하나? 후후, 세상의 일이란 공평해서 어두운 곳이 있으면 밝은 곳도 있는 법, 우리 사이에 악연만 있는 것은 아니었구려."

궤변이긴 하지만 어찌 생각하면 틀린 말도 아니란 생각이 들었다. 삶의 행, 불행을 떠나 어쨌든 소유거가 지금 파소가 지니고 있는 무공을 이루는 데 일조한 것은 틀림없는 사실이기 때문이었다. 하지만 그것으로 그가 행한 악업을 정당화시킬 수는 없었다.

"악연이든 복연이든 난 대성사께서 내 삶에 끼어든 것 자체가 싫군요. 우린 만나지 말았어야 하는 사람들이었습니다."

"후후, 맞는 말이오. 만약 소천을 만나지 않았다면 난 아마 지금쯤 무천향의 고수들을 이끌고 천하를 지배하고 있었을 것이오. 하지만 세상일이란 게 어디 마음먹은 대로 되더이까? 우린 필연적으로 만나야 하는 운명이었을 것이오."

소유거의 말에 파소가 고개를 끄덕였다.

"그렇군요. 운명은 인간이 거스를 수 없지요. 오늘 우리가 이곳에서 다시 만난 것 또한 말입니다."

"이곳이 어떤 곳인지 아시오?"

"그 옛날 을조인 대종사와 일수를 겨뤘던 마승의 유적이라고 알고 있습니다."

"맞소. 이곳은 서장 불교가 낳은 최고의 기재라는 마승의 유적이 남아 있는 곳이오. 마승은 이곳에서 젊어서는 무공을 수련했고, 중원에서 돌아와서는 성불을 이루었소."

"그런데 대성사께서는 이곳에서 야망을 키우고 있으시군요."

파소의 비웃음에 소유거의 표정이 변했다. 그의 얼굴에 싸늘한 한기가 감돌았다.

"야망이야 이미 무천향에서 키웠소. 난 이곳에서 부족했던 무공을 보충하고 있었소이다."

"라마 홍첸의 시신을 끝까지 찾지 못했는데, 혹 그의 시신을 찾았습니까?"

"후후후, 운이 닿았소. 그의 시신이 장강으로 흘러들기 바로 직전에 잡을 수 있었소. 하마터면 애써 이룩한 기보를 잃어버릴 뻔했지."

소유거의 말에 파소는 물론, 다른 일행들의 안색이 확연하게 변했다. 소유거의 말대로라면 그는 라마 홍첸에게서 생혼단을 회수한 것이 분명했다. 생혼단의 위력은 전설로 내려오는 것이지만 그것이 만들어지는 과정을 알고 있는 일행들로선 경계하지 않을 수 없는 일이었다. 그러고 보니 소유거의 풍모가 변한 것은 생혼단 때문인지도 몰랐다.

"천인의 정혈이 필요한 물건입니다. 다시 말해 천인의 원혼이 깃든 물건이란 말이지요. 끝이 좋을 수 없는 물건입니다."

"후후후, 그런 충고를 듣기에는 내 나이가 너무 많지 않소? 반면 소천의 나이는 너무 어리고."

"나이 어린 사람도 알고 있는 이치를 어른이 거스르시니 문제가 아니겠습니까?"

이번엔 단보가 소유거에게 말했다. 그러자 소유거가 조금 짜증이 나는 듯한 표정을 짓더니 의자에서 몸을 일으켰다.

"뭐, 사람마다 생각하는 바가 다를 수밖에 없겠지. 그러니 이런 이야기는 끝이 날 수 없는 법일세. 어쨌든 난 마승께서도 얻지 못한 생혼단을 얻었고, 그 힘을 내 것으로 만들었네. 그래서 궁금해. 과연 그 힘이 어느 정도인지 말이야. 마침 자네들이 찾아왔으니 더없이 좋은 상대가 되겠지."

소유거의 표정엔 자신감이 넘치고 있었다. 그의 말과 행동으로 보아 그는 자신의 말대로 생혼단의 힘을 온전히 자신의 것으로 만들었는지도 몰랐다. 그렇다면 그는 과거 마승의 무공보다 더 높은 경지에 올라 있을 수도 있었다, 어쩌면 대종사 을조인의 경지를 넘볼 만큼.

그러나 파소의 몸은 전혀 긴장하지 않았다. 무무경을 상대하며 얻은 것은 나 아닌 것에 대한 두려움을 느끼지 않는 것. 소유거가 생혼단을 얻었든 그렇지 않든 그가 마승의 무공을 뛰어넘었든 아니든 중요한 것은 그가 아니라 파소 자신이었다.

표정의 변화가 없는 파소의 얼굴을 응시하며 소유거가 천천히 파소를 향해 다가왔다. 그러자 단보 등이 재빨리 도검을 빼들며 소유거를 에워쌌다.

"난 소천 그대에게 내 무공을 확인받고 싶은데… 안 되겠소?"

아무리 마승의 무공을 넘어섰다 해도 이곳에 모여 있는 무천향의 고수 모두를 상대하기는 버겁다고 생각한 것일까, 소유거가 자신의 상대로 파소를 지목했다.

"소천, 그의 말에 신경 쓸 필요 없네! 우린 오늘 이곳에서 그를 제거하면 그뿐이야!"

단보가 혹여라도 파소가 소유거의 제안을 받아들일까 걱정해서 얼른 파소를 향해 소리쳤다. 그러나 파소는 단보의 기대와 달리 고개를 저었다.

"아뇨. 저도 궁금하군요. 천인의 정혈을 취해 만들어낸 힘이 얼마나 대단한지!"

第七章
증발

武天鄕
무천향

　붉은 기운이 소유거의 몸을 휘감았다. 붉지만 사기가 배어 있지 않아 보석처럼 투명한 빛깔, 그 붉은빛이 석실을 가득 메웠다. 사람들은 일순 황홀감에 빠져들었다. 보통의 붉은빛은 사람을 흥분시키지만 지금 소유거가 흘려내는 붉은 기운은 사람들의 가슴을 시원하게 해주는 한편, 현실의 세계를 벗어나 몽환적인 세계로 사람들의 정신을 인도하는 것이었다.

　"갈!"

　그런데 한순간 터져 나온 한마디 외침에 붉은 기운이 만들어낸 몽환적인 환상에 빠져 있던 일행이 퍼뜩 정신을 차렸다. 그리곤 이내 자신들의 실태를 깨닫고는 훌쩍 뒤로 물러나 붉은 기운의 영향에서 벗어났다.

한차례 사자후로 사람들의 정신을 깨친 사람은 파소였다. 파소는 소유거가 흘려내는 붉은 기운 속에서도 여전히 본래 그 모습 그대로 서 있었다. 무무경을 상대하며 깨달은 절대자유의 경지가 파소를 어떠한 기운으로부터도 자유롭게 만들고 있었다.

"놀랍구나, 그사이 또 다른 경지에 올라서다니. 소천, 그대의 재능은 참으로 측량할 길이 없구려."

붉은 기운을 흘려내며 소유거가 파소를 보며 말했다.

"제가 약간의 심득을 얻기는 했으나 대성사만 하겠습니까?"

파소의 말에 소유거가 쓸쓸한 미소를 지었다.

"나야 말 그대로 영약의 힘을 빌린 것이고."

소유거 자신도 자신의 무공이 일취월장한 것은 오로지 생혼단의 힘이라는 걸 부인하지는 않았다. 한편으론 어떤 영약의 힘도 빌리지 않고 무극을 향해 다가가는 파소에 대한 질투심도 느껴졌다. 그래서일까, 잠시 자괴감에 빠진 듯 중얼거리던 소유거의 눈에서 그의 몸을 휘감고 있던 붉은 기운보다 훨씬 강렬한 혈광이 흘러나오더니 파소를 향해 손을 쑥 내밀었다.

"겨뤄보세."

소유거의 말끝에서 살기가 묻어났다. 그러자 그의 몸을 휘감고 있던 영롱한 적색 기운이 한순간에 강한 유형의 살기로 변했다.

"으음!"

단보 등 무천향의 고수들이 급변하는 소유거의 기운에 놀라 나직한 신음성을 흘려냈다. 그러나 적어도 파소는 아니었다. 상대가 어떤 힘을 지니고 있든, 어떤 변화를 보이든 파소는 오직 자신의 내면만을 바라보고 있었다.

소유거의 손이 앞으로 뻗어 나오자 그의 몸을 휘감고 있던 붉은 기운들이 소유거의 어깨에서 팔 쪽으로 흘러나오더니 한순간 그의 손끝을 떠나 화살처럼 파소를 향해 뻗어나갔다.

"엇!"

무천향의 고수 몇이 나직한 탄성을 흘려냈다. 소유거의 붉은 기운이 곧이라도 파소를 피로 물들게 할 것 같았기 때문이다. 그 순간 파소가 손에 들고 있던 검을 휘둘렀다. 그러자 파소를 향해 닥쳐들던 소유거의 붉은 기운이 파소의 검기에 휘말려 사방으로 흩어졌다.

"역시!"

다시 소유거의 입에서 탄성이 흘러나왔다. 진기를 가득 머금은 자신의 공세가 단순한 파소의 초식에 흐트러지는 것에 놀란 듯했다.

"저도 생혼단의 힘이 어느 정도인지 무척 궁금했지요."

한차례 소유거의 공세를 막아낸 파소가 나직한 음성을 흘려내며 검을 위에서 아래로 그어댔다.

슈우욱!

순간 그와 소유거 사이를 가득 메우고 있던 붉은 기운이 물결 갈라지듯 갈라지더니 한순간 소유거 앞에 초승달 모양의 검기가 생겨났다.

“기다리고 있었네.”

파소의 선검만이 보여줄 수 있는 이 특유의 공격에 소유거는 크게 동요하지 않았다. 이미 파소가 이런 초식을 쓰는 것을 여러 번 보았기 때문이기도 했고, 여전히 자신의 무공에 대한 자신을 어느 정도 가지고 있기 때문인 듯도 했다.

차앙!

한순간 소유거의 몸 바로 앞에서 맑은 충돌음이 일어났다. 그러자 어느 사이에 소유거의 손에 들린 금빛 륜이 파소가 만들어내는 초승달 모양의 검기를 번개처럼 튕겨내고 있었다.

“오!”

적이라는 사실도 잊은 채 무천향 고수들이 탄성을 흘려냈다. 장내에 있는 무천향 고수들은 파소의 무공을 익히 알고 있는 사람들이었다. 그런 그들에게 파소의 공격을 어렵지 않게 막아낸 소유거의 무공은 놀라운 것이었다.

피이잉!

사람들이 감탄사를 흘려내는 사이 소유거의 손에 들려 있던 륜이 회전을 시작하더니 기이한 소음을 만들어냈다. 금빛 륜이 회전을 시작하자 그 주위에 있던 붉은 기운들이 마치 륜에 흡수되듯 금빛 륜을 중심으로 모여들었다.

파소의 눈이 가늘어졌다. 소유거가 륜을 익혔다는 말은 들은 적이 없었다. 그렇다면 가능성은 둘, 애초에 그가 륜법을 익힌 것을 숨기고 있었던지 아니면 이곳에 와서 새롭게 익힌 것일 터였다.

그러나 그 내력이 중요한 것은 아니었다. 지금 소유거의 손에 들려 있는 금빛 륜이 보여주는 움직임은 절대 예사롭지 않았다. 생혼단의 기운을 빨아들인 륜이 허공을 나는 순간 아마도 경천동지의 위력이 터져 나올 것이 분명했다.

파소가 한 발을 뒤로 물렸다. 수비적인 자세, 그러나 공격이 아닌 수비를 택한 것조차도 파소로서는 자연스런 움직임의 일부였다.

"조심하게!"

소유거의 입에서 경고성이 흘러나왔다. 그러나 그의 경고가 없어도 파소는 지금 소유거의 손에 들린 륜의 위험성을 충분히 인식하고 있었다. 아니, 파소가 아닌 파소의 몸이, 그리고 파소의 검이 륜의 움직임에 무의식중에 스스로 대응하고 있었다.

웅!

파소의 대답이 없자 소유거가 망설이지 않고 륜을 날렸다. 그러자 핏빛 기운을 머금은 소유거의 륜이 허공으로 이 장 가까이 떠오르더니 나비가 춤을 추듯 너울거리며 파소를 향해 다가오기 시작했다.

'시작과 끝을 알 수 없다.'

본시 싸움에서 적을 상대하는 것 중 가장 중요한 것은 적이 공격하는 시점과 마지막 힘을 토해내는 순간을 포착하는 것이다. 그 두 순간을 알아챌 수 있다면 아무리 강한 자의 공격이라도 능히 막아낼 수 있는 것이 겨룸의 이치였다.

그런데 나비처럼 너울대며 날아오는 소유거의 류은 어느 시점에 파소를 향해 폭사할지 전혀 짐작할 수가 없었다. 이런 경우 그 상대자는 류이 폭사하는 그 순간까지 팽팽한 긴장을 늦출 수 없고, 그건 막대한 공력의 소비로 이어지게 마련이었다.

스슥!

파소가 두 걸음 뒤로 물러났다. 속도와 공간은 반대로 움직이니 공간을 넓히면 류의 속도에 대응할 시간을 벌 수 있었다. 그런 파소의 움직임을 보고 있던 무천향 고수들의 얼굴이 어둡게 변했다. 언제 파소가 적의 공격을 앞에 두고 뒤로 물러난 일이 있었는가. 뒤로 물러난다는 것은 선기를 빼앗기는 것이고, 선기를 빼앗긴 싸움에서 승리하는 것은 일 할의 확률도 되지 않는다.

"가랏!"

파소가 걸음을 물려 뒤로 물러나는 순간 기다렸다는 듯 소유거의 입에서 날카로운 음성이 흘러나왔다. 동시에 금빛 류이 사선으로 기울어지더니 단번에 파소를 벨 듯한 기세로 닥쳐들었다.

파아아!

류이 만들어내는 소리가 시원하게 흘러나왔다, 목숨을 건 싸움을 하는 상황에 어울리지 않는 폭포수 소리처럼. 바로 그 순간 모든 사람을 걱정으로 몰아넣고 있던 파소가 훌쩍 신형을 날렸다.

앞도 아니고 그렇다고 옆도 아닌, 기이한 방향으로 몸을 날

린 파소를 따라 소유거의 류이 유연한 곡선을 그리며 날아들
었다. 일단 움직이기 시작한 소유거의 류은 그야말로 전광석
화 같아서 도저히 사람의 움직임으론 피할 수 없을 것 같은 속
도를 만들어내고 있었다.

그렇게 강렬한 속도로 금빛 류이 파소를 관통하려는 순간,
파소의 신형이 믿기지 않을 만큼 심하게 꺾였다.

“엇!”

사람들 사이에서 자신도 모르게 탄성이 흘러나왔다. 뒤로
젖혀진 파소의 허리가 연체동물처럼 흐물거리더니 그의 머리
가 그의 뒷발꿈치에 닿을 정도가 되자 파소를 향해 파고들던
류은 어느새 파소의 뒤쪽으로 흘러가고 있었다.

“아!”

수세에 몰린 파소가 한순간에 난국에서 벗어나자 파소를 지
켜보고 있던 무천향 고수들이 안도의 탄성을 흘려냈다. 그런
데 일단 위기에서 벗어난 파소의 신형이 다음 순간 번개처럼
움직였다.

파아아!

파소가 자신을 스치고 지나간 소유거의 금류을 순식간에 따
라붙더니 금류을 향해 강력한 일초를 휘둘렀다.

쩌엉!

푸른빛이 감도는 파소의 검기가 맹렬하게 회전하는 금류을
가격하자 강렬한 파열음이 터져 나왔다. 동시에 금류이 머금
고 있던 붉은 진기가 폭죽처럼 사방으로 흩어졌다.

“대단하구나.”

붉은 진기의 폭발 속에서 놀란 소유거의 음성이 들려왔다. 그러나 소유거의 무공 또한 놀라워서 어느새 소유거는 진기가 흩어진 금륜 쪽으로 이동해 재빨리 금륜을 회수하고 있었다. 그리고 그 순간 파소가 재차 검을 휘둘렀다. 파소의 검이 회초리처럼 휘어졌다.

팡!

짧고 강력한 파공음이 파소의 검에서 터져 나왔다. 그러자 파소의 검 앞에 있던 붉은 기운들이 일제히 앞으로 밀려 나갔다.

“웃!”

파소가 만들어낸 진기의 파도에 소유거가 파소와 격돌한 이후 처음으로 다급성을 흘려내며 뒤로 물러났다. 파소는 그런 소유거를 바람처럼 따라붙으며 연이어 세 번의 초식을 만들어냈다.

쉬이익!

불규칙한 각도로 기울어진 세 개의 검기가 소유거의 몸을 덮쳐 갔다. 파소가 만든 검기의 그물은 허술한 듯 보이면서도 소유거가 움직일 수 있는 방위를 교묘하게 차단하고 있어 놀라운 공력을 보여준 소유거조차도 일순 당황한 빛을 흘려냈다.

“핫!”

그러나 당황도 잠시, 소유거의 입에서 나직한 기합성이 터져 나오더니 그의 몸 주위에 퍼져 있던 붉은 기운들이 다시금 그의 손에 있는 금륜으로 몰려들었다. 그러자 소유거가 재빨리 금륜으로 열십자를 그어댔다.

쿠우웅!

소유거가 금륜으로 만들어낸 열십자 모양의 붉은 기운이 파소가 만든 세 개의 검초 사이로 파고들었다. 그러자 격렬한 진기의 마찰음이 생겨나더니 파소가 만든 세 개의 검초가 애초 유지하고 있던 서로의 간격보다 한 자 정도 넓게 벌어졌다.

팟!

그러자 순식간에 소유거의 신형이 파소의 검기들 사이를 관통한 후 애초에 그가 앉아 있던 돌로 만든 의자 위로 내려섰다.

파소는 더 이상 소유거를 추격하지 않았다. 소유거의 옷자락 여러 군데가 갈라져 진기의 기운에 휘날리고 있었는데, 그 안쪽에 얼핏 붉은 피가 보이는 듯했다. 아마도 파소가 만든 검기의 그물을 빠져나오며 생긴 상처인 듯싶었으나 그 깊이는 그리 깊어 보이지 않았다.

한 번의 격돌을 통해 양측의 우열은 드러났다. 비록 소유거가 마승이 완성하지 못한 생혼단을 자신의 것으로 만들었으나 오늘 비무의 승자는 파소였다.

무공의 고하가 가려졌으니 파소는 그것으로 자신의 역할이 끝났다고 생각했다. 소유거의 목을 베는 것은 그가 아니라 다른 사람들 모두의 몫이었다. 애초에 소유거가 원한 것도 파소와 무공을 견주어보는 것 아니었던가.

목적이 달성된 싸움을 계속할 필요는 없었다. 파소가 공격을 멈추고 돌 의자에 내려선 소유거를 응시하고 있자 잠시 당황한 듯한 표정을 보이던 소유거가 이내 안색을 회복하고는 희미한 미소를 지었다.

"정말 대단해. 난 내가 소천에게 밀릴 거라곤 단 한 번도 생각지 않았었소. 이곳에 도착해 힘을 얻은 이후에는 말이오."

아직도 믿기지 않는다는 듯, 그러나 현실이 그리 절망적이지는 않은 듯한 표정으로 소유거가 말했다.

'여유가 있다는 건가?

파소는 물러난 소유거의 행동을 보며 의문이 들었다. 상태로 보자면 소유거는 막다른 골목에 몰려 있었다. 애써 얻은 생혼단의 효용으로도 파소 자신에게 밀렸으니 장내에 있는 무천향 고수들을 당해낼 방도가 그에게 있을 리 만무했다. 그럼에도 불구하고 소유거의 표정은 담담했다.

'길이 있다는 말인데…….'

파소가 재빨리 주변을 둘러보았다. 그러나 그 어디에도 소유거가 빠져나갈 공간은 보이지 않았다. 더불어 동굴 밖에서도 어떤 인기척도 들리지 않았다. 파소가 판단하건대, 소유거가 이 상황을 벗어날 방도는 전무했다.

'설마 포기한 것일까?

어쩌면 그럴지도 몰랐다. 소유거는 명석한 자이므로 상황이 극에 다다랐음을 모를 리 없었다. 그리고 그의 자존심으로 보아 이런 상황에서 살아보겠다고 광분할 사람도 아니었다. 하지만 그럼에도 불구하고 소유거의 표정은 너무도 자신만만했다. 그렇게 파소가 소유거의 행동에 의문을 떠올리고 있을 때 소유거가 입을 열었다.

"정말 놀라운 무공이오. 하지만 사실대로 말하자면 오늘의 이 비무는 제대로 된 비무가 아니었소."

"그건 또 무슨 수작이시오?"

멀리서 남독마군의 비웃음이 들려왔다. 그러자 소유거의 눈썹이 꿈틀거리며 한쪽 위로 치켜 올라갔다.

"흥, 쥐새끼 같은 놈이!"

소유거의 입에서 거친 음성이 흘러나왔다. 파소는 모르겠지만 남독마군 정도는 안중에도 없다는 태도였다.

"제길, 하긴 여우가 쥐보다야 낫지."

남독마군의 투덜거리는 목소리가 다시 들려왔다. 그러나 소유거는 더 이상 상대하기 싫다는 듯 남독마군의 말에는 신경도 쓰지 않고 다시 파소를 바라봤다.

"생혼단은 말이오, 아직 내 몸에 완전히 흡수된 것이 아니오."

"시간이 부족했다는 말이군요."

"그렇소이다. 소천, 내게는 적어도 앞으로도 삼백 일의 시간이 필요하오. 더불어 선승의 유학을 완성하려면 좀 더 많은 시간이 필요했소. 그런데 소천은 너무 빨리 날 찾아왔구려."

"그래서 시간을 더 달라는 겁니까?"

파소가 차갑게 물었다. 그러자 소유거가 희미한 미소를 지으며 대답했다.

"그렇다고 하면 들어주시겠소?"

그러자 멀리서 다시 남독마군의 목소리가 들려왔다.

"참으로 염치도 없는 자로구나."

그러나 여전히 소유거는 남독마군과 말씨름을 할 생각이 없는 모양이었다. 그는 오로지 파소만을 바라보고 있었다. 파소는 그런 소유거가 조금은 역겹게 느껴졌다. 초탈할 줄 알았던 그가 삶에 대한 강한 애착을 보이고 있었다.

'하긴 아직 시도할 것이 남아 있으니 당연한 일일지도.'

소유거가 필요한 시간이 그에게 주어진다면 그의 무공은 또 다른 경지에 이를 것이다. 비록 오늘 파소가 소유거를 물러나게 했다고 해도 그가 원하는 시간이 지난 후 소유거가 생혼단의 모든 힘을 자신의 것으로 만들고 마승의 유학을 완성한다면 그때의 승부는 또 어찌 될지 알 수 없었다.

하지만 그런 일이 실제로 벌어질 가능성은 없었다. 파소는 그렇게 여유있는 사람이 아니었다. 혈원을 가진 자, 그리고 살려두면 두고두고 후환이 될 자에게 힘을 기를 시간을 줄 만큼 너그러운 파소는 아니었다.

"미안하지만 대성사께 시간을 더 줄 수는 없습니다. 난 오늘 이곳에서 나와 대성사의, 그리고 대성사와 무천향의 인연을 끊을 생각입니다. 더 이상 무천향에 대성사의 그림자가 어른거리는 것을 원치 않습니다."

파소의 말에 소유거가 한줄기 비웃음을 흘렸다.

"내가 죽으면 무천향이 영원히 예전의 무천향으로 그 자리 그곳에 머물 것이라고 생각하시오? 후후, 만약 그렇게 생각한다면 그건 소천의 꿈에 지나지 않을 거요. 무천향에 사는 사람들도 사람이오. 사람이 욕망을 버린다는 것은 결코 쉽지 않소. 더군다나 이미 세상을 경험한 사람들이라면 더더욱. 아마 내가 오늘 이곳에서 죽는다 해도 머지않아 제이, 제삼의 소유거가 무천향에 생겨날 것이오. 솔직히 말해 검산이 무천향을 벗어나는 순간 무천향은 끝났소!"

소유거가 단정하듯 말했다. 파소는 굳이 소유거의 말을 반박하지 않았다. 자신이 생각하기에도 무천향이 다시 예전의 모습으로 돌아가기는 불가능해 보였기 때문이다.

"무천향이 계속 이어지든 아니든 그건 나중에 생각할 일이지요. 그리고 솔직히 난 그 일에 별로 관심이 없습니다. 내가 무천향에 들어온 것은 오로지 내 뿌리를 찾기 위해서였고, 대성사를 추격해 여기까지 온 것은 우리 사이에 얽힌 혈원을 끊기 위해서지요. 그 외에 무천향의 운명은 사실 내 관심사가 아닙니다."

"무천향의 소천으로서 할 소리가 아니구려."

"소천이 된 것조차도 과거의 일을 매듭짓기 위해서였으니 이 소천 자리도 일이 끝나면 어찌 될지 모르지요."

"그러니까 소천께선 무천향에, 아니, 세상의 권력에 전혀 관심이 없으시다는 말이구려."

"내가 살아온 방식, 내가 살아갈 방식과는 다른 길이란 말입
니다."

파소가 단호하게 말했다. 그러자 소유거가 한줄기 미소를
지으며 물었다.

"그렇다면 그 소천 자리도 결국 내놓겠구려."

"아마도 그리되겠지요."

"후후후, 하지만 그대는 소천의 자리를 쉽게 내려놓을 수 없
을 것이오."

소유거가 단정적으로 말했다. 파소는 소유거의 말에 세상
모든 사람이 당신처럼 야망을 위해 살아가는 것은 아니라고
말해주려다 괜한 말씨름을 하기 싫어 입을 다물었다. 그런데
소유거가 파소에게 그런 말을 한 것은 전혀 다른 이유 때문이
었다.

"소천은 뿌리를 찾고 부모님의 구원을 해결하기 위해 무천
향에 들어왔다고 했소이다. 그러니 그 일이 끝나기 전에는 소
천의 자리에서 물러 날 수 없는 것 아니오?"

"그 일은 오늘 여기서 끝나게 될 겁니다."

대성사 소유거만 제거하면 파소가 무천향에 들어온 목적은
거의 완성되었다고 할 수 있었다. 향주 을도산과의 관계는 차
후의 문제일뿐더러 파소 스스로에겐 그리 중요한 문제가 아니
었다. 그런데 파소의 말에 소유거가 고개를 저었다.

"아니, 오늘 끝나지 않을 일이오."

"이곳에서 살아날 수 있다고 생각하는 겁니까?"

파소가 되물었다. 그러자 소유거가 비릿한 미소를 짓더니 천천히 입을 열었다.

"나와 같은 사람들… 그러니까 음모를 꾸미고 사람을 함정에 빠뜨리기를 좋아하는 사람들의 특성 중 하나는 의외로 겁이 많다는 것이오. 겁이 많은 사람은 언제나 자신이 최악의 위기에 빠졌을 때를 대비해 마지막 한 수를 준비해 둔다오."

순간 파소와 무천향 고수들의 표정이 변했다. 소유거 같은 사람이 준비해 둔 계책이라면 결코 무시할 수 없을 것이기 때문이었다.

"대성사께서는 그 한 수를 쓰실 기회가 없을 겁니다."

파소와 소유거가 겨루는 동안 뒤로 물러나 있던 무천향의 고수들이 천천히 소유거와의 거리를 좁혔다. 파소와 단보 등이 형성한 포위망은 워낙 촘촘해서 비록 소유거가 하늘을 나는 재주를 가졌다고 해도 빠져나갈 수 없었다.

소유거 자신은 자신있게 말은 했지만 소유거가 준비한 마지막 한 수를 쓸 기회는 전혀 없어 보였다. 하지만 소유거의 표정엔 여전히 미소가 지어져 있었다. 그리고 잠시 후 파소를 바라보며 말했다.

"오늘의 만남은 나로서도 무척 유용한 것이었소. 소천, 그대의 실력을 가늠해 볼 수 있었으니 말이오. 이젠 내가 무천향에 다시 돌아가기 위해서 이뤄야 할 성취가 어느 정도인지 확실히 알게 되었소. 아마도 다신 날 찾을 수 없을 거요. 우리가 다시 만날 때는 내 스스로 만족할 만한 성취를 거둔 이후 내 발로 무천향에 돌아갔을 때일 것이오. 만약 평생 그 경지에 도달하지 못한다면 결국 우린 다신 만나게 되지 못할 것이오. 아, 하나는 약속하겠소. 무천향에 돌아가지 않는 이상 강호에서 다른 일을 벌이지는 않을 것이오. 하지만 만약 내가 무천향에 돌아간다면 그때 무천향은 전혀 새로운 길을 걷게 될 것이오. 강호 패자의 길을 말이오! 그럼 소천, 잘 가시오.”

구릉!

소유거의 말이 끝나는 순간 기이한 마찰음이 일어나더니 순식간에 소유거가 앉아 있던 돌 의자가 아래로 회전했다. 그러자 소유거의 신형은 땅속으로 사라지고 의자의 밑 부분이 거꾸로 올라와 소유거가 사라진 통로를 막아버렸다.

“이런!”

단보가 갑작스런 변화에 놀라 일검을 날려보았지만 이미 소유거는 사라지고 단보의 검기는 통로를 가로막은 돌 의자의 밑 부분을 강타했을 뿐이었다.

꾸루룽!

소유거가 사라지고 채 몇 호흡이 지나지 않아 동굴의 아래쪽에서 거대한 소음이 들려오기 시작했다. 지진이라도 난 듯, 굉음은 동굴 저 아래쪽으로부터 파소 등이 서 있는 동굴을 향해 서서히 다가왔다.

“나가야겠습니다.”

파소가 짧게 말하고는 신형을 돌려 마승의 동굴을 벗어나기 시작했다. 다른 사람들 역시 지금 이 동굴에서 무슨 일이 벌어지고 있는지 짐작하고 있었기에 서둘러 파소의 뒤를 따랐다.

쿠쿠쿠쿵!

파소와 일행이 동굴을 벗어나는 순간, 그들의 뒤쪽에서 굉음이 일어나더니 마승의 유적이 들어 있던 동굴이 한순간에 무너져 내렸다. 사람들은 일제히 신형을 날려 동굴이 무너지며 만들어낸 충격에서 멀리 벗어난 후 착잡한 시선으로 무너진 동굴을 바라봤다.

"제길, 이래서야 수천 리 길을 달려온 보람이 사라지고 말았군."

"그러게 말이에요. 역시 대성사 소유거예요. 수십 년 동안 무천향을 위기로 몰아넣은 음모를 꾸민 자가 우리가 올 것을 예상했으면서도 끝이 막힌 동굴에서 기다리고 있었다면 그만한 준비를 하고 있었을 거라 생각했어야 했는데……."

을향이 혀를 차며 말했다.

"어쩔 수 없는 일이지요. 애초에 동굴에 들어갈 때 심상찮은 바람 소리를 듣고 다른 출구가 존재하리란 것을 예상하고도 조심하지 않은 우리의 불찰이지요."

단보가 고개를 저으며 말했다.

"그렇다고 설마 그 돌 의자가 뒤집어질 줄이야 누가 생각이나 했겠습니까? 하여간 다른 건 몰라도 계교를 꾸미는 것은 천하제일일 겁니다. 하니 걱정이지요, 그자가 또 어떤 일을 벌일지."

남독마군의 걱정에 파소가 침착한 목소리로 입을 열었다.

"그는 뛰어난 두뇌를 지니고 수많은 계략을 꾸며왔지만 또한 자존심이 강한 사람입니다. 아마도 그는 자신이 한 말을 반드시 지킬 겁니다."

"그가 한 말이라면… 소천의 무공을 능가할 만한 수준의 무공을 성취하지 않으면 강호에 나오지 않겠다는 것 말인가?"

"그렇습니다. 또한 일단 그가 자신의 무공에 자신을 갖게 된다면 반드시 스스로 무천향을 찾아오겠지요."

"음, 과연 그 영악한 자가 그렇게 정직한 움직임을 보일까?"

남독마군이 반신반의하는 표정으로 말했다. 아무래도 남독마군은 소유거의 말을 믿지 않는 모양이었다. 그러자 단보가 허탈한 음성으로 말했다.

"그야 기다려 보면 알겠지. 물론 다시 추적을 시작해야겠지만 내 생각에 그가 이 서장에서 사라진다면 아마도 더 이상 그의 흔적을 찾기는 힘들 것 같군. 그가 다른 일에 신경 쓰지 않고 오로지 자신의 무공 수련에만 전념한다면 말이야."

"그렇지요. 그가 숨고자 한다면 찾기는 힘들겠지요."

파소도 고개를 끄덕였다. 그러자 남독마군이 고개를 갸웃하다 입을 열었다.

"그의 나이가 얼마나 됐지요?"

"벌써 칠십이 넘은 지 오래지."

"후후, 그러면 그에게도 시간이 많지는 않겠군요. 설마 칠십이 넘은 나이에 십 년 수련을 할 것도 아니고."

"그가 필요한 시간은 삼백 일 정도라고 했잖아요?"

석청이 말했다.

"그건 그가 생혼단의 힘을 모두 흡수할 때까지 걸리는 시간일 뿐, 그것만으로 그가 원하는 무공이 성취되는 것은 아니지 않겠는가? 석 부인도 알다시피 무공이란 반드시 공력의 문제만은 아니니까. 그도 마승의 무공을 완성할 시간도 필요하다고 했고, 어쨌든 시간은 결코 그의 편이 아니야. 그가 생혼단의 힘을 모두 흡수하고 마승의 무공을 완성한 후 무천향을 장악해 천하를 도모하기에는 그는 나이가 너무 많아. 내 생각엔 아마 그가 스스로 자신에게 남겨진 시간에 신경을 쓴다면 무공을 완성하는 것에 큰 방해가 될 걸세. 그리고 어쩌면 미처 완성하지 못한 무공을 가지고 강호에 나올 수도 있겠지."

남독마군의 생각은 제법 논리적이어서 누구도 그의 말을 반박할 수 없었다.

"그가 목적을 바꿀 수도 있지요."

다른 사람들이 침묵하는 와중에 파소가 입을 열었다.

"목적을 바꾼다면 무엇으로 말인가?"

"애초 그의 목적은 무천향의 고수들을 이끌고 천하를 지배하는 것이었지요. 하지만 이제 다시 그런 일을 벌이기에는 노형님의 말씀처럼 그에게 주어진 시간이 많지 않습니다. 그러니 그가 천하 지배가 아닌 무천향을 무너뜨리는 것으로 목적을 바꿀 수 있다는 겁니다. 그 일은 수백 년 전 마승이 을조인 대종사께 패배한 일에 대한 설욕도 되는 것이니 마승의 후예인 그에겐 충분한 목적이 될 수 있을 겁니다."

"음, 듣고 보니 그렇군. 그게 그로서는 더 현실적인 목표가 될 수 있겠어. 하면 향의 방비를 더 신중하게 해야겠군."

사람들의 시선이 무너져 버린 설산 봉우리의 빙동으로 향했다. 언제 동굴이 있었냐는 듯 동굴은 흔적도 없이 사라져 있었다. 그러나 파소와 그 일행은 그 무너진 동굴 속에 여전히 살아 있는 대성사 소유거의 위험을 피부로 느끼고 있었다.

*　　　　*　　　　*

서장을 떠난 이후에도 대성사 소유거의 흔적을 찾기 위한 추적은 계속됐다. 그가 서장을 떠났을지, 혹은 무너진 빙동 그 어딘가에 또 다른 은신처가 있어 여전히 설산 빙동에 남아 있을지, 아니면 황교 법왕의 비호 아래 다른 은신처를 마련했는지는 알 수 없었다. 남독마군은 다시 한 번 황교 법왕을 찾아가 그가 갈 만한 곳을 추궁하자고 말하기도 했으나 파소와 단보는 더 이상 황교 법왕을 찾아가지 않았다.

황교 법왕은 강호의 무림인이기도 하지만 종교적 삶을 사는 승려이기도 했다. 강제로 그의 입을 열기도 어렵거니와, 사실 그럴 필요도 느끼지 않는 파소였다. 왜냐하면 설혹 법왕으로부터 소유거가 숨어 있을 만한 곳을 전해 듣는다 해도 일단 황교 법왕이 소유거에게 또 다른 은신처를 제공했다면 파소 등이 방문하는 순간 황교 법왕은 이미 소유거에게 그 사실을 알릴 것이 분명했고, 그렇다면 파소등이 그 장소를 찾았을 때 이미 소유거는 다른 곳으로 몸을 피했을 것이기 때문이었다.

물론 방법이 아주 없는 것은 아니었다. 무천향의 힘으로 황교를 멸절시킬 작정을 한다면 황교 법왕 역시 소유거를 내놓지 않을 수 없을 테지만 정작 황교 법왕이 소유거를 비호하고 있다는 확실한 증거도 없는 상태에서 그런 일을 벌일 수는 없었다. 그건 무천향이 일을 처리하는 도리와 법도에도 어긋나는 것이었다.

그래서 파소 일행은 포탈라궁을 뒤로하고 납살을 떠났다. 그들은 다시 하늘로 이어진 길을 따라 서장 고원을 걸어 수십일 만에 사천에 당도했다. 긴 여행 끝에 사천에 당도한 일행은 여행의 여독을 풀기 위해 성도에서 며칠 쉬어 가기로 하고 작은 객잔에 여장을 풀었다.

그리고 그날 어김없이 사천에서 활동하는 천안성 모슬이 일행을 찾아왔는데, 모슬은 향으로부터 온 한 가지 소식을 일행에게 전했다.

"천안성이 정비를 마쳤다고?"

"그렇습니다."

모슬의 말에 단보가 의아한 표정을 지었다.

"빠르군."

천안성은 정종과 검산, 그리고 죽림의 고수들이 골고루 섞여 만들어진 조직이었기에 검산의 탈주와 그들에 대한 추격전으로 반수 이상이 사라진 상태였다.

강호로부터 격리된 무천향, 이율배반적으로 그 무천향을 외부로부터 지키기 위해선 강호에서 활동하는 천안성의 역할이 그 무엇보다 중요하다. 그러니 흐트러진 무천향을 바로 세우자면 천안성을 재정비하는 것이 급선무인 것은 분명했다. 하지만 천안성이라는 조직을 새롭게 정비하는 것은 그리 쉬운 일이 아니었다.

천안성은 무천향 밖에서 살아가는 무천향의 무인들이므로 무공은 물론, 무천향에 대한 충성심이 확고한 자들만이 될 수 있었다. 예전 무천향이 깨어지기 전에는 그래서 천안성 한 명을 정하는 데에도 십이종성 모두의 검증과 동의가 필요했었다.

그런데 삼십여 명의 천안성 중 절반이 사라진 지금 어느새 천안성이 재정비되었다니 천안성의 살아 있는 역사라 할 수 있는 단보로서는 놀라지 않을 수 없었다.

"향주께서 오래전부터 보아두셨던 사람들이 있는 모양입니다. 그리고 이번 분란을 겪으며 그 사람들의 됨됨이를 확인하신 모양입니다."

모슬의 말에도 단보는 여전히 근심스런 표정을 지었다.

"해서 종성님들의 승인이 났다고 하던가?"

"지금으로서야 종성님들도 향주님의 의견을 따를 수밖에 없는 상황이지요. 그리고 대성사 소유거가 살아 있다는 것이 확인된 이상 향주께서는 천안성의 일을 뒤로 미룰 수 없다고 생각하신 모양입니다."

모슬의 이 말에는 단보도 고개를 끄덕였다.

“하긴 그렇기도 하지. 이제부터 소유거의 흔적을 추격하는 일은 천안성들이 해야 할 일들이니까. 그래, 새롭게 뽑힌 천안성들이 향을 나왔다던가?”

“아직은 아닙니다. 향주께선 단 어르신을 기다리고 계십니다.”

“나를?”

“그렇습니다. 아마도 향주께선 새롭게 뽑힌 천안성들을 일정 기간 동안 단 어르신께서 맡아주길 바라시는 것 같습니다.”

“무슨 말인가?”

“왜, 예전에도 그러지 않았습니까? 한 명의 천안성이 뽑히면 천안성 중 한 명이 그를 데리고 삼 년간 강호행을 했지요. 그러면서 자연스럽게 강호를 알게 하고 천안성으로 활동하는 법을 배우지 않았습니까?”

“그야 그렇지만… 그럼 내게 십여 명이 넘는 새로운 천안성 모두를 책임지게 하신단 말인가?”

“제가 듣기로는 그렇게 들었습니다.”

모슬의 말에 단보가 난감한 표정을 지었다.

“허허, 이거, 큰일이군. 난 이번에 향에 돌아가면 잠시 쉴 생각이었는데…….”

“다른 천안성들은 대성사 소유거의 행방을 쫓는 데 모두 투입될 것 같습니다.”

“음, 향주께서 그리 결정하셨다면 어쩔 수 없는 일이지. 그런데 그렇다면 향주께선 아마도 무천향을 그대로 유지할 생각이신 모양이군."

"아마도 그런 듯싶습니다. 지난번 호북에 나와 있는 천안성 유장을 만났을 때 그는 향주께서 무천향을 해체할지도 모른다는 우려를 했지요. 그런데 지금으로 봐선 그러실 것 같지는 않습니다. 향의 조직들을 새롭게 정비하시는 걸 보면."

모슬의 대답에 두 사람의 대화를 듣고 있던 파소의 얼굴에 그늘이 졌다. 기실 파소는 대성사 소유거의 문제와 상관없이 이미 무천향이라는 조직은 무너진 조직이라고 생각하고 있었다.

검산의 탈주와 천추군의 출행으로 인해 이미 많은 무천향 고수들이 강호의 생활을 경험한 뒤였다. 그리고 그들 중 무천향을 그리워하는 사람도 있겠지만 또한 강호에서 맛본 무림의 세계를 마음에 두고 있는 사람들도 있을 터였다. 그런데 과연 그런 사람들을 다시 무천향에 묶어둘 수 있을 것인가.

'한번 터진 봇물은 막기 어려운 법이지. 하물며 사람의 마음이야. 향주께서 욕심을 부리는 것은 아닌지.'

파소조차도 소유거의 문제만 아니라면 돌아가는 즉시 무천향을 떠날 생각이었다. 비록 을씨 혈족의 문제가 파소의 발목을 잡겠지만 을밀가를 이어가는 것은 자신이 아니더라도 충분히 그 역할을 대신할 사람들이 있었다. 을현만 하더라도 시간만 주어지면 반드시 정해공을 십이성 완성할 재목이 아니던가.

"일단 서둘러 돌아가 봐야겠구나."

단보가 파소를 돌아보며 말했다.

"그래야겠지요. 혹여라도 향주께서 지나친 욕심을 부리시는 것이 아닌지 걱정입니다."

"향주님의 성정을 잘 알고 있지 않느냐? 무리할 분이 아니시다. 인내심이 강한 분이지."

"하지만 상황은 사람을 변하게 하지요. 더군다나 향주께서는 무천향에 대한 애정이 무척 깊은 분이지요."

파소의 말에 단보도 더 이상 대답을 하지 않고 그늘진 표정을 지었다. 단보 역시 이미 강호에 발을 들인 무천향의 고수들을 예전 무천향의 그들로 되돌려놓으려는 향주 을도산의 의도가 무리는 아닐지 걱정되는 것이 사실이기 때문이었다.

일행은 성도에서 삼 일을 머물렀다. 본래는 십여 일 정도 머물며 그동안 쌓였던 피로를 풀 생각이었지만 천안성의 조직 정비를 위해 무천향주 을도산이 단보의 회향을 재촉했기 때문에 성도에 오래 머물러 있을 수가 없었다.

그래도 삼 일의 휴식은 일행에게 새로운 힘을 주었다. 더군다나 서장을 벗어나자 기후도 온화해져 서릿발 같던 일행의 마음도 성도를 떠나면서는 날씨를 따라 제법 여유를 되찾은 후였다.

성도에서 무천향으로 가는 길은 여러 갈래가 있었다. 배를 타고 장강과 대운하를 이용해 북방까지 가는 길과 육로를 이용해 서안을 거쳐 하북으로 들어간 후 장성을 넘는 길을 이용

할 수도 있었다. 아니면 아예 장강을 타고 황해로 나가 동무림 남부의 요하 하류로 진입한 후 서진할 수도 있었다.

파소와 일행은 그중에서 서안을 통해 북상하는 육로의 길을 택했다. 물론 배로 이동하는 것보다 여러모로 고생스런 길이었지만 배로 장강을 거슬러 내려가 다시 북상하는 것보다는 빠르게 무천향이 있는 장성 너머의 고비사막으로 들어갈 수 있기 때문이었다.

파소와 일행은 서서히 변하는 풍광들을 구경하며 빠르게 북상했다. 하북성 초입에 들어섰을 때는 계절도 변해서 먼 산에 하나둘 울긋불긋한 단풍이 보이기 시작했고, 장성을 넘을 때는 보이는 온 산의 나무들이 색동의 고운 옷을 갈아입은 후였다.

그러나 장성을 넘은 후 며칠간 이어지던 고운 단풍 구경도 잠시, 일행은 어느새 끝없이 펼쳐진 고비사막을 눈앞에 두게 되었다.

"드디어 도착했군."

누군가에겐 세상의 끝처럼 느껴질 사막을 보며 단보는 고향에 돌아온 듯한 느낌으로 말했다.

"얼마 만이죠?"

을향 역시 사막을 보니 편안한 느낌이 드는 모양이었다.

"대략 삼 년 정도 걸린 것 같군요."

단보의 대답에 을향이 혀를 내둘렀다.

"삼 년이라니… 시간은 참 빨리 가는군요. 천추군이 무천향을 떠난 지가 엊그제 같은데……."

단보와 을향은 무천향이 있는 고비사막에 도착한 것만으로
도 마음이 푸근해지는 듯했지만 파소의 마음은 조금 달랐다.

"결국 다시 돌아왔네요."

석청도 같은 마음일까, 석청이 나직한 목소리로 파소에게
말했다.

"그러게요. 정말 다시 돌아왔어요. 어쩌면 다시 돌아오지
않을지도 모른다고 생각하고 떠났었는데."

파소가 씁쓸한 표정으로 말했다.

"만약 대성사 소유거를 제거했다면 돌아오지 않았을 테지
요?"

석청의 물음에 파소는 시인도, 부인도 하지 않았다. 석청의
말이 맞았지만 어쩌면 향주 을도산 때문에 잠시 돌아왔을지도
몰랐다. 검산의 탈주자들을 추격해 천하를 떠도는 사이 을도
산에 대한 파소의 감정도 많이 변해 이제 파소에게 을도산은
무천향의 향주이거나 부모의 죽음을 막지 않은 비정한 조부라
기보다는 그저 늙은 할아버지와 같은 느낌을 주고 있었다.

파소의 대답이 없자 석청이 다시 물었다.

"언제 다시 강호로 나올 생각이죠?"

"글쎄요. 대성사 소유거가 돌아오기를 기다리는 것이 지루
해지면 한번 나와봐야죠."

"전 자주 나왔으면 좋겠어요. 무천향에 머물 때는 몰랐는데
지난 삼 년 동안 강호를 떠돌다 보니 이젠 무천향에만 머무는

것이 답답하게 느껴져요.”

“알았어요. 자주 기회를 만들어볼게요.”

일행은 사막 아래쪽에 펼쳐진 아름다운 초원을 따라 서진하다가 이내 다시 북쪽 방향으로 진로를 틀어 황량한 사막 한가운데로 진입해 들어갔다.

그리고 그렇게 사막으로 들어온 지 열흘 정도 후에 그들은 드디어 계명촌에 도달했다. 계명촌은 여전히 사막을 여행하는 여행자들로 붐볐다. 파소 일행은 그 여행자들 틈에 끼어 마을로 들어서 시전에서 사막을 여행할 준비를 한 후 그 다음날 곧바로 은하의 계곡을 향해 출발했다.

파소는 서서히 잦아드는 석양을 등지고 서 있었다. 그 뒤로 석청과 단보 등의 일행도 걸음을 멈추고 끝없이 이어진 암석의 계곡에 드리운 석양을 바라보고 있었다. 계명촌을 떠난 지 다시 닷새, 일행은 드디어 무천향의 입구, 은하의 계곡에 도달해 있었다.

일행은 한동안 그 자리에 서 있다가 석양이 지고 완전한 어둠이 은하의 계곡을 찾아들어 하늘의 수많은 별들이 계곡에 드리워질 때 은하의 계곡 속으로 들어갔다.

第八章

유수(流水)

武天鄉
무천향

　시원한 바람이 성해로부터 불어왔다. 계절을 짐작하기 힘든 무천향. 그러나 불어오는 바람 속에서 파소는 봄내음을 읽어냈다. 파소는 우거진 송림 속에서 성해를 바라보고 있었다. 폭풍 같던 시절이 지나고 무천향은 다시 고요의 세계로 돌아와 있었다, 마치 수백 년 전 대종사 을조인이 처음 무천향을 열었을 때와 같이.

　그러나 시간은 흘러가는 것, 누구도 지나간 세월을 되돌릴 순 없다. 무천향에 다시 평화와 침묵이 찾아왔지만 지금의 무천향이 과거의 무천향일 수는 없었다. 성해 건너 북쪽으로 바라다보이는 검산이 변한 무천향을 여실히 증명해 주고 있지 않은가.

초성관주 여상을 따라 무천향으로 돌아온 검산 사람들은 그들이 떠날 때와 마찬가지로 다시 검산에 머물렀다. 그러나 현재 검산의 모습은 초라하기 이를 데 없었다. 무천향의 다른 두 종파 정종과 죽림 고수들의 의심 어린 시선은 차치하고라도 그들은 흑정단을 복용해 무공을 상실한 평범한 인간으로서의 삶을 살아가고 있었다.

인원도 번성하던 시절 오백을 넘던 것이 지금은 남녀노소를 모두 합쳐 봐야 겨우 일백이 안 되는 숫자였다. 그러나 그럼에도 불구하고 검산 사람들의 얼굴에는 평온함이 깃들어 있었다.

고향을 떠나면 고생인 것은 누구에게나 적용되는 세상의 이치, 죽음의 위협과 먹고살 걱정이 없는 한 그들은 그들이 태어나 자란 무천향의 검산으로 돌아온 것만으로도 안도하는 모습이었다.

'고향이란 좋은 것이지.'

파소가 문득 성해에서 고개를 돌려 멀리 무벽 뒤쪽으로 형성된 검산의 초옥들을 바라봤다. 몇몇 초옥에서는 이른 저녁을 준비하는 연기가 굴뚝을 타고 솟아오르고 있었다.

'여 종성께서 계신 것이 다행이야.'

검산 사람들이 다시 무천향의 식구로 살아가게 된 것은 초성관주 여상의 역할이 절대적이었다. 과거 무천향의 십이종성이란 신분에도 불구하고 여상은 철저히 스스로 죄인임을 자처했다. 무천향주 을도산은 물론, 정종과 죽림의 다른 고수들에게조차도 그는 스스로의 자존심을 내세우는 법이 없었다. 오히려 그가 과거 십이종성 중 한 사람이었음을 기억하는 정종과 죽림의 고수들이 민망해할 정도로 여상은 자신을 낮췄고, 그것은 곧 검산의 사람들에 대한 정종과 죽림 고수들의 적개심을 가라앉히는 데 결정적인 역할을 했다.

'살신성인이라고 해야 하나.'

여상이라고 어찌 자존심이 없을 것인가. 무천향 십이종성은 보통 사람들이 아니었다. 천하의 무성들이 모인다는 무천향에서조차도 최고의 존중을 받는 절대고수의 신분인 십이종성, 그 십이종성으로서의 자존심을 버린다는 것은 여상으로서도 쉽지 않은 일이었을 터였다.

하지만 여상은 자신을 버림으로써 검산이 다시 무천향에 정착할 수 있는 계기를 만들어냈다. 그래서 죽음보다 더한 치욕을 감내하면서 그가 행한 행동은 살신성인이란 말의 다른 형태일 터였다.

파소가 평화롭게 연기가 솟아오르는 검산의 초옥들을 바라보다가 문득 고개를 돌렸다. 멀리서 고담이 파소의 처소를 벗어나 파소가 있는 송림으로 올라오는 것이 보였다.

"풋, 잠시도 쉴 틈을 주지 않는군."

파소가 고개를 저으며 실소를 흘러냈다. 고담은 빠른 걸음으로 송림으로 다가오더니 파소의 시선을 받자 멋쩍은 표정으로 입을 열었다.

"부인께서 찾으십니다."

왠지 파소에게 미안한 듯한 모습을 보이는 고담에게 파소가
오히려 위로하듯 말했다.

"고 대협께서 고생이 많으시네요."

그러자 고담이 고개를 저었다.

"저야 뭐… 그저 말씀만 전하는 것인데요."

"그래도 하루에 몇 번이나 절 찾아오셔야 하니 번거롭지
요?"

"전혀 그렇지 않습니다. 오히려 이런 분주함은 즐거운 일이
지요."

"즐거우시다고요?"

"그렇습니다. 소천께선 어떻게 생각하실지 모르지만 소요
도련님은… 몽학님을 많이 닮으셨습니다."

"그런가요?"

"그렇습니다. 해서 저로선 이래저래 기쁠 뿐이지요."

"그렇군요. 그나저나 꽤나 보채나 보군요."

파소의 말에 고담이 미소를 지으며 말했다.

"석 부인께서는 소천께서 도련님과 보내는 시간이 너무 적
다고 생각하시는 모양입니다."

"하참, 하루의 거의 대부분을 함께 보내고 있건만."

파소가 어이없다는 듯 말했다.

"아마도 늦게 얻으신 도련님이라 남다르신 모양입니다."

"아아, 참으로 골치 아프게 되었군요. 일단 가지요. 또 잔소
리를 들을 수는 없으니 말입니다."

파소가 고개를 절레절레 흔들며 송림을 벗어났다. 그 모습을 보고 있던 고담이 빙그레 미소를 지으며 중얼거렸다.

"참으로 다행한 일이다. 마침 석 부인께서 도련님을 낳으시는 바람에 소천께서 무천향에 계속 머물게 되었으니. 이리된 이상 일단은 소천께서도 도련님이 어느 정도 성장하실 때까지는 무천향에 머무시겠지."

파소와 석청이 이세를 본 것은 삼 개월 전이었다. 정종을 넘어 무천향의 대경사로, 손이 귀해진 향주의 직계 혈손이 태어났다는 것은 무천향에 남다른 의미를 가져다주었다.

애초에 파소는 봄이 오면 무천향을 벗어나 초원으로 돌아갈 생각이었으나 석청이 아이를 낳는 순간 모든 계획이 틀어졌다. 무천향주 을도산이나 단보 등 무천향의 수뇌들이 파소가 떠나는 것을 극구 만류했음에도 불구하고 무천향을 떠날 뜻을 굽히지 않았던 파소도 아이가 태어난 마당에 당장 무천향을 떠날 수는 없었다.

아니, 굳이 무천향을 떠나려면 떠날 수 있었으나 모정은 강한 것이라 석청이 갓 태어난 아이를 데리고 사막으로 나갈 수는 없다고 주장해 어쩔 수 없이 무천향을 떠나지 못한 파소였다.

이후 파소는 줄곧 아이 곁에 매여 있었다. 석청은 파소가 아이 곁에서 잠시라도 떨어지는 것을 용납하지 않았다. 파소에게만큼은 순종적이던 석청도 아이가 태어나자 아이가 모든 것의 우선순위가 되어 파소에게조차도 가끔 불평을 늘어놓곤 하였다.

"이래서 난 혼인을 하지 않는 거야. 도대체가 여자란 아이가 태어나면 아이 이외에는 아무것도 눈에 들어오지 않는단 말씀이야."

어느 날 남독마군이 파소를 보며 한 말은 파소의 현실을 여실히 드러내 주는 말이었다. 하지만 파소 또한 석청의 아이에 대한 극성이 그리 서운한 것은 아니었다. 부모의 정을 받지 못하고 자란 자신과 달리 자신의 아이는 부모의 정을 듬뿍 받고 컸으면 하는 바람이 파소에게도 있었던 것이다.

"소요(逍遙), 넌 무엇이 되고 싶으냐?"

파소가 말도 못하는 어린아이를 품에 안고 나직하게 물었다. 따사로운 햇살이 대청에 비쳐들고 있었다. 평온함이 넘쳐나는 정경, 그 모습을 멀리서 석청과 을향이 바라보고 있었다.

"과연 저 이가 이곳에 남을까요?"

석청이 작은 목소리로 물었다.

"글쎄, 나도 잘 모르겠어. 소천은 더더욱 속을 모르는 사람이 되어가는 것 같아."

을향도 고개를 저었다.

"그렇지요? 저도 그래요. 저 사람과 함께 지낸 지 벌써 십오 년이 다 되어가는데 오히려 세월이 갈수록 저 사람을 잘 모르겠다는 생각이 드네요. 그래도 소요가 태어나 일단은 무천향에 잡아두긴 했는데……."

"향주님으로선 무천 다행한 일이지. 향주께는 소요가 천군 만마와 같은 아이가 되겠지."

"요즘도 매일 오시잖아요."

"그러게 말이야. 내가 어렸을 때를 생각하면 정말 특별한 일이지. 나와 두 오라버니는 아버님을 거의 보지 못하고 자랐으니까."

"그러셨어요?"

"그래, 그래서 우린 서로를 더욱 믿고 의지했었지. 그런데……."

을향이 말꼬리를 흐렸다. 석청 역시 더 듣지 않아도 충분히 그다음 말을 짐작할 수 있었다. 그렇게 단단하던 세 남매 사이도 결국은 깨어지고 말았던 것이다. 이후의 삶은 을향에게 있어서 견디기 힘든 세월일 터였다. 적어도 파소를 만나기 전까지는…….

"어쨌든 향주님과 소요의 정이 깊어지면 저 사람의 생각도 변할지 모르지요. 그런 면에서 소요가 향주께는 기회가 된 셈이에요."

석청이 분위기를 바꾸려는 듯 밝게 말했다.

"좋은 선물이지. 아버님에게도 우리 을씨 가문에게도. 그런데 밖으로 나가려는 건가?"

을향의 말처럼 소요를 어르며 놀던 파소가 소요를 안은 채 몸을 일으켰다.

"나가게요?"

석청이 목소리를 높여 묻자 파소가 석청과 을향을 돌아보며 말했다.

"볕이 너무 좋잖아요. 이런 날 집 안에만 머무는 것은 바보 같은 짓이지요. 함께 가요."

"호호, 알았어요. 함께 가세요, 고모님!"

석청의 말에 을향이 고개를 끄덕였다.

"그래야겠지? 바보가 되지 않으려면. 후후."

그렇게 파소와 석청, 그리고 을향이 소요를 데리고 막 산책을 나가려는 데 갑자기 정문을 통해 을도산의 호위무사 한 명이 급히 파소의 거처로 들어섰다.

"소천!"

호위무사는 파소의 앞에 이르러 가볍게 허리를 숙여 보였다.

"무슨 일이십니까?"

"향주께서 찾으십니다."

"향주께서요? 무슨 일이라도 일어났습니까?"

"단 어르신께서 향에 돌아오셨습니다."

"단 어르신께서요?"

파소와 석청 등의 얼굴에 반가운 기색이 떠올랐다. 단보는 무천향에 돌아온 이후 몇 달을 보내지 않고 다시 강호로 나갔다. 물론 새로 정비된 천안성들을 돌보기 위함이기도 했지만 단보 자신이 무천향에 오래 머무는 것을 답답해했기 때문이기도 했다.

이후 단보는 서너 달에 한 번씩 무천향에 돌아오기는 했지만 무천향에 보름 이상 머물지는 않았다. 그래서 파소 등과 단보가 함께 보낸 시간은 오히려 천추군으로 강호에 나가 있을 때보다 훨씬 적은 상태였다.

"가죠."

파소가 안고 있던 소요를 석청에게 넘기고는 호위무사를 앞세우고 향주전으로 향했다.

지난 몇 년 사이 커다란 분란을 치러낸 무천향의 향주전은 그사이 지난 세월의 무거웠던 분위기를 씻어버리고 어느새 밝은 기운이 가득한 장소가 되어 있었다.

'애초에 선기가 모여드는 곳이 분명해. 을조인 대종사께선 분명 풍수에 능했을 거야. 하긴 고금제일의 고수라고 해도 무방한 분이시니 지기(地氣)의 흐름을 읽지 못했을 리 없겠지.'

향주전에 들어선 파소가 온몸으로 선기를 느끼며 생각했다. 처음 무천향이 생기고 향주전을 만들 때 향주전의 터를 정한 사람은 대종사 을조인 자신이었다고 한다. 하니 을조인은 분명 무공뿐 아니라 풍수지리나 천문에도 뛰어난 능력을 지니고 있었음이 분명했다.

파소는 향주전에 흐르는 밝은 기운을 기분 좋게 받아들이며 대전으로 향했다. 대전 문이 열리자 멀리 향주 을도산이 보였고, 다시 반가운 얼굴 단보가 보였다. 그 주위로 소법과 을천목 등 과거 십이종성의 자리에 있던 향의 노고수들이 몇 명 더 자리를 함께하고 있었다.

파소가 차분한 걸음으로 사람들이 모인 곳으로 다가가 가볍게 고개를 숙여 보였다.

"모두들 나와 계셨군요."

"늙은이들이야 이렇게 모여 잡담이나 하는 게 낙이지 않은가? 반면 요즘 소천께선 아드님 키우는 재미에 푹 빠져 있다고 하던데?"

종성 소법이 가볍게 농을 던졌다.

"재미는요. 귀찮기만 한걸요."

"하하, 말을 그렇게 해도 소천의 얼굴에 드리워진 그 웃음은 그렇게 말하고 있지 않는걸?"

소법의 말에 파소가 가볍게 미소를 짓고는 단보를 바라봤다.

"무사히 다녀오셨습니까?"

"그래, 소천도 잘 지냈는가?"

"나쁘지 않았습니다."

"후후, 소 종성님의 말씀대로 소요 보는 재미에 푹 빠진 모양이군. 그래, 소요는?"

"잘 크고 있습니다."

"하긴 부모가 건강하니 아들이 건강한 건 당연한 일이겠지."

단보가 흐뭇한 표정으로 고개를 끄덕였다. 공적인 자리에서야 향의 소천과 천안성이지만 사적으론 부자의 정을 공유하는 두 사람이었다.

"강호는 어떻습니까? 무슨 소식이라도⋯⋯?"

파소가 비어 있는 의자에 앉으며 물었다. 그러자 을도산이 먼저 입을 열었다.

"그렇지 않아도 그 일 때문에 널 오라고 한 것이다."

"무슨 일이 있는 것입니까?"

파소의 눈빛이 차분하게 가라앉았다.

"글쎄, 이걸 특별한 일이라고 해야 할지 어떨지 모르겠지만 관심을 두지 않을 수 없는 일이 강호에서 일어나고 있다고 하는구나."

을도산이 다음 말은 단보에게 넘기려는 듯 단보를 바라보며 말했다. 그러자 단보가 을도산의 말을 받았다.

"요즘 강호에선 자비선승(慈悲禪僧)이란 사람이 큰 반향을 일으키고 있단다."

"자비선승이요? 들어보지 못한 별호군요."

천추군으로 강호를 종횡하는 동안 파소도 제법 강호의 정세나 인물들에 대해 익숙해졌기 때문에 강호에서 이름난 고수들은 대부분 파소의 머릿속에 그 별호와 이름이 기억되어 있었다. 그러나 그런 파소의 기억 속에 자비선승이란 별호는 들어 있지 않았다.

"당연한 일이다. 그가 처음 강호에 나타난 것은 석 달 전의 일이니까."

"이전부터 강호에서 활동하던 사람이 아니라는 말이군요.

그런데 그가 왜 강호인들의 주목을 받고 있는 겁니까?”

“강호에서 무림인들의 주목을 받는 이유가 뭐겠느냐? 바로 그의 무공 때문이지.”

“대단한 고수인 모양이군요.”

“흔치 않은 고수임은 분명하다. 그가 처음 강호에 나타난 것은 남무림 남쪽에 위치한 오지 남해문에서였다. 해남도에 근거를 둔 남해문은 대대로 해상 거파로 이름이 높지. 비록 남칠문에 들어갈 정도는 아니지만 남칠문도 함부로 무시하지 못하는 문파다.”

“남해문에 대한 이야기는 저도 들어 알고 있습니다. 바다에선 적수가 없고 멀리 파사국까지도 배를 통해 왕래한다고 했지요.”

“그래, 그렇게 형성한 부로 그들은 천하의 고수들을 불러 모아 남칠문에 육박하는 세력을 자랑하게 되었지. 그 남해문의 고수 중 최고수로 알려진 자를 꼽으라면 사람들은 대략 세 명을 꼽는다. 남해문주 금옥청과 그의 숙부인 금청신, 그리고 과거 강호 낭인 중 최고수로 알려졌던 목암이란 자이다.”

“목암이라면… 한때는 북방에서 활동하던 자가 아닙니까? 그가 남해문에 자리를 잡았나요?”

“그래, 그는 젊어서는 북방에서 마적 떼를 이끌었고, 중년의 나이에는 강호에서 종적을 감춘 채 홀로 무공을 수련한 뒤 노년의 나이에 낭인 중의 최고수로 다시 강호에 나왔지.”

“그렇게 살아온 자가 어떻게 남해문에 정착을 한 거죠?”

"서로의 이해가 맞았다고 해야겠지. 남해문으로서는 세력을 유지하고 남칠문과 어깨를 나란히 하기 위해 뛰어난 고수가 필요했고, 목암으로선 노년에 몸을 의탁하면서도 자신의 성정에 맞게 자유롭게 살아갈 수 있는 곳이 필요했던 거지. 남해문은 바다에서 성장한 문파라 문도들이 대범하기 이를 데 없을 뿐 아니라 그 행동이 자유분방하기로 이름 높은 곳이니 낭인으로 살아온 목암에겐 안성맞춤인 곳이었을 것이다."

"그렇겠군요."

파소가 고개를 끄덕였다. 평생을 낭인으로 살아온 자에게 문규가 엄정한 중원의 명문대파는 감옥이나 마찬가지인 법이니 목암에겐 남해문만한 정착처도 없었을 것이다.

"어쨌든 목암은 그렇게 남해문에 정착해 남해문의 삼대고수로 이름을 날리고 있었다. 그런데 그가 삼 개월 전 한 명의 노승과 비무를 하게 되었단다."

"목암 같은 인물이 비무에 나설 이유는 많지 않을 텐데요?"

남해문 삼대고수의 신분으로 도검을 들고 비무에 나선다는 건 문파의 존망이 걸린 일 정도여야 할 터였다.

"노승은 스스로의 발로 남해문을 찾아왔고 대범하게 남해문주 금옥청에게 비무를 청했다고 하더군. 무례한 청이었으나 노승의 풍모가 워낙 소탈하면서도 위엄이 있어 남해문에서도 함부로 그를 대할 수 없었던 모양이야. 더군다나 노승은 승부가 아닌, 스스로의 수도를 위해 비무를 청한다고 했기 때문에 남해문에서도 함부로 노승을 내치지 못했다고 하더군. 하지만 그렇다고 무턱대고 문주 금옥청이 이름 모를 노승과 비무를 할 수도 없는 문제라 먼저 금옥청이 키우는 일곱 명의 제자 중 한 명이 노승과의 비무에 나섰다고 한다. 그런데 노승의 무공은 실로 신묘하면서도 놀라워서 비무에 나섰던 금옥청의 제자는 적수공권으로 상대한 노승의 신묘한 무공에 단 오 초도 버티지 못하고 물러나고 말았다고 한다. 그러면서도 노승은 금옥청의 제자에게 어떤 부상도 입히지 않아 사람들을 탄복시켰다고 하더군."

"수련을 위한 비무에서 사람의 목숨이 상하는 경우는 많지 않지만 남해문주의 제자를 상대하는 데 있어서 오 초의 승부만에 부상 없이 상대의 패배를 이끌어내는 것은 쉬운 일이 아닐 터인데……."

단보의 말을 듣고 있던 소법이 감탄이 어린 표정으로 말했다.

"능히 무천향에 들 만한 실력인 듯하군요."

을천목 역시 고개를 끄덕이며 말했다. 그렇게 장내의 고수들이 단보가 전하는 노승의 무공에 감탄의 말을 하는 사이 잠시 끊겼던 단보의 이야기가 파소의 물음에 잠시 후 다시 시작됐다.

"해서 목암이 나선 것입니까?"

"남해문주의 제자가 물러난 후 남해문에선 노승의 무공에 대한 호기심과 또한 자파의 체면을 살리기 위해 좀 더 강한 자들을 노승 앞에 세웠다고 하더구나. 하지만 그 누구도 노승의 신묘한 무공 앞에서 십 초를 견디지 못했다지. 그러면서도 또한 그 누구도 노승의 손에 부상을 입지 않고 말이야. 그렇게 세 번의 비무가 더 진행된 후 결국 목암이 나섰지.”

목암이 이야기의 중심에 등장하자 장내의 고수들 눈빛이 더욱 반짝였다. 무천향의 무인들에게 무공은 그 무엇에도 앞서는 관심사였기에 장내 고수들은 모두 단보의 이야기에 빠져들고 있었다.

“목암은 마적 생활을 청산한 중년 시절 사람들의 이목을 피해 이름 모를 전대 고수의 도법을 얻어 오직 그 도법의 완성을 위해서 살았다고 하더군. 해서 그가 다시 강호에 출현해 낭인의 생활을 시작할 때 강호의 고수들 중 그를 꺾은 자는 존재하지 않았다고 한다. 그가 남해문에 정착해서는 더더욱.”

“그와 노승의 비무는 어찌 되었습니까?”

파소가 단보의 말을 재촉했다.

“음, 결과는 충격적이었지. 목암은 단 이십 초 만에 노승에게 스스로 패배를 인정하고 말았다. 그것도 노승이 목암의 체면을 많이 살려준 결과라는 것이 당시 비무를 지켜본 남해문 고수들의 평가였다. 노승은 여전히 적수공권이었고, 목암의 몸에 한 치의 상처나 내상도 입히지 않았단다.”

“정말 대단한 인물이군요. 상대를 죽이는 것보다 상대를 살려는 것이 더 어려운 법인데, 부상 한 번 입히지 않았다니.”

파소가 감탄의 말을 흘려냈다.

“남해문주는 나서지 않았는가?”

소법이 호기심을 드러내며 단보에게 물었다.

"비무는 목암에게서 끝이 났다고 하더군요. 목암과 남해문주 금옥청의 무공은 사실 그리 큰 차이가 나지 않으니 목암이 물러난 이상 금옥청이 나설 이유는 없었지요. 노승 역시 더 이상의 비무는 청하지 않았다고 합니다. 그리고 그는 남해문을 떠났지요. 만약 노승이 그렇게 남해문만을 방문하고 사라졌다면 노승에 대한 소문은 해남도, 넓어야 남무림 남부에서만 떠돌았을 겁니다. 하지만 그렇게 남해문에서의 비무를 마친 노승은 아주 느리게 북상하면서 남부림 남부의 중요한 문파들을 차례로 방문했습니다. 그리곤 어김없이 비무를 청했고, 어디서나 남해문에서와 같은 결과를 이끌어냈지요. 해서 노승이 남해문에 나타난 지 한 달이 지났을 때 그의 존재는 남무림 전체에 알려졌고, 석 달이 지난 지금은 강호 전체의 관심을 받고 있는 것입니다."

"지금 그는 어디에 있는가?"

을천목이 깊은 생각이 담긴 눈으로 물었다.

"향에 들어와 호남에서 활동하는 천안성에게서 전서를 받았는데, 열흘 전 그의 발길이 남칠문 중 한 곳인 남궁세가에 닿았다고 하더군요."

"음, 남칠문의 남궁세가라… 비무 상대는 누구였나?"

을천목이 물었다.

"혹, 남궁창이라고 아십니까?"

단보가 되묻자 을천목이 고개를 숙이고 잠시 생각에 잠겼다. 그러다가 천천히 고개를 저었다.

"아니, 들어보지 못했네. 남궁창이라는 자가 남궁세가에서 내세운 비무자인가? 어떤 인물인가?"

을천목이 모른다면 단보를 제외한 장내의 고수들 누구도 남궁창이라는 인물에 대해 알지 못한다는 것을 의미한다. 을천목은 무천향 최고의 현자로 인정받는 사람이고, 그는 무천향에 앉아서 천하의 움직임을 읽는 능력을 지닌 사람이었다. 그의 머릿속에 없는 남궁창이라면 강호에서의 활동이 미미한 사람임이 분명했다. 그러면서도 남무림을 휩쓸고 있는 노승의 상대로 남궁세가가 내세운 인물이라면 결코 가벼운 인물이 아닐 터였다.

"저도 소식을 듣고서야 알게 된 인물입니다. 그는 당금 남궁세가주의 사숙뻘 되는 인물로, 과거 남무림 최고의 고수라 불리던 남궁상의 진전을 이었다고 하더군요."

"남궁상이라… 남궁세가 사상 최고의 검객이라 불리던 그의 제자라면… 그래, 비무 결과는 어찌 되었는가?"

"오십 초 만에 남궁창이 패배를 자인했다고 합니다. 역시 몸에 단 하나의 상처도 나치 않고 말입니다."

"으음, 이건 정말 보통 인물이 아니군."

을천목뿐 아니라 장내의 무천향 고수들 역시 정색한 표정을 지었다. 장내의 고수들 역시 남궁상에 대해선 모두들 알고 있었다. 남궁상은 오십년 전만 해도 천하제일인의 자리를 다투던 인물인지라 무천향에 사는 사람들일지라도 그의 이름을 알고 있을 만큼 유명한 고수였다.

그런데 그런 남궁상의 진전을 이은 남궁창을 오십 초 만에 스스로 물러나게 만들었다니, 어쩌면 그 노승이 당금 강호에서 최고수의 위치에 오를 만한 인물이라는 것을 의미했다.

“도대체 어디서 그런 인물을 키워낸 것일까?”

무천향주 을도산조차 호기심 가득한 표정으로 중얼거렸다. 그러자 단보가 고개를 저으며 말했다.

“그의 과거는 철저히 가려져 있습니다. 그에 대해 알려진 것은 단 한 가지도 없는 상황입니다. 단지 사람들은 그가 비무를 하면서 단 한 명에게도 부상을 입히지 않았다는 것 때문에 그에게 자비선승이란 별호를 붙여준 것이지요. 간혹 그가 남해문에 가장 먼저 나타났다고 해서 남해의 전설적인 문파인 보타암 출신이 아닐까 하는 추측도 있습니다만……..”

“보타암은 비구니들의 문파가 아닌가?”

을천목이 단보의 말을 잘랐다.

“그렇긴 합니다만……..”

단보가 말꼬리를 흐렸다. 확실히 자비선승이 보타암 출신일 가능성은 희박했다.

“지금쯤이면 그가 다른 문파를 방문하고 있겠군.”

을도산의 말에 단보가 고개를 끄덕였다.

“아마도 그럴 것입니다. 일단 천안성들에게 그의 움직임을 주시하라 했으니 곧 다른 소식이 올 겁니다.”

그때 단보의 말을 듣고 있던 파소가 문득 입을 열었다.

"하지만 그의 존재가 무천향에 영향을 미치는 것은 아니지 않습니까? 강호에 정체불명의 고수가 출현하는 것이야 다반사이기도 하고."

"물론 그렇긴 하지만 강호에 절대고수가 출현하면 언제나 그의 행적을 주시하는 것이 무천향의 오랜 관례였느니라. 그리고 가끔 그런 고수들 중 무천향에 입향하는 사람들도 있었지. 죽림을 처음 연 죽검 남옥 어른 역시 그렇게 무천향에 들어온 분이란다."

을도산이 차분한 목소리로 말했다.

"향에 새로운 인물을 받아들일 생각이십니까?"

파소가 정색을 한 얼굴로 물었다. 그러자 을도산이 파소를 응시하며 되물었다.

"네 생각은 어떠냐? 지금 향은 검산이 무너짐으로써 형제들의 숫자가 급격하게 줄어 있는 상태다. 이런 상황에선 무천향이 외부와 단절된 채 자급자족하며 삶을 이어가는 것조차도 어렵다고 봐야겠지. 그러니 향의 인원을 늘리는 것은 무천향을 이어가기 위해 반드시 필요한 일이라 할 수 있다. 어떠냐, 은하의 계곡을 다시 열까?"

파소는 을도산의 이 질문이 많은 의미를 담고 있다는 것을 알고 있었다. 무천향을 그대로 이어갈 것인지, 그 무천향에 파소가 남을 것인지, 아니면 무천향을 해체하고 향의 고수들이 각자의 길을 가게 할 것인지. 그 모든 문제를 을도산은 이 질문 하나에 담아 파소에게 묻고 있었다.

"그 문제는 향주께서 결정하실 문제지요."

파소가 을도산의 질문을 회피했다. 아니, 회피했다기보다는 을도산의 물음에 무관심함을 드러낸 것이라고 해야 할지도 몰랐다. 그러자 을도산의 얼굴에 얼핏 실망의 기운이 스치고 지나갔다.

그러나 을도산은 이내 얼굴색을 바꿨다. 파소가 무천향에 진 빚이 없다는 걸, 비록 자신의 손자지만 파소가 무천향을 떠나려 한다면 언제든 떠날 권리가 있다는 걸 모르는 을도산이 아니지 않던가.

"그래, 내가 결정할 문제지. 하지만 나조차도 솔직히 지금은 어떤 결정을 해야 할지 판단이 서지 않는구나. 해서 네 의견을 듣고 싶었던 것이다. 어쨌든 나중에 어떤 결정을 내릴지 모르겠지만 만약을 위해 천하의 명망있는 고수들을 살피는 일은 소홀히 할 수 없는 일이다. 해서 자비선승이란 사람을 살피는 일 또한 중요한 것이고."

을도산이 한발 물러난 목소리로 말했다. 파소 역시 을도산의 마음을 모르지 않기에 그 문제에 대해선 더 이상 입을 열지 않았다. 대신 파소는 모든 사람들이 궁금해하는 것을 단보에게 물었다.

"대성사에 대한 소식은 없는지요?"

파소의 질문에 단보가 고개를 저었다.

"그는 마치 땅으로 꺼진 듯 사라졌구나. 벌써 삼 년이 다 되어가는데 그 그림자도 찾을 수 없으니……."

“그가 숨고자 한다면 그를 찾는 것은 거의 불가능한 일이라
고 해야 할 것이오.”

을천목이 차분한 목소리로 말했다. 그러자 이번엔 을청산이
화제를 돌리며 단보에게 물었다.

“그곳엔 가봤는가?”

‘그곳?

파소가 시선을 돌려 단보와 을청산을 바라봤다.

“가보았습니다.”

“어떻던가?”

파소의 의문 속에 두 사람의 대화가 이어졌다.

“이곳만큼은 아니지만 좋은 곳이더군요. 오히려 살아가는
데에는 더 나을지도…….”

“음, 그렇겠지. 이곳이야 사막으로 둘러싸여 모든 것이 부족
한 곳이지만 그곳은 거대한 산들로 둘러싸인 곳이니 필요한
물건을 구하는 일은 이곳보다 훨씬 수월할 걸세.”

“기운도 맑고 깨끗해 무도를 수련하기에도 좋은 곳이었습
니다만… 단지…….”

“마음에 걸리는 것이라도 있는가?”

“사람들의 접근이 이곳보다는 쉽겠더군요.”

“음, 그야 어쩔 수 없는 일이지. 숲이란 곳이 누구라도 찾아
들 수 있는 곳이니까. 하지만 그 문제는 따로 방비를 하면 될
터이고…….”

그때 파소가 두 사람의 대화에 끼어들었다.

"무슨 말씀들을 하시는 건지요?"

파소가 묻자 단보가 의아한 얼굴로 되물었다.

"모르고 있었느냐?"

"무슨 말씀이신지?"

파소가 여전히 의문을 드러내자 단보가 고개를 돌려 을도산을 바라봤다. 그러자 을도산이 겸연쩍은 표정으로 말했다.

"아직 소천에게는 이야기하지 않았네."

"그러셨습니까? 하지만 이 문제는……."

단보가 난처한 표정으로 말꼬리를 흐렸다.

"뭐, 그 문제야 지금 상의해도 늦은 것은 아니지 않습니까? 보시게, 소천!"

을청산이 파소를 돌아봤다.

"말씀하시지요."

"사실 단 노사가 강호에 나가 있는 동안 향주님과 우리 형제들은 단 노사에게 한 곳의 지형을 살펴달라고 부탁했다네."

"지형을 살피는 일이라면……."

파소의 머릿속에 한 가지 예상이 스치고 지나갔다.

'무천향을 떠날 생각인가?'

앞서 스쳐 지나간 파소의 생각을 을청산이 확인시켜 줬다.

"무천향을 이어가든 아니면 어느 시점에 해체를 하든 이제 이곳은 더 이상 우리가 머물 곳으로 적당하지 않다는 것이 우리들의 생각이네. 해서 우린 사람들의 이목을 피해 새롭게 정착할 곳을 살피고 있었네. 물론 그곳에 새로운 무천향을 건설

할지 아니면 을밀부를 다시 세울지는 결정되지 않았지만 이곳을 떠나야 한다는 것에는 다들 동의하고 있는 상태일세. 소천의 생각은 어떠신가?"

무천향의 수뇌들은 어느새 파소가 생각하는 것 이상으로 앞일을 준비하고 있었다. 새로운 곳으로의 이동은 파소 또한 나쁘지 않은 결정이라고 생각했다. 아니, 나쁘지 않은 것이 아니라 반드시 해야 할 일일지도 몰랐다.

무천향을 이어간다고 해도 성해를 중심으로 한 기존 무천향은 이미 사기(邪氣)의 침범을 너무 많이 받고 있었다. 비록 검산의 난이 종식되고 평화가 찾아왔지만 이미 흘려진 수백 명의 피는 성해 깊숙이 잠들어 있었다. 선기로 가득하던 무천향에 사기가 배어든 이상 무천향은 더 이상 무도를 수련하는 땅이 될 수 없었다.

또한 검산의 탈주와 천추군의 강호 출행으로 불가피하게 무천향의 존재가 강호에 알려진 것도 문제가 될 수 있었다. 비록 단단히 입단속을 하기는 했지만 대설문의 몇몇 수뇌들은 이미 무천향의 실체에 대해 어느 정도는 알고 있는 상태였다.

더군다나 은밀히 움직이기는 했지만 강호의 무인들 중 눈 밝은 자들은 누군가 절세의 고수들이 한동안 강호에서 은밀히 움직였다는 사실을 직감하고 있을 터였다.

그러니 어느 한순간 무천향의 존재가 강호에 백일하에 드러난다 해도 이상할 것이 없는 상태였다. 이 상황이라면 무천향의 위치를 옮기는 것은 당연한 선택일 수밖에 없었다.

"필요한 일이란 생각이 드는군요. 그런데 그럼 새로운 곳으로 어딜 생각하고 계시는 건지요?"

파소가 되묻자 이번엔 향주 을도산이 입을 열었다.

"본래 과거 우리 을씨 가문이 을밀부로 강호에 존재할 때 을밀부의 선조들은 천하의 지형을 꼼꼼히 살피고 계셨다. 이곳을 찾아낸 것도 그런 선조들의 활동 덕분이었지. 해서 우리에겐 천하에서 선기가 강하고 사람들의 발길이 드문 지역에 대한 지식들이 아직도 전해진다. 물론 이런 지식들은 이미 수백 년 전에 얻어진 것이라 지금도 그 지역들이 과거 그대로의 모습일지는 모르지만 산천의 모양과 기운이란 것이 쉽게 변하는 것이 아니니 아직도 선조들이 남긴 지식은 우리가 새로운 정착지를 찾는 데 유용하다 할 수 있다. 해서 그중 몇 곳을 정해 단보, 이 사람이 강호에 나갔을 때마다 돌아보게 했던 것이다. 그 결과, 우리가 지금 생각하고 있는 곳은 백두 동북쪽 동해와 접해 있는 명정(明井)이란 곳이다."

"백두의 동쪽이라면 외지군요."

"그렇다. 천하의 관심에서 멀리 떨어진 곳이지. 지금의 무천향이… 물론 사막 한가운데 있기는 하지만 동서남북 네 개의 무림 세력 중심에 위치해 있는 것과는 다르다고 할 수 있지."

"역시 사람의 이목을 꺼려 결정하신 건가요?"

파소가 되묻자 을도산이 고개를 끄덕였다.

"뭐, 그런 이유가 가장 크지. 그리고……"

"과거 을밀부가 백두에 있었다고 알고 있습니다. 뿌리를 찾아가는 것도 한 이유겠군요."

"틀리지 않다."

순간 파소는 을도산 역시 무천향의 해체를 어느 정도 예상하고 있는지도 모른다는 생각이 들었다. 무천향은 을씨뿐 아니라 천하의 무성들이 모여 만든 곳이다. 물론 그 중심에 을씨가 자리 잡고 있기는 하지만 무천향이 온전히 을씨만의 것은 아니었다. 그럼에도 을도산이 과거 을밀부가 있던 백두 인근에서 새로운 정착지를 찾으려 한다는 것은 그 또한 마음 한편에 무천향의 해체를 염두에 두고 있기 때문일 터였다.

"무천향에 미련은 없으신지요?"

파소가 정색을 하며 을도산에게 물었다. 그러자 을도산이 불편한 기색을 드러내며 잠시 침묵을 지키다가 입을 열었다.

"넌 어떻게 생각할지 모르지만 나에게 무천향은 내 인생 전체와 마찬가지다."

"알고 있습니다."

"그렇다면 무천향을 포기하는 것이 곧 내 삶을 포기하는 것과 마찬가지라는 것도 알겠구나."

이번에는 파소가 잠시 침묵을 지켰다가 입을 열었다.

"잠시 잠을 자고 나면 다시 새로운 내일이 오지요. 내일은 오늘과 다른 시간이 아닌지요."

"아, 그건… 그건 모든 사람에게 해당되는 말이 아닌 것 같구나. 너는 그렇게 순간을 살아갈 수 있을지 모르겠으나 수백 년 무천향의 역사를 이어받은 나는 그렇지 못하구나."

그러자 파소가 고개를 저었다.

"그렇지 않습니다. 생각만 돌리시면 되실 겁니다. 무천향이 비록 사람이 만든 조직이지만 그 스스로 생명을 가지고 있다고 생각합니다. 시간이 가면 계절이 변하듯 무천향 또한 그 수명을 다할 때가 된 것이지요. 가을 꽃이 지고 씨앗이 사방에 퍼져 새로운 생명으로 태어나듯 무천향의 구성원들도 그렇게 무천향을 벗어나 새로운 삶을 살아가게 될 것입니다. 할아버님께서 애써 지는 꽃에 연연하신다면 그 안의 씨앗들 또한 시든 꽃에 머물러 새로운 생명으로 태어나지 못할 겁니다."

파소의 말에 을도산은 물론 장내의 모든 사람들이 깊은 생각에 빠져들었다. 천추군의 출행 이후 이렇게 드러내 놓고 무천향의 운명에 대해 논의하는 것은 처음 있는 일이었다.

"소천, 소천의 말이 어느 모로 보나 옳다는 것을 모르는 것은 아니오. 하지만 우린 소천만큼 젊지 못하오. 늙은이는… 무엇에든 고집을 부리고 싶어한다오."

을천목이 침묵 끝에 미소를 지으며 말했다.

"흘러가는 강물을 잡아두려 한다면 마음만 다칠 뿐입니다."

파소가 조금 냉정한 말투로 말했다.

"휴, 맞는 말은 맞는 말인데……."

을천목이 고개를 저으며 중얼거렸다. 그러자 을도산이 흥분이 가라앉은 침착한 목소리로 입을 열었다.

"이 문제는 천천히 논의해 봅시다. 무천향을 해체하는 일은 비단 우리뿐 아니라 무천향에 속한 모든 형제들의 의견을 모아야 하는 일이오. 어쨌든 무천향을 해체하든 안 하든 이곳을 떠나야 하는 것은 분명한 사실이니 새로운 정착지를 찾는 일은 계속 진행해야 할 것이오.”

을도산의 말에 장내의 고수들이 고개를 끄덕였다.

“떠난다면 언제쯤으로 생각하고 계시는지요?”

단보가 을도산을 보며 물었다.

“무천향을 정리하는 일은 그리 간단한 일이 아닐세. 그리고 무엇보다도 우리에겐 아직 처리하지 못한 일이 있지 않은가?”

“대성사 소유거 말씀이십니까?”

단보의 물음에 을도산이 고개를 끄덕였다. 그러자 을청산이 입을 열었다.

“대성사 소유거의 존재는 언제든 우리에게 부담이 될 수 있지요. 하지만 그가 다시 강호에 나올지도 확실치 않은 상태에서 그 때문에 우리의 행보를 늦추는 것은 문제가 있지 않겠습니까?”

“그렇긴 하네만 적어도 이곳에서 이삼 년은 더 그를 기다려 보는 것이 좋을 것 같네. 그가 다시 강호에 출행한다면 반드시 이곳을 찾을 것이고, 그리되면 그와의 악연을 끊을 수 있겠지. 난 그와의 인연을 반드시 이곳에서 정리하고 싶네. 몇 년 후에도 그가 나오지 않는다면 어쩔 수 없는 일이지만.”

을도산의 말에 을청산이 고개를 끄덕였다.

“향주께서 그리 생각하신다면 그렇게 하시지요. 사실 향을 해체하거나 옮기는 시간으론 이삼 년도 긴 시간은 아니지요.”

“일단 옮겨 갈 장소를 정하는 일과 그곳을 외부 세계와 격리하는 작업을 동시에 진행하는 것으로 하세. 옮겨 갈 곳이 준비되면 그때 향의 형제들에게 의견을 묻겠네. 남는 자는 남을 것이고, 떠나는 자는 떠나겠지. 그러면 자연히 무천향의 운명도 결정되겠지.”

을도산이 무거운 음성으로 말했다. 무천향의 운명이 자신의 결심에 의해 결정될 일이 아니라는 사실이 향주 을도산을 조금은 무기력하게 만드는 모양이었다.

그런 을도산을 바라보는 파소의 심정도 편치만은 않았다. 말은 그렇게 했지만 무천향의 운명이 끝나가는 것을 지켜보는 일이 을도산에게 얼마나 힘든 일인지 너무도 잘 알고 있는 파소였다.

‘하지만 그래도 전 할아버님께서 무천향의 굴레에서 자유로워지시길 바랍니다.’

파소가 그늘진 을도산의 얼굴을 보며 속으로 말을 건넸다.

第九章

두 개의 얼굴

武天鄉
무천향

　단보는 무천향에 돌아온 지 한 달 만에 다시 강호로 나갔다. 그러나 이번만큼은 단보의 출행이 그리 길지 않았다. 무천향을 떠나 강호로 나간 단보는 보통 때와 달리 단 이 개월 만에 다시 무천향으로 돌아왔기 때문이다. 그리고 그렇게 황급히 무천향으로 돌아온 단보가 전한 소식에 평화롭던 무천향이 들끓기 시작했다.

　무천향의 중심인 향주전에 을도산과 무천향의 주요 고수들이 모여 심각한 표정으로 대화를 나누고 있었다. 당연히 파소 역시 무천향의 소천으로서 그 자리에서 나와 있었다.

　질식할 듯 무거운 분위기, 한편으로는 누군가에겐지 모를 분노 같은 것이 서린 표정들이었다.

“이해할 수 없는 일입니다. 도대체 누가 이런 일을 벌이고 있는 것인지!”

을청산이 노기를 드러내며 말했다.

“일을 벌이는 자를 짐작할 수 없는 것은 아니지요.”

을청산의 말을 소법이 받았다.

“소 종성께선 역시 그라고 생각하시는 것입니까?”

“그가 아니라면 누가 감히 이런 대담한 일을 벌이겠습니까?”

“아무리 향을 떠났다지만 강호에 향의 존재를 떠벌리고 다닐 것이라고는 생각지 않았는데…….”

을청산이 혀를 찼다.

단보가 가지고 돌아온 소식은 당장 무천향의 존폐를 거론할 만큼 위험한 것이었다.

천하의 고수들이 장성을 넘어 고비사막으로 향하고 있었다. 그들을 사막으로 이끈 것은 강호를 떠도는 한 가지 소문 때문이었다.

—불사의 사막, 고비의 한곳에 천인들이 살고 있는 땅이 있다. 일 초의 검식이 하늘을 가르고 폭풍을 만들어내는 천인들이 사는 땅. 그곳에 들어가면 강호의 삼류무사조차도 일 년 만에 절정고수가 될 수 있다. 강호의 현자들은 그 땅을 일러 무인들의 고향, 대무천향이라고 부른다.

홀연히 강호를 휩쓴 이 소문을 곧이곧대로 믿는 강호인들은 전체 강호무림인의 일 할도 되지 않았다. 본래 강호란 소문이 넘쳐 나는 곳이고 그중 믿을 만한 소문은 백에 하나도 되지 않기 때문이었다. 그러나 문제는 소문을 믿는 그 소수의 사람들이었다. 무천향에 대한 소문을 믿는 사람들, 아니, 적어도 그 진위를 확인하려는 사람들이 곳곳에서 장성을 넘어 고비사막으로 향하고 있었던 것이다.

"참으로 독한 자입니다. 그래도 그에게 무천향에 대한 일말의 애정은 남아 있을 거라 생각했는데……."

침착한 성정의 을천목조차도 대성사 소유거에 대한 분노를 드러냈다. 그러나 장내를 휩쓸고 있는 분노의 폭풍 속에서 향주 을도산은 침묵을 지키고 있었다. 파소 역시 그런 을도산의 곁에서 차분한 눈으로 장내 고수들의 흥분이 가라앉기를 기다리고 있었다.

그렇게 대성사 소유거에 대한 원성이 얼마간 지속된 후 장내의 고수들이 서서히 침착함을 회복하기 시작했다. 그리고 그제야 향주 을도산이 입을 열었다.

"이 일을 꾸민 게 대성사 소유거라는 증거는 아직 없소이다."

"하지만 그가 아니라면 누가 천하의 무림인을 이 무천향으로 이끌 수 있겠습니까? 강호에 흘러나온 소문은 무척 정확해서 계명촌의 존재까지도 사람들의 귀에 들어갔다고 합니다. 이제 채 보름이 지나지 않아 천하의 고수들이 계명촌에 모여들 것이고, 그리되면 결국 은하의 계곡으로 수백, 수천의 고수들이 모여들 것입니다."

을청산이 여전히 분기가 사라지지 않은 목소리로 말했다.

"물론 나도 이런 일을 벌일 만한 자가 대성사 소유거 말고는 없을 거라 생각하기는 하네. 하지만 우린 지금 어느 때보다 침착하게 사태를 파악하고 그에 대처해야 할 때네. 그러니 우리의 눈으로 확인한 사실만 믿기로 하세."

"하면 어찌하실 생각이십니까?"

"급한 것은 두 가지 일인 듯하이. 하나는 정말 대성사 소유거가 강호에 나와 꾸민 일이라면 그의 존재를 확인하는 것, 그리고 다른 하나는 이미 강호에 이곳의 존재가 알려졌다면 서둘러 이곳을 비우고 새로운 곳으로 떠나가야 하는 것일세."

"이곳을… 이대로 떠난단 말입니까?"

을청산이 억울하다는 듯 물었다.

"어차피 떠날 생각 아니었는가?"

"하지만 이렇게는… 이렇게 쫓기듯 떠나는 것은 단 한 번도 생각해 보지 않았습니다."

"이유야 어떻든 떠날 때가 된 것은 맞네. 그 시간이 조금 앞당겨진 것뿐이지. 그렇다고 은하의 계곡으로 몰려드는 강호인들을 일일이 상대할 수도 없는 것이고……."

"그들 중 은하의 계곡을 통과할 자는 많지 않을 겁니다."

을청산의 목소리엔 도도한 자신감이 넘쳤다.

"물론 그렇겠지. 하지만 대성사가 길을 만들어준다면 그들은 순식간에 무천향에 도달할 걸세."

"결국 피해야 한단 말이군요."

"대성사와 강호의 무림인들이 두려워서 피하는 것이 아니지 않는가? 너무 서운해 말게."

"알겠습니다. 이곳을 떠나는 문제야 그렇다 치고, 대성사를 상대하는 일은 어찌하실 생각이신지요?"

그러자 을도산이 단호한 표정으로 말했다.

"그가 상황을 이 지경까지 만들었으니 반드시 그에게 책임을 물어야겠지."

"하면 다시 추격대를 내보낼 생각이십니까?"

을청산의 질문에 을도산을 대신해 을천목이 입을 열었다.

"그를 찾기 위해 사람을 강호로 내보낼 필요는 없을 겁니다."

"그게 무슨 말씀이신가?"

을청산이 의아한 표정으로 묻자 을천목이 확신이 담긴 어조로 말했다.

"그가 강호에 소문을 흘려 강호의 고수들을 무천향으로 향하게 했다면 그 또한 반드시 무천향으로 올 것입니다. 그러니 우린 은하의 계곡 출구에서 그가 오기를 기다리면 되겠지요."

"그가 스스로 무천향으로 온단 말인가?"

을청산이 믿기 힘들다는 듯 묻자 을천목이 파소를 보며 물었다.

"지난날 서역에서 그를 만났을 때 그가 자신이 원하는 무공을 얻으면 반드시 이곳으로 올 것이라 했다지?"

을천목의 물음에 파소가 고개를 끄덕였다.

"그렇습니다."

"그가 그렇게 말했다면 그는 반드시 이곳으로 올 겁니다. 물론 우리가 생각했던 것과는 조금 다른 방식으로 오고 있지만 말입니다."

을천목이 장내 고수들을 돌아보며 단정하듯 말했다. 그러자 무천향주 을도산이 입을 열었다.

"나 또한 천목 아우와 같은 생각이오. 그는 반드시 이곳으로 올 것이오. 사람이란 결국 모든 일이 시작된 곳으로 되돌아오게 마련, 그가 어떻게 변했을지, 강호인들을 몰아오는 그의 목적이 무엇인지 모르지만 어쨌든 그는 이곳에서 모든 일을 종결짓고 또다시 새로운 일을 시작하려 할 것이오. 그러니 우리 또한 그를 은하의 계곡에서 맞이하면 될 것이오. 그를 무천향에 들이지는 않겠소. 아니, 강호의 그 어떤 인물도 이곳에 들어오게 하지 않을 것이오. 비록 우린 이곳을 떠날 테지만 그와 그가 몰고 오는 강호인들은 결국 은하의 계곡에서 걸음을 멈추게 될 것이오. 그리고 이 무천향은… 영원히 세상에서 사라지게 될 것이외다."

단보의 회향과 향주전에서의 회합이 끝난 후 무천향은 적지 않게 술렁거리기 시작했다. 수백 년 내려온 무천향을 폐쇄할 것이란 소식은 순식간에 향의 무인들에게 전해졌고, 무천향에 뿌리를 두고 살아온 무인들은 그들의 앞날에 대한 근심과 새로운 삶에 대한 기대로 묘한 흥분 상태에 빠져들고 있었다.

그 와중에 파소와 석청도 무천향에서의 생활을 정리하기 시

작했다. 물론 애초부터 세간이 많지 않았으므로 두 사람이 꾸
릴 짐이 많지는 않았지만 소요를 무천향 밖으로 데리고 나가
기 위해선 제법 많은 준비가 필요했다.

무천향 수뇌들의 회합 이후 오 일이 지나자 무천향에는 색
다른 분위기가 감돌기 시작했다. 오 일간 일었던 흥분도 차차
옅어지고 무천향은 여름날 비 오기 전의 그 무거운 공기처럼
무겁게 가라앉기 시작했다.

"아름다운 곳이에요."

해가 지고 밤이 찾아온 무천향. 파소와 석청은 소요를 안고
무천향이 한눈에 내려다보이는 천봉에 올라 있었다. 파소는
무천향을 떠나기 전 어린 소요에게 반드시 은하를 담은 성해
의 모습을 보여주고 싶어했다.

석청의 말에 파소가 고개를 끄덕였다.

"그래요, 아름다운 곳이에요."

"다시 이곳에서 성해를 내려다볼 수 있을까요?"

"언젠가 한 번쯤은 들를 때가 있을 거예요."

파소의 말에 석청이 빙그레 미소를 지었다.

"이곳을 아주 잊을 생각은 아니군요?"

"소요가 태어난 곳이니 어떻게 잊을 수 있겠어요. 소요가 걷
게 되고 말을 하게 되고 홀로 강호를 살아갈 나이가 되면 소요에
게도 자신이 어디서 태어났는지 정도는 알려줘야지 않겠어요?"

파소의 말에 석청이 고개를 끄덕였다.

"그래요, 그렇게 해요. 소요가 크면 이곳에 다시 한 번 와보기로 해요. 물론 그때는 지금과 다른 모습이겠지만 그래도 자신이 태어난 곳, 자신의 뿌리였던 곳을 볼 필요는 있겠지요. 당신이 그랬듯이."

석청의 말이 끝나자 잠시 둘 사이에 침묵이 감돌았다. 그는 그저 담담히 어둠에 싸여 있는 무천향을, 그 가운데 은하를 품고 있는 성해를 바라보고 있었다. 그러다 석청이 입을 열었다.

"언젠가 떠날 거라는 걸 알았지만 이렇게 빨리 떠나게 될 줄은 몰랐어요."

"어차피 떠날 거라면 빠른 것도 나쁘지는 않지요."

"당신은 이곳을 떠나는 것이 즐거운 모양이죠?"

석청의 말에 파소가 빙그레 미소를 지었다.

"솔직히 말하자면, 대성사 소유거에게 고맙다고 말하고 싶을 정도지요. 소요가 태어난 이후 난 어쩌면 영원히 무천향의 굴레에서 벗어나지 못할지도 모른다는 불안감에 휩싸여 있었거든요."

"정말 그랬어요?"

석청이 놀란 얼굴로 파소를 바라봤다. 그녀로서는 어떤 이유에서든 파소가 무천향에 남을 수도 있었을 거라고는 전혀 생각지 못했기 때문이다.

"그래요. 내 삶도 중요하지만 소요의 삶도 중요했으니까요. 소요에게도 자신의 삶을 선택할 권리가 있지요. 내가 무천향을 떠나 초원을 여행하며 자유롭게 살고 싶다고 해서 소요에게도 그런 삶을 강요할 수는 없는 일이지요. 소요가 나이가 들어 스스로의 삶을 선택할 때까지는 가족이라는 울타리가 필요한 것이 아닌가, 그런 생각을 하고 있었어요."

"의외네요. 전 당신이 소요에게도 당신과 같이 자유로운 초원의 삶을 살게 할 줄 알았는데."

"그건… 오로지 소요의 선택에 달린 문제예요. 내가 강요할 문제가 아니죠. 전 단지 소요가 그런 선택을 할 수 있는 나이가 될 때까지 소요를 지켜줄 뿐이에요. 그게… 결국 부모가 자식에게 해줄 수 있는 전부가 아닐까요?"

"그러니까 지금 저더러 소요에게 다른 걸 기대하지 말라는 말을 하는 거군요? 이봐요, 어머니는 아버지와 다른 거라구요."

석청이 입을 삐죽였다.

"소요가 어떤 사람이 되었으면 하는데요?"

파소가 묻자 석청이 빙글거리며 대답을 망설이다가 파소의 눈앞에 얼굴을 바짝 들이밀며 말했다.

"바로 당신 같은 사람요. 강하면서도 여리고, 어디에도 얽매이지 않고 떠날 수 있는 사람… 그래서 온전히 자신의 삶을 자유롭게 살아갈 수 있는 그런 사람이 되었으면 해요."

"내가 그렇게 보여요?"

"그럼요. 처음 볼 때부터 당신이 자유로운 영혼을 가진 사람이라는 걸 알아봤다고요."

석청의 말에 파소가 미소를 지으며 고개를 저었다.

"아뇨. 나도 그렇게 완벽하게 자유로운 사람은 아니에요.

적어도 두 가지 문제에서만큼은 저도 자유롭지 못해요."

그러자 석청이 호기심 어린 표정으로 물었다.

"그래요? 정말 궁금하네요. 그 두 가지가 뭐죠?"

석청이 되묻자 파소가 웃음을 흘리며 말했다.

"후후, 정말 모르는 건 아니죠? 당신과 소요, 이 두 사람에게서만큼은 나도 자유롭지 못한 사람이죠."

그날 밤 파소와 석청은 아주 오랫동안 천봉에 머물렀다. 달이 서쪽으로 지고 성해가 아침을 맞이하기 위해 뿌연 안개를 일으킬 때가 되어서야 파소와 석청은 천봉에서 내려왔다. 그리고 날이 밝자 일단의 고수들을 선두로 무천향의 식솔들이 그들의 고향을 떠나기 시작했다.

*   *   *

파소와 단보, 그리고 을천목과 을청산을 비롯한 무천향의 절대고수들 삼십여 명이 높이 솟은 사막의 바위산에서 멀어지는 행렬의 꼬리를 바라보고 있었다. 그들은 저마다 격동하는 심장을 애써 누르며 담담한 표정을 유지하고 있었다.

"이렇게 끝이군."

긴 침묵을 깬 사람은 을청산이었다. 그는 여전히 아름다운 성해가 내려다보이는 무천향에 미련이 남는 모습이었다.

"땅에도 흥망성쇠가 있습니다. 떠날 때가 된 것이지요. 이곳에서 흘린 피의 기운이 씻기는 데도 족히 일백 년의 시간은 필요할 겁니다. 하니 더 이상 미련을 두지 마십시오, 형님!"

을천목의 말에 을청산이 신음 소리를 내며 고개를 끄덕였다.

"끙, 천목 아우가 그렇다면 그런 것이겠지. 어쨌든 일을 이 지경으로 만든 그자는 반드시 죗값을 치르게 만들어주겠어."

대성사 소유거에 대한 분노가 을청산의 얼굴에 은은하게 드러났다. 더군다나 을천산은 지난번 천추군의 출정에서 아들 을경을 잃기까지 했으므로 대성사 소유거에 대한 분노는 더더욱 큰 상태였다.

"그가 어떤 모습으로 나타날까요?"

문득 남독마군이 의구심이 가득한 표정으로 말했다.

"글쎄, 그의 성정이라면 얼굴을 가리는 일 따위는 하지 않을 것 같은데……."

단보가 남독마군의 말에 답하자 을천목이 고개를 저었다.

"모르는 일일세. 그는 비록 자존심이 무척 강한 사람이지만 또한 목적을 달성하기 위해선 어떤 수단도 동원할 사람이니 변복을 하고 나타날지도……."

"그렇다면 그를 찾기는 쉽지 않겠군요."

"뭐, 그리 걱정할 것은 없을 걸세. 비록 이곳 무천향이 이제 곧 폐쇄한다지만 은하의 계곡은 그대로 남아 있을 테니 말일세. 강호에서 몰려든 고수들이 수백에 이른다 해도 은하의 계곡을 통과할 수 있는 사람은 그리 많지 않을 걸세. 그중에서 소유거를 찾아내는 일이야 그리 어려울 것이 없을 걸세. 그가 아무리 변복을 한다 해도 말일세."

을천목의 말에 장내의 고수들이 저마다 고개를 끄덕였다. 본래 재주가 뛰어난 사람은 아무리 숨으려 해도 결국 그 모습이 드러나게 마련이었다. 낭중지추란 말도 그래서 나온 말이 아니던가.

대성사 소유거는 마승의 진전을 온전히 이루기 위해 은거할 때조차 이미 강호의 뭇 고수들과는 차원이 다른 경지에 이른 사람이었다. 그런 그가 다른 고수들과 어울려 은하의 계곡을 통과한다 해도 그의 능력은 분명 그 스스로를 무천향의 고수들 앞에 드러내게 할 터였다.

"시작하지요."

문득 파소가 입을 열었다. 그러자 장내 고수들의 얼굴이 금세 어두워졌다.

"당장 말인가?"

을청산이 미련이 남는 표정으로 물었다.

"이미 향의 식구들이 모두 떠났습니다. 서둘러 향을 폐쇄하고 은하의 계곡으로 가야지요."

"음, 그렇긴 하지만… 휴, 어쩔 수 없군. 그렇게 하세."

을청산이 고개를 끄덕이자 파소가 시선을 돌려 암봉 위에 서 있는 무천향 고수들을 향해 고개를 끄덕였다. 그러자 암봉 위에 서 있던 무천향 고수들이 미리 준비해 두었던 마른 나무 위에서 불을 붙였다.

잘 마른 나무는 순식간에 거대한 불꽃을 일으켰다. 그러자 불 주위에 있던 고수들이 이번엔 푸른색이 남아 있는 생나뭇

가지들을 불속으로 던져 넣었다. 그러자 검은 연기가 삽시간에 하늘 높이 치솟기 시작했다.

검은 연기가 치솟기 시작한 지 채 일각이나 지났을까, 갑자기 파소 등이 서 있는 바위산에서 성해를 너머로 보이는 천봉 인근에서 거대한 굉음이 터져 나왔다.

구구구궁!

마치 지진이 일어난 듯한 소리에 지축이 흔들리며 파소의 발바닥을 통해 흔들리는 땅의 움직임이 전해졌다.

콰콰쾅!

이번엔 하늘이 무너지는 듯한 파열음이 일어났다. 그러자 성해 건너편, 무천향을 연 십이조사 중 검산 육조사의 무혼이 새겨진 무벽이 먼지를 일으키며 무너져 내리기 시작했다. 그뿐만이 아니었다. 무벽이 무너지는 것을 시작으로 곳곳에서 무천향을 둘러싸고 있던 바위산들이 무너져 내렸다.

거대한 폭음이 연이어 일어나고 푸르고 아름다운 성해까지 산이 무너지며 하늘로 솟은 먼지들이 날아오기 시작했다. 그리고 그 와중에 일천에 가까운 사람들이 살아가던 무천향의 초옥들이 바위 밑으로 묻혀갔다.

"아아! 정말 끝이로구나."

무너지는 무천향을 보며 을청산이 탄식을 흘려냈다. 파소를 비롯한 무천향의 고수들 역시 깊은 슬픔으로 무너져 가는 수백 년 무성들의 고향 무천향을 바라보고 있었다. 그중 누군가의 눈에서는 한줄기 눈물까지 흘렀다.

무천향의 멸몰은 장장 반나절 동안 이어졌다. 어디서 그 많은 바위와 흙들이 무너져 내렸는지 푸르던 무천향은 온데간데없고 무천향을 둘러싼 사막과 같은 모습의 풍경이 파소의 눈앞에 펼쳐져 있었다. 무천향의 흔적이라고는 그 크기가 십분지 일로 줄어든 성해 정도일까.

'이제 사람들은 단지 저곳을 사막의 녹천 정도로 생각하겠지. 수백 년 무도를 꿈꾸며 살아온 사람들이 고향이라고 생각하는 사람은 아무도 없을 것이다. 아, 이 황량한 폐허로 변한 곳에 언젠가 돌아와 소요에게 이곳이 네 뿌리가 있던 곳이며 네가 태어난 곳이라고 말해줄 수 있을까? 그 아름답던 무천향을 과연 말로 설명해 줄 수 있을까?

파소의 마음 한쪽으로 시린 아픔이 스치고 지나갔다.

무너져 버린 무천향 너머에서 사풍이 불어오기 시작했다. 무천향 주변을 둘러싸고 있던 진식이 일으킨 사풍이었다. 사풍은 무너진 무천향을 다시 한 번 고운 모래로 뒤덮을 것이다. 그러면 무천향은 과거의 영화를 뒤로하고 사막 속으로 영원히 사라지게 될 터였다.

"그만 가지요."

문득 을천목이 입을 열었다. 누구도 먼저 발걸음을 떼지 않으려 하고 있었으나 그들에게는 할 일이 있었다. 더군다나 이대로 있다가는 몰려드는 사풍에 자칫 생명을 잃을 수도 있었다.

"그럽시다. 그만들 가십시다. 우린 할 일이 있지 않소이까?"

을청산이 여전히 움직일 줄 모르고 있는 무천향의 고수들을 재촉했다. 그리고 그제야 사람들이 걸음을 옮기기 시작했다.

　파소를 비롯한 수십 명의 무천향 고수들이 장내에서 사라지자 기다렸다는 듯 사풍이 몰아와 무천향의 하늘을 모래로 뒤덮었다.

*　　　*　　　*

　"이, 이건 음모야!"

　누군가의 입에서 처절한 비명 소리가 터져 나왔다. 그러자 그에 동조하는 사람들의 목소리가 흘러나왔다.

　"맞아, 이건 함정이야. 사람들을 현혹시켜 함정으로 끌어들여 죽이려는 누군가의 음모가 분명해."

　"분명 이 계곡 끝에서 우릴 기다리고 있는 자들의 음모일 것이오. 그 무천향이라는 곳에 사는 자들 말이오. 그들은 필시 천인이 아니라 강호를 제패하려는 마인들이 분명할 것이오. 강호를 제패하기 위해 강호의 정기를 꺾으려고 요망한 소문을 흘려 강호의 영웅들을 이 함정으로 끌어들인 것이 분명하오!"

　사람들이 죽어가고 있었다. 오랜 갈증과 허기에 지친 강호 고수들은 여전히 끝이 보이지 않은 긴 계곡에서 하나둘 쓰러지고 있었다. 걸어도 걸어도 끝이 보이지 않은 석곡, 이미 이 길게 이어진 석곡에 도착하기 전, 이 신비하면서도 괴이한 계곡으로 들어선 사람들의 삼분지 이가 죽은 상태였다.

　그럼에도 불구하고 천인들이 산다는 무천향, 그들에게 단한 수의 검초식만 배워도 강호 일패를 할 수 있다는 욕망에 이 끌려 온 강호의 고수들은 돌아갈 생각을 하지 않았다. 이곳에 자신들을 끌어들인 자들이 천인이 아니라 마인들일 거라 소리 치면서도 여전히 그들의 마음속 한쪽에는 천인의 존재를, 불 패의 무공을 익힐 수 있는 신비한 곳이 존재하는 것에 대한 믿음이 사라지지 않고 있었다.

죽음 앞에서도 욕망을 버리지 못하는 것이 인간의 본성. 은하의 계곡에 펼쳐진 인내의 시험대, 과거 파소가 석청을 업고 통과했던 그 계곡에서 강호의 고수들은 그렇게 절망으로 소리치고, 지쳐 죽어가면서도 여전히 앞을 향해 걸음을 옮기고 있었다.

그런데 그때 갑자기 그들의 귀에 들끓던 분노를 잠재울 만큼 부드럽고 푸근한 목소리가 들려왔다.

"모두들 힘을 내시구려. 지금까지 걸어온 길을 보았을 때 출구가 그리 멀지 않은 듯하오. 또한 가만히 살펴보니 이 석곡의 길은 자연적으로 형성된 것이 아니라 사람이 펼친 진에 의해 움직이는 것 같소이다. 내 진의 움직임을 어느 정도 파악했으니 내 뒤를 따라들 오시구려. 그러면 이 기이한 계곡을 벗어나는 것이 한결 수월할 것이오."

사람들은 문득 들려온 목소리에 모두 고개를 돌렸다. 그러자 한 명의 노승이 비범한 모습을 한 채 측은지심을 담은 눈으로 강호 고수들을 돌아보고 있었다. 노승의 몸에는 색이 바랜 붉은빛 가사가 둘러져 있었고, 한 자루의 선장과 허름한 걸망을 지고 있었다.

그런데 노승을 바라보던 사람들 중 누군가의 입에서 놀란 목소리가 흘러나왔다.

"자비선승이다!"

누군가의 입에서 흘러나온 목소리가 장내를 술렁이게 만들었다. 최근 들어 강호를 진동시킨 소문은 두 가지였다. 하나는 장내 고수들을 이 지경으로 만든 무천향에 대한 소문, 다른 하나는 남무림에서부터 시작해 명문대파의 고수들을 하나씩 꺾으며 북상한 자비선승에 대한 소문이었다. 그러니 지금 사람들의 눈앞에서 인자한 표정을 짓고 있는 노승이 자비선승이라는 소리에 놀라지 않을 인물은 없었다.

"정말 자비선승이십니까?"

지친 강호인들 중 그나마 생기가 도는 초로의 고수가 노승에게 물었다.

"사람들이 날 그렇게 부른다는 말은 들었소."

노승이 인자한 표정으로 말했다. 그러자 질문을 던졌던 초로의 고수가 다시 물었다.

"제가 듣기에 자비선승께서는 무공을 불도 정진의 한 수단으로 생각해 강호의 고수들을 찾아다니며 비무를 한신다고 하던데, 이곳에서 뵈올 줄을 몰랐습니다. 선승께서도 천인들이 산다는 무천향에 관심이 있으신 모양이군요?"

"허허허, 그야 당연한 일이 아니겠소? 내가 천하의 고수들을 찾아다니며 비무를 하는 것은 그대가 말했듯이 비무를 통해 불법에 다가가려는 한 방편이오. 그런데 무천향이란 곳에는 하늘을 날고 땅을 가르는 천인들이 살고 있다고 하니 그들을 만나 비무를 하는 것이 천하를 돌아다니며 비무를 하는 것보다야 훨씬 도움이 되지 않겠소이까? 그리고 솔직히 말하자면 더 이상 강호에서의 비무는 내게 의미가 없기도 하고……."

노승 자비선승의 말은 언뜻 들으면 무척 도도한 말이었다. 강호엔 더 이상 자신의 상대가 없다는 말로 들릴 수도 있기 때문이었다. 그러나 좌중의 고수들은 그런 노승의 말이 지닌 여운을 음미할 여유가 없었다.

"하면 자비선승께선 무천향에 대한 소문을 믿고 계시는군요."

"애초에 이곳에 올 때는 반신반의했소이다. 하지만 지금은 믿고 있소. 강호의 수백 고수가 이 기이한 계곡으로 들어섰지만 이곳까지 도달한 사람은 그리 많지 않소. 그건 계곡의 험준함 때문이 아닌, 계곡에 펼쳐진 기진들 때문이었소. 이런 기진은 사람이 만든 것이고, 사람이 만들었다는 것은 누군가 이 계곡의 끝에 살고 있다는 의미가 아니겠소? 더군다나 진을 펼친 솜씨로 보아 절대 보통 인물들이 아닐 터, 분명 이 계곡의 끝에는 대단한 자들이 살고 있음이 분명하오. 단지……."

자비선승이 살짝 얼굴에 그늘을 지으며 말꼬리를 흐렸다.

"달리 걱정되시는 것이 있으시온지?"

"음, 과연 소문대로 이 계곡 안쪽에 사는 사람들이 천인들인지는 모르겠소. 본시 천인이라 함은 사람을 선(善)으로써 대해야 하는 것인데 이런 기진을 설치해 여러 생명들을 앗아간 자들을 선인이라 할 수 있을지 그것이 의문이구려.”

“그건 저희들도 마찬가지입니다. 이 계곡에 설치된 진은 악독하기 그지없어 사람들을 극한의 상황으로 몰고 가 결국 죽음에 이르게 하고 있습니다. 하니 이 계곡 안쪽에 있는 자들은 선인이라기보단 악인일 가능성이 큽니다.”

자비선승과 대화를 나누던 고수가 눈에 노기를 드러내며 말했다. 그러자 자비선승이 고개를 저었다.

“꼭 그렇게 단정지을 문제는 아니외다. 그들이 기진을 설치한 것은 외부 인물들이 자신들의 공간에 침범하는 것을 꺼려했기 때문일 수도 있소이다. 사실 현재 상황으로 보자면 우리가 남의 집에 침입하고 있는 상황이 아니오이까?”

자비선승의 말에 장내 고수들의 얼굴에 무안한 빛이 떠올랐다. 저마다 절대무공을 얻을 수 있다는 욕망에 이 기이한 계곡을 찾아든 것은 틀린 말이 아니었기 때문이다. 그러나 사람이란 결국 자기 자신을 합리화하기 위해 궤변을 만들어내는 존재이다.

“물론 이 중에는 무천향이라는 곳에 있다는 절대무공을 욕심내 들어온 자도 있을 겁니다. 하지만 강호란 곳이 워낙 음모와 귀계가 난무하는 곳이라 혹이라도 강호에 해악을 끼치려는 자들이 꾸민 음모로 강호에 분란이 일까 그것이 걱정되어 들어온 의협들도 있습니다.”

누군가의 반론에 자비선승이 고개를 끄덕였다.

“물론 그런 분도 있겠지요. 이곳엔 강호에서 영웅 대협으로 이름 높은 분들도 게시니 말입니다. 어쨌든 이 안에 어떤 자들이 있는 지는 그들을 만나보면 알게 될 것입니다. 일단 안으로 들어가 그들을 만난 후 그들이 선인이라면 모두들 원하는 대로 무공을 청해보고 그들이 악인이라면 강호의 안녕을 위해 그들을 제거해야겠지요.”

자비선승의 말에 지쳐 있던 장내 고수들의 눈동자가 기이한 열기로 불타기 시작했다. 그들을 기다리고 있는 것이 선인이든 악인이든 이 계곡을 통과한다면 그들의 영웅행은 그들의 명성을 지금보다 몇 배 높여줄 것이 분명했다.

“선승님의 말씀이 옳습니다. 이곳에서 선승 어른을 만난 것은 저희들에게 큰 복인 듯합니다. 부디 선승께서 저희들을 이끌어주시기 바랍니다.”

“하하하, 늙은 중 주제에 어찌 강호 대협들을 이끌 수 있겠소이까? 단지 내가 진법을 좀 아니 일단 여러분을 좀 더 편하게 이 계곡을 출구까지 안내할 수는 있을 겁니다. 자, 가십시다.”

자비선승이 득도한 고승처럼 자비로운 미소를 짓고는 신형을 돌려 끝이 보이지 않은 계곡을 향해 다시 걸음을 옮기기 시작했다. 그러자 장내의 고수들이 지쳤던 몸에 생기를 불어넣으며 자비선승의 뒤를 쫓기 시작했다.

자비선승이 은하의 계곡에 든 고수들을 이끌기 시작한 지 하루, 자비선승의 뒤를 따르던 강호의 고수들은 어느새 자비선승에게 온전히 자신들의 운명을 내맡기고 있었다.

자비선승의 말대로 그는 계곡에 펼쳐진 진을 읽고 있었다. 진을 읽는 사람이 이끄는 길은 진을 몰랐을 때 움직이는 것과는 천지 차이였다. 사람들은 자비선승이 나서기 전보다 절반도 되지 않은 힘으로 계곡을 이동하고 있었다.

더군다나 자비선승은 사람들이 피곤해하면 휴식을 취하고, 정신적으로 지쳐 보이면 좋은 말로 사람들의 힘을 북돋아주었기 때문에 강호의 고수들은 시간이 갈수록 자비선승에 대해 존경심을 넘어 경외감을 느끼기 시작했다.

그리하여 다시 하루가 더 지나 계곡의 끝이 나타났을 때 자비선승은 온전히 은하의 계곡에 든 모든 무인들의 우두머리가 되어 있었다.

"모두들 보시구려. 이제 출구가 보이고 있소이다. 출구에서 어떤 일이 기다리고 있을지 모르니 모두들 조심하시기 바라오."

끝없이 이어질 것 같던 계곡의 출구가 눈앞에 다가오자 강호 고수들의 눈에 생기가 돌기 시작했다.

"저곳에 무엇이 있든 선사께서 저희를 이끌어주신다면 두려울 것이 없습니다."

자비선승의 뒤에 있던 고수가 입을 열었다. 그러자 여기저기서 자비선승을 칭송하는 소리가 흘러나왔다.

"이 늙은이야 그저 여기까지 길안내한 것이 전부외다. 저 안에 들어가서는 이 늙은이보다 강호 영웅들의 활약이 더 필요할 겁니다."

"선승님의 무공이 천하제일인이라는 소문은 익히 들어 알고 있습니다. 천하의 명문대파 최고수들도 모두 선승께 무릎을 꿇지 않았습니까? 저희들은 오로지 선승님을 믿을 뿐입니다.”

어느새 자비선승의 인품과 능력에 감복한 강호인들은 출구가 나타났음에도 불구하고 더더욱 자비선승에게 의지하는 마음이 커지고 있었다.

“허허, 나야 그저 불도의 정진을 위해 무공을 한 방편으로 삼은 무승일 뿐이외다. 천하제일인이니 하는 허황된 명성에는 관심이 없소이다. 하지만 이 안에서 여러분을 위협하는 위험이 도사리고 있다면 나 또한 내 무공을 사용하는 것을 주저하지 않겠소이다.”

자비선승의 말에 장내의 고수들이 힘을 얻은 듯 호기로운 목소리로 소리쳤다.

“좋습니다. 선사께서 앞에 서주신다면야 저들이 아무리 대단한 자들이라 할지라도 함부로 악행을 저지르지는 못할 겁니다.”

애초에 무천향이란 곳에 천인들이 살고 있고, 그들에게서 일 초의 검식이라도 얻기 위해 은하의 계곡에 든 자들이었다. 그러나 그들은 그동안 은하의 계곡에서 겪은 고통으로 인해 그들이 천인이라고 생각했던 사람들을 어느새 천하에 다시없을 마인으로 치부하고 있었고, 자신들은 그 마인들을 제압하기 위해 나선 의협으로 스스로를 세뇌시키고 있었다. 그런 좌중의 강호 고수들을 지켜보던 자비선승의 입가에 가느다란 미소가 지어졌다. 그리곤 여전히 자비심이 넘치는 목소리로 입을 열었다.

"자, 그럼 계곡을 나가봅시다. 과연 어떤 자들이 이런 기괴한 일을 벌인 것인지."

파소와 무천향의 고수들은 은하의 계곡 마지막 관문인 인내의 계곡을 통과하고 있는 강호 고수들을 이틀 전부터 지켜보고 있었다. 또한 그들은 자비선승이란 인물이 어느새 은하의 계곡을 통과하는 자들의 우두머리가 되어가는 과정도 지켜보고 있었다.

남독마군은 그대로 계곡을 무너뜨려 강호 고수들이 더 이상 은하의 계곡으로 들어오는 것을 막아버리자고 말하기도 했으나 파소와 단보 등 다른 사람들은 고개를 저었다. 그리고 그들의 시선은 백여 명을 넘어서는 강호 고수들이 아닌, 그들 앞에서 서서히 그들의 중심이 되어가는 인물, 자비선승에게 고정되어 있었다.

"그로군!"

자비선승이 이끄는 강호의 고수들이 막 마지막 관문을 통과하려는 순간, 을천목이 단정적으로 말했다.

"그렇군요. 그군요."

곁에 있던 파소가 고개를 끄덕였다. 그러자 남독마군이 의아한 표정으로 물었다.

"그라니, 누굴 말하는 것인가? 혹, 소천께선 예전에 저 자비선승란 자를 만나본 적이 있었던가?"

남독마군의 질문에 파소 대신 단보가 답을 했다.

"자네도 그를 본 적이 있네."

"제가요? 하지만 전 기억에 없는데……."

"그의 모습이 아닌 그의 기도를 보시게. 그리고 그의 눈을 보시게."

단보의 말에 남독마군이 고개를 돌려 강호 고수들의 앞에서 유유히 걸음을 옮기고 있는 자비선승을 뚫어지게 바라보기 시작했다. 그렇게 얼마나 지났을까, 남독마군이 고개를 갸웃했다.

"그러고 보니 왠지 익숙한 기운과 눈빛인 것도 같은데… 그런데 누구인지는 정말 기억이 나지 않는데요? 혹, 소림승인가요?"

"아닐세. 그는 애초에 승려가 아닌 자일세."

"승려가 아닌 자라면… 변복을 했다는 말이군요. 보자……."

남독마군이 다시 눈을 가늘게 뜨고 자비선승을 살피기 시작했다. 그러기를 얼마나 지났을까, 갑자기 남독마군의 눈이 화등잔만큼 커졌다.

"저… 저자는! 설마?"

어찌나 놀랐던지 남독마군은 더 이상 말을 잇지 못했다. 그러자 단보가 담담한 목소리로 말했다.

"맞네, 대성사 소유거야."

단보의 입에서 자비선승의 정체가 흘러나오는 순간 그의 뒤에 있던 무천향 고수들이 술렁이기 시작했다. 물론 무천향의 고수들은 이곳에서 대성사 소유거를 기다리고 있었지만 무천향의 고수들 앞에 나타난 대성사 소유거의 모습은 그들이 상상했던 것과는 너무도 다른 모습이었다.

무천향에서 그는 가장 악독한 인물로 여겨지는 자였다. 그런데 지금 강호인들을 이끄는 그는 자비선승이란 이름으로 천하제일의 고수이며 또한 자비심으로 가득한 선승으로 여겨지고 있었다.

"망할 놈! 자신을 완전히 감추었군."

남독마군의 입에서 욕설이 흘러나왔다.

"강호인들을 이곳으로 몰아온 그의 의도가 궁금했는데, 이제야 그의 의도를 짐작하겠군."

을천목이 중얼거렸다.

"그가 노리는 것이 뭘까요?"

남독마군이 재빨리 물었다. 그러자 을천목이 차가운 안광을 흘려내며 말했다.

"그는 아마도 다른 방식으로 강호에 군림하려는 모양이오. 패도가 아닌 존경받는 선승으로서 말이오. 더불어 무천향에는 사파의 굴레를 씌울 생각인 듯하오. 그 스스로는 사파의 간계에 빠진 강호인들을 구한 무림의 구원자가 되겠지. 이미 그의 무공이야 강호의 명문대파들과의 비무행을 통해 증명되었으니 그의 의도대로 강호인들이 무천향을 사파로 규정한다면, 오늘 저들을 이끌고 무천향에 들어온 그는 이 일이 마무리되는 순간 자비심 가득한 천하제일인이 되어 있을 것이오. 더불어 뭇 강호 고수들이 구름처럼 그의 주위에 모여들어 그를 지킬 테니 무천향의 칼도 피할 수 있을 것이고 말이오."

"누가 그의 주위를 지키든 그의 목을 베지 못할 것은 없네."

을청산이 딱딱한 음성으로 말했다. 을청산의 말이 틀리지는 않았다. 아무리 대단한 강호 고수들이 그의 주위를 지킨다 해도 무천향의 고수들을 막을 수는 없었다. 그러나 을천목은 고개를 저었다.

"상황이 조금 다릅니다. 물론 그의 주변에 몰려 있는 강호인들의 무공이 두려운 것은 아니지요. 하지만 무림의 구성으로 떠받들어지는 그를 제거하려 한다면 무천향은 그의 의도대로 사파의 무리가 되는 것이지요. 또 강호인들의 호위를 뚫고 들어간다 해도 그의 무공이 어떠한 경지에 이르렀는지 짐작할 수 없으니 그를 벨 수 있을 거라 장담할 수도 없을 겁니다. 그는 스스로를 보호할 거의 완벽한 준비를 하고 있는 셈이지요."

그런데 그때 문득 파소가 질문을 던졌다.

"그는… 향주께서 무천향을 비울 것이란 걸 예상했을까요?"

파소의 질문에 을천목이 고개를 끄덕였다.

"아마도 그럴 걸세. 그래서 저렇게 자신있게 무천향으로 향하고 있는 것일 걸세. 향주의 성정을 누구보다 잘 아는 그이니 향주께서 강호 무림인들의 걸음을 힘으로 막지 않을 거란 걸 예상했을 걸세. 그리고 세상에 노출된 무천향은 더 이상 아무 의미가 없다는 것도 알고 있겠지."

"역시 영악한 자군요."

남독마군이 이를 갈며 말했다. 그러자 파소가 다시 질문을 던졌다.

"그럼 우리가 그를 기다리고 있단 것도 짐작하고 있을까요?"

그러자 을천목이 잠시 생각에 잠겼다가 고개를 끄덕였다.

"그 또한 이번 일이 그에 의해 일어난 일이라는 것을 우리가 모를 거라 생각하지는 않을 걸세. 그러니 그를 제거하기 위해 적어도 몇 명의 무천향 고수가 그를 기다리고 있다는 것도 짐 작하고 있을 것이네."

"결국은 스스로를 지킬 자신이 있다는 말이군요."

파소의 말에 을천목이 어두운 안색으로 고개를 끄덕였다.

"그렇다고 봐야지. 그렇지 않다면 결코 저렇게 모습을 드러 내지는 않았을 걸세. 어쩌면 우리가 나타나기를 기대하고 있는 지도 모르지. 강호의 고수들이 보는 앞에서 자신을 공격한다는 것은 곧 무천향이 사파라는 것을 자인하는 일이 될 테니까. 그 가 강호인들 속에 섞여 있는 것은 바로 그런 점을 노린 거겠지."

"그렇다면 이건 정말 난감한 일이 아닌가?"

을청산이 그늘진 표정으로 물었다.

"그렇습니다. 그의 무공이 어느 정도인지 모르는 상황에서 는 합공을 하여 최대한 빨리 그를 제압하는 것이 가장 좋은 방 법인데 강호인들 사이에 섞여 있으니 합공을 하기도 어려울뿐 더러 그리되면 그의 의도대로 무천향은 사파의 무리로 전락하 게 되겠지요. 물론 무천향이란 이름은 이제 과거의 이름이 될 운명이지만 그래도 수백 년을 이어온 무천향의 이름에 사파의 굴레를 씌울 수는 없는 일이지요."

"허면 어찌하면 좋겠나?"

을청산의 물음에 을천목도 마땅한 대안이 없는지 답을 하지 못했다.

"일단 이곳에서 물러나 후일을 도모하는 것은 어떻겠습니까? 아무리 그라도 언젠가는 빈틈을 보일 겁니다."

그동안 침묵을 지키고 있던 을현이 침착한 목소리로 입을 열었다. 그러자 을천목이 고개를 저으며 말했다.

"일단 오늘 이곳에서 그를 제거하지 못한다면 그는 아마도 순식간에 강호에 자신만의 성을 쌓을 걸세. 그리되면 그를 제거하는 일은 거의 불가능해질 걸세. 더군다나 그가 일단 강호무림의 힘을 얻게 되면 무천향의 형제들을 향해 어떤 도발을 할지도 모르는 일이고."

을천목이 난감한 표정으로 말했다. 그런데 그 순간 파소가 담담한 목소리로 입을 열었다.

"그가 시작한 방식대로 그를 상대하면 될 겁니다."

파소의 말에 장내의 고수들이 일제히 파소를 바라봤다.

"어떤 방식으로 말인가?"

을천목이 의아한 표정으로 물었다.

"그는 남무림에서부터 홀로 수십 차례의 비무를 치르며 스스로의 명성을 쌓아 이곳까지 왔으니 이곳에서도 비무를 통해 그 자신을 증명하라고 하면 되겠지요."

"비무? 소천, 설마?"

"제가 그를 상대하지요."

第十章

일월(日月), 그 영원한 윤회

武天鄕
무천향

한차례 모래바람이 불어왔다. 계곡을 벗어난 강호 고수들은 그들이 기대했던 것과는 너무 다른 풍경에 곤혹스런 표정을 짓고 서 있었다. 천인들이 산다는 세상, 무천향이라는 그럴듯한 이름을 가진 세상의 모습이 적어도 자신들 앞에 펼쳐진 불모의 사막일 거라곤 전혀 예상치 못했던 것이다.

그러나 그들을 기다리고 있는 무천향은 황량한 사막이었다. 멀리서 불어오는 모래바람은 점점 더 강해져서 그들이 빠져나온 계곡에 이르러서는 거의 폭풍의 수준으로 변했다.

"여기가 무천향인가?"

누군가의 입에서 탄식이 흘러나왔다. 자신이 지나온 그 힘겨운 고난의 길이 전혀 쓸모없는 일이었다는 실망감이 담긴 목소리였다. 말을 꺼낸 자만이 허탈감을 느끼는 것은 아니었다. 눈앞에 펼쳐진 황량한 사막 앞에서 천외천의 세계를 꿈꿨던 사람치고 실망하지 않는 사람이 없었다. 오로지 한 사람을 제외하고는…….

"모두들 힘을 내시오. 우린 아직 무천향에 도달하지 못했는지도 모르오."

황량한 사막에 지쳐 버린 사람들을 일깨운 사람은 자비선승이었다.

"그렇소이다. 자비선승님의 말씀이 맞소이다. 설마 천인들이 산다는 곳이 이런 황량한 사막일 수는 없을 것이오."

자비선승의 말에 주저앉을 듯 실망했던 강호인들이 다시 힘을 내기 시작했다. 지친 눈빛에는 생기가 돌았고, 두 다리에는 힘이 들어가기 시작했다.

"지형을 보건대, 아마도 이곳은 누군가 오랫동안 왕래한 듯하오. 사람들의 자취가 남아 있지 않소이까?"

자비선승의 말에 그제야 강호인들이 자신들의 주변을 돌아봤다. 그러자 모래바람이 불어오는 쪽으로 이어진 길의 흔적을 어렵지 않게 찾을 수 있었다.

"역시 그렇군요. 그럼 우린 조금 더 움직여야 할 듯하군요. 그곳에 천인이 있든 마인이 있든 이곳까지 왔으니 무천향이라는 곳에 한 발이라도 디뎌야 하지 않겠습니까?"

"맞소이다. 여기까지 왔는데 더 못 갈 이유가 없소이다. 어서 가봅시다, 도대체 어떤 자들이 살고 있는지."

은하의 계곡을 통과한 무림인들은 작은 충동으로도 쉽게 흥분하기 시작했다. 보통의 경우라면 이곳에 모인 강호인들은 대부분 어떤 상황에서라도 침착함을 유지할 만한 고수들이었지만 지난 며칠간의 고난은 그런 고수들을 아이처럼 단순한 심성을 가진 사람들로 만들어놓은 듯했다.

"오래 쉬면 더 지치는 법이오. 자, 가보십시다. 내가 앞장서리다."

동요하는 강호 고수들을 자비선승이 이끌기 시작했다. 그러자 일백이 넘는 고수들이 일제히 자비선승 주위로 몰려들었다.

그렇게 자연스레 일행의 중심에 선 자비선승은 여전히 부드러운 미소를 지은 채 계곡의 출구에서 사막으로 이어진 사람들의 흔적을 따라 걸음을 옮기기 시작했다. 그런데 자비선승이 강호의 뭇 고수들을 이끌고 막 사막을 향해 전진하기를 겨우 일각이 지났을까, 문득 자비선승의 걸음이 뚝 멈췄다.

자비선승의 걸음이 멈추자 어미 닭을 쫓던 병아리처럼 자비선승을 따르던 강호의 고수들도 일제히 걸음을 멈췄다. 그리고 잠시 의아한 표정으로 바라보던 강호인들이 자비선승의 시선이 향한 곳으로 눈길을 주었다가 이내 차가운 긴장의 빛을 흘려내기 시작했다.

휘이이잉!

사막의 바람은 쉬지 않고 불어왔다. 바람에 날린 모래구름 역시 종잡을 수 없는 방향에서 불어와 사람들의 시야를 가리고 있었다. 그런데 그 모래구름 속에서 사람의 그림자가 어른거리고 있었다. 자비선승의 시선은 바로 그 모래구름 속의 인영들에게로 향해 있었다.

"그들일까?"

자비선승의 뒤에 있던 강호인들 중 누군가가 나직하게 중얼거렸다.

"아마도 그럴 것이오. 이곳에 나타날 사람들이 무천향이라는 곳에 사는 자들 말고 누가 있겠소이까?"

누군가가 말을 받았다. 그러자 사람들 사이의 긴장감은 더더욱 팽팽해졌다. 무천향에 사는 사람들이 천인이든 마인이든 상관없이 이런 오지에 상상치 못할 관문을 설치하고 살아가는 자들이라면 분명 범상치 않은 자들이 분명할 것이기 때문이었다. 그리고 그들의 예상은 틀리지 않아서 어느새 모래구름을 벗어나 강호인들 앞에 도달한 삼십여 명의 인물들은 하나같이 절정의 기운을 흘려내고 있었다.

일백이 넘는 강호 고수들과 삼십여 명의 무천향 고수들 사이에 팽팽한 긴장이 흘렀다. 어느 쪽도 먼저 입을 열지 않았다. 무천향 고수들의 가장 앞에 서 있던 파소는 다른 사람들을 외면한 채 오로지 자비선승만을 응시하고 있었다.

휘이잉!

거친 바람이 또다시 불어와 강호 고수들과 무천향 고수들 사이의 공간을 가르고 지나갔다. 바람이 일으킨 소음에 용기를 얻었을까, 문득 강호 고수들 중 한 명이 입을 열었다.

"무천향에서 나온 사람들이오?"

자못 호탕한 기운이 느껴지는 목소리, 그러나 무천향의 고수 중 누구도 사내의 질문에 답을 하지 않았다. 그러자 질문을 던진 사내의 얼굴이 붉어지며 다시 입을 열려는 순간, 자비선승이 사내의 말을 막았다.

"내가 한번 저들과 대화를 나눠보리다. 대협은 조금만 기다려 보시구려."

이미 자비선승은 좌중의 우두머리가 되어 있었으므로 파소 등을 향해 노성을 토하려던 사내가 노한 시선만을 흘려낸 후 뒤로 물러났다. 그러자 자비선승이 천천히 걸음을 옮겨 강호 고수들과 무천향 고수들 중간 지점까지 걸어갔다.

"정말 저자가 대성사 소유거가 맞는 겁니까?"

다가오는 자비선승을 보며 남독마군이 믿기 힘들다는 듯 말했다. 그도 그럴 것이, 지금 무천향 고수 등을 향해 걸어오는 자비선승에게선 과거 대성사 소유거의 모습을 전혀 찾아볼 수 없었기 때문이다. 비단 승려의 모습을 한 외모뿐 아니라 그 기도에서도 과거의 패도적인 독선의 기운이 아닌, 솜털 같은 부드러움과 여유가 흘러나오고 있었다.

"그자입니다."

남독마군의 의문이 무색하게 파소가 단정하듯 말했다.

"그런가? 난 전혀 다른 사람 같은데……."

남독마군이 고개를 주억거리며 중얼거리자 다시 파소가 입을 열었다.

"그의 눈을 보십시오. 다른 곳은 다 바꿀 수 있어도, 설혹 그 기운조차 바꿀 수 있어도 사람의 심성을 드러내는 눈빛은 바꾸지 못하는 법이지요. 눈빛이 변하는 경우는 오직 하나 그 심성이 변하는 것인데, 사람의 심성은 그리 쉽게 변하지 않지요. 특히 대성사 소유거와 같은 사람은 더더욱."

파소의 말에 남독마군이 안력을 높여 다가오는 자비선승의 눈을 주시했다. 그리고 잠시 후 남독마군의 입에서 탄식이 흘러나왔다.

"아, 그렇군. 정말 그래. 저 눈빛, 사람의 심장을 찌르는 듯한, 자신의 의지 이외의 것을 전혀 받아들이지 않으려는 저 독선의 눈빛은 여전하군. 결국 부드러움의 허울을 둘러쓰고 강호인들의 신망을 얻고 있었군."

남독마군의 말이 미처 끝나기도 전에 파소는 이미 자비선승, 아니, 대성사 소유거를 향해 걸음을 옮기기 시작했다.

"정말 혼자 보내도 되는 겁니까?"

남독마군이 혼자 대성사 소유거를 상대하러 나아가는 파소를 보며 걱정스런 표정으로 단보에게 물었다. 그러자 단보가 담담한 목소리로 대답했다.

"그가 어떤 경지에 이르렀는지는 모르겠지만 지금으로선 소천에게 모든 것을 맡겨두는 것이 좋네. 만약 다수가 나선다면 강호인들도 나설 것이고, 그리되면 필히 피를 보게 될 것이네. 피를 본다면… 비록 과거의 무천향이라 할지라도 무천향은 어두운 사파의 오명을 쓰게 될 걸세."

"하지만 소천이 저자를 감당할 수 있을지……."

"난 소천을 믿네. 처음부터… 소천이 강보에 싸인 어린아이일 때부터 소천을 보아온 사람으로서 단언컨대 지금 소천과 대적할 인물은 강호에 없을 거라 자신하네."

"하지만 대성사 소유거는 마승의 무공에 마승이 얻지 못했던 생혼단의 힘까지 얻지 않았습니까? 그렇다면 그의 무공은 과거 을조인 대종사께 꺾인 마승을 능가한다고 봐야 할 겁니다."

"그럴 수도 있겠지. 하지만 그렇다고 소천이 그에게 질 거라고는 생각지 않네. 소천의 무공은 최근 들어 안개와 같이 변했거든."

"안개라니, 무슨 말씀이십니까?"

"도무지 그 깊이를 짐작할 수 없게 되었단 말일세. 이보게. 난 말이야, 이 천하에 내가 그 깊이를 짐작하지 못할 무인이 있을 거라곤 생각지 않았단 말이야. 그런데 최근 들어 소천의 무공은… 어쩌면 망검의 경지에 이른 건지도……."

단보의 말에 남독마군이 의구심 어린 표정으로 물었다.

"망검은 또 무엇입니까?"

남독마군이 선검 육단계를 알 리 없었다.

"그런 게 있다네, 천인들의 무공인."

단보가 더 이상 대답하지 않겠다는 듯 말꼬리를 흐리고는 어느새 마주 선 파소와 소유거에게로 시선을 주었다.

"오랜만이구려, 소천!"

인자한 고승으로 변한 대성사 소유거가 파소를 보며 나직한 목소리로 말했다. 그의 기풍이 변했다 해도 지나치게 낮은 목소리, 그건 곧 그의 성품은 변하지 않았다는 것을 의미했다. 왜냐하면 그를 지켜보고 있는 강호의 고수들에게 여전히 자신이 무천향의 사람이었다는 것을 숨기기 위해 그가 목소리를 낮췄다는 것을 의미하기 때문이었다.

"그렇군요. 이런 모습으로… 이렇게 사람을 몰고 나타나실 줄은 몰랐습니다. 난 대성사께서 홀로 무천향으로 돌아오실 줄 알았지요. 오로지 스스로 이룬 무공을 들고 말입니다."

파소의 말속에는 강호인들에게 무천향의 존재를 알린 소유거의 행동에 대한 질책이 담겨 있었다. 천하의 소유거가 그 의미를 모를 리 없었다.

"고맙구려. 목소리를 낮춰주시니."

"제가 목소리를 높인다고 해도 저들은 내가 아닌 대성사를 믿겠지요."

"하하하, 역시 소천께선 총명하시구려. 이미 그 이치를 깨닫고 있으니 말이오."

"대성사께서 쉬운 길을 포기하고 저들과 함께 은하의 계곡을 통과한 것은 저들의 마음을 얻기 위해서였을 테지요?"

"흐흠, 맞소. 사실이오."

"도대체 뭘 원하고 계신 겁니까?"

파소의 목소리가 차가워졌다. 그의 눈에서 흘러나온 서늘한 안광에 소유거의 부드럽던 표정도 심각하게 굳어졌다. 대성사 소유거는 파소의 질문에 답을 하는 대신 파소의 머리 너머로 멀리 바라다보이는 사막의 모래구름을 응시했다. 그리곤 불쑥 입을 열었다.

"향은 어찌 된 것이오?"

소유거는 사막 저 멀리에서 일어난 모래구름이 무천향이 있던 자리를 휘감고 있다는 것을 알고 있었다.

"대성사 덕분에 무천향은 더 이상 세상에 존재하지 않게 되었지요. 세인들의 입에 오르내리는 무천향이란 의미가 없으니 말입니다."

"허허, 향주께선 아직도 그 아집을 버리지 못하신 모양이구려."

"아집이라고 했습니까?"

"그렇소이다. 무천향도 역시 사람 사는 세상, 세상에 그 이름이 드러낸들 뭐가 그리 큰일이란 말이오. 오히려 무천향을 세상에 드러내 그 강력한 힘으로 천하를 평온하게 만드는 것이 의미있는 일을 터인데 그 이름이 드러났다고 향을 폐쇄하다니……."

"대성사께선 여전히 세상에 대한 미련을 버리지 못하셨군요."

파소의 대답이 얼음장처럼 차다. 그러자 소유거가 빙그레 미소를 지었다.

"후후, 그러게 말이외다. 향주께서는 계속 무천향을 숨기려고만 하고 난 지금도 무천향을 세상에 드러내고자 하니 역시 향주와 나는 서로 어울리지 않는 사람이었던 모양이오. 그런데 소천은 어떻소? 향주님의 피를 이어받았으니 역시 향주님의 판단이 옳다고 생각하시겠구려?"

소유거가 이미 스스로 결론을 내린 질문을 던졌다. 그러자 파소가 고개를 저었다.

"내 생각은 두 분과는 또 다르지요."

"오, 그렇소이까? 그래, 소천께서 생각하는 다른 길은 무엇이오?"

"난 무천향의 고수들 각자가 무천향이 세워지기 이전의 상태로 되돌아가는 것도 한 방법이라고 생각합니다."

"무천향이 세워지기 이전의 상태라면……?"

"천하의 무성들을 모아 무공을 통해 득도에 이르겠다는 그 목표는 을조인 대종사를 비롯한 십이조사의 시대에 필요했던 선택이라는 말입니다. 그 후손들이 십이조사가 아닐진대 어찌 무선에 이르기 위한 폐쇄된 삶을 강요할 수 있겠습니까? 그들 중에는 반드시 대성사와 같은 생각을 지닌 사람들도 있는데 말입니다. 그러니 십이조사께서는 자신들은 은거할망정 그 후손들에게는 자신들의 삶을 강요하지 말았어야 했습니다. 그러니 지금이라도 무천향은 사라지는 게 좋겠지요. 그리고 그 안에 살던 사람들은 각자 자신의 원하는 삶으로 돌아가야 되겠지요."

파소의 말에 대성사 소유거의 눈빛이 반짝였다.

"그렇다면… 내 선택이 잘못된 것은 아니었지 않소?"

"당신의 선택이 잘못이라고는 말하지 않겠습니다. 다만 당신의 행동은 잘못된 것이었지요. 자신의 야망을 위해 무천향과 무천향의 형제들을 희생시켰으니 말입니다."

"후후, 알겠소. 그 점은 나도 인정하지. 내가 무천향과 무천향의 형제들에게 큰 죄를 지은 것은 나도 알고 있소. 하지만 소천이 내가 선택한 길을 인정해 주니 그것만 해도 고맙군."

대성사 소유거가 만족한 듯한 미소를 지었다. 누군가 자신의 삶을 이해해 주는 사람이 있다는 것이 기꺼운 듯 보였다.

"그래서 다시 한 번 대성사의 삶을 살아보시려 사람들을 몰고 온 것입니까? 무천향을 무너뜨리고 그 위에 대성사의 제국을 세우기 위해?"

파소의 질문에 소유거가 여전히 미소를 띤 얼굴로 고개를 저었다.

"나만의 제국을 세울 생각은 없소."

"그럼 저들을 왜 무천향으로 끌어들인 겁니까?"

파소가 소유거의 등 너머에 있는 강호 고수들을 바라보며 물었다.

"그건 일종의 준비하고 해두고 싶구려."

"무엇을 위한 준비입니까?"

파소의 질문에 소유거가 천천히 안색을 굳히며 말했다.

"내 무공을 시험할 준비, 아니, 그대들이 마승이라 부르던 사람이 포기했던 서장 불교의 힘을 증명할 준비라고 해둡시다. 내 뿌리가 어딘지는 알고 있을 것이라 생각하오."

"그야 당연히 알고 있지요."

"좋소. 그렇다면 이야기가 쉬워지겠군. 과거 무(武)에서 선(禪)으로 길을 바꾸신 선승, 그러니까 그대들이 마승이라 부르던 분의 후예들은 두 갈래로 갈라져 선승의 뜻을 이었소. 그중 한 부류는 지금 서장의 황교를 주관하는 사람들이지. 다른 한쪽은 선승의 무공을 추종하는 사람들이오. 그들은 언제나 과거 선승께서 을밀부의 고수에게 패한 것을 큰 굴욕으로 생각하고 있었소. 해서 언젠가는 그 빚을 갚아줄 거라 다짐하면서 무공을 수련했지. 무천향에 든 나의 선조는 바로 그 선승의 무학을 이은 분이셨소."

하나의 단서는 모든 일들을 한 줄에 꿰어 드러낸다. 소유거의 말에 파소는 그동안 소유거가 벌인 모든 일의 이유를 깨달았다.

"결국 당신의 최종 목적은 을씨를 넘어서는 것이었군요."

"그렇소. 대종사 을조인의 무공과 그 을조인이 세운 무천향을 넘어서는 것, 무천향을 을조인이 바랐던 무성들의 구도의 장소가 아닌 세상을 향한 패도의 장으로 만드는 것, 그것이 바로 내가 바랐던 을밀부에 대한 선승의 굴욕을 되갚는 방법이었소."

"그렇다면 어느 정도는 성공한 것이군요. 무천향이 사라졌으니."

"아니, 그건 을씨가의 사람들이 스스로 원해서 한 일, 난 내

손으로 무천향을 패도의 장소로 만들길 원했지. 그런데 그 기회는 무천향이 해체됐으니 영영 사라져 버리고 말았구려.”

대성사 소유거가 아쉬운 목소리로 말했다.

“하지만 한 가지 목표는 남아 있겠군요.”

파소의 말에 대성사 소유거가 빙그레 미소를 지었다.

“맞소. 아직 한 가지 목표는 여전히 남아 있소. 을씨의 무공을 넘어서는 것, 사실은 그것이 정말 원했던 목표일 수도 있지.”

“그런데 왜 저들이 필요했던 겁니까?”

파소가 다시 소유거 뒤쪽에 늘어선 강호인들을 가리켰다.

“두 가지를 위해서였소. 하나는 오로지 무공으로 무천향, 아니, 을씨 가문을 꺾기 위해서였소. 나 홀로 무천향에 왔을 경우 무천향 수백 인의 고수가 나 하나를 상대하려 할 수도 있으니.”

“무천향은 그리 치졸하지 않습니다.”

“물론 알고는 있지만 사람이란 언제나 만약이란 걸 대비해야 하는 법이오.”

“두 번째 이유는 뭡니까?”

“두 번째 이유는 천하에 본 교의 무공이 을씨의 무공을 꺾었다는 걸 증명해 줄 사람이 필요했기 때문이오. 저들이 바로 그 증인들이 되어줄 것이오.”

소유거의 말에 파소가 잠시 침묵을 지키다 문득 질문을 던졌다.

“그런데… 을밀부의 무공을 넘어설 자신은 있는 겁니까?”

파소의 질문에 소유거가 빙그레 미소를 지었다.

"날 잘 알고 있지 않소. 자신이 없었다면 난 결코 강호에 나오지 않았을 것이오."

소유거가 여유있는 표정으로 대답했다. 그러자 파소의 얼굴에도 미소가 생겨났다.

"그렇군요. 대성사는 그런 분이시죠. 그런데 저도 궁금하군요. 과연 서장 불교의 무공이 을밀부의 무공을 넘어서게 될지, 수백 년 전 마승이 생혼단을 얻었다면 을조인 대종사를 넘어설 수 있었을지."

"아마 그러했을 거요."

"그런가요? 그러나… 실망하실지도 모릅니다."

"소천의 표정을 보니 소천 역시 자신의 무공에 자신이 있나 보구려."

"을밀부의 무공은… 수백 년 전이나 지금이나 천하제일이지요."

"하하하! 정말 대단한 자신감이군. 좋소, 그럼 오늘 그것을 증명해 보시오."

"아마 실망하지 않으실 겁니다. 하지만 만약 오늘 이 비무에서 패하신다면 대성사께는 과거 마승처럼 서장으로 돌아가 선승의 길을 갈 기회가 주어지지는 않을 겁니다. 난 을조인 대성사처럼 인정 많은 사람은 아니니까요."

"목숨을 건다, 그게 좋지. 그게 무림이고 강호 아니겠소? 자! 시작합시다."

소유거는 파소와의 비무가 무척 기대되는 모양이었다. 그는 싸우고 싶어 좀이 쑤신 사람처럼 비무를 재촉했다.

파소 역시 소유거와의 인연을 더 이상 길게 이어가고 싶지 않았다. 파소가 고개를 끄덕이며 훌쩍 뒤로 물러나 소유거와의 거리를 십여 장으로 벌렸다.

파소와 소유거가 한바탕 싸울 준비를 하자 이미 두 사람의 관계를 알고 있던 무천향의 고수들은 당연하다는 반응을 보였지만 두 사람 사이의 은원을 모르고 있던 강호 고수들 입에선 작은 동요가 일어났다.

"역시 사파의 마인들인 모양이야. 자비선승께 대항을 하려 하다니."

"하지만 곧 후회할 걸세. 자비선승의 무공이 현 강호의 천하 제일이라는 것은 누구나 인정하고 있는 것 아닌가. 자비선승께서 남무림에서부터 행해오신 비무는 이미 강호의 전설이 되어버렸단 말일세. 더군다나 이곳까지 오는 동안 그 기괴한 계곡들을 통과할 때도 전혀 어려움이 없으셨던 분이니 필시 저 자들은 자비선승께 큰 곤욕을 치를 걸세. 더군다나 자비선승을 상대하겠다고 나선 자는 너무 젊지 않은가?"

"하지만 그래도 신비한 구석이 있는 것 같은데?"

"무공은 누가 뭐래도 결국 시간에 비례하는 것이네. 저자의 기운이 제법 신비하지만 자비선승님의 연륜을 감당하긴 힘들 거네."

"어쨌든 좋은 구경이 되겠어. 자비선승님의 비무는 유명하지만 난 선사께서 비무를 하시는 걸 본 적이 없거든."

"그건 나도 마찬가질세. 행운이라고 해야겠지."

강호인들은 누구나 자비선승, 즉 대성사 소유거의 승리를 의심치 않았다. 파소와 소유거의 나이 차이도 있지만 한쪽은 이미 수십 번의 비무를 통해 강호제일인으로 인정받는 사람이었고 다른 한쪽은 이름없는 젊은 무인이었다, 그것도 사파에 속한 마인쯤으로 보이는.

그리고 비무가 시작됐다.

경악스런 탄성이 장내를 지배했다. 놀람을 넘어선 경악, 그건 사람들의 눈앞에서 펼쳐지는 비무가 사람과 사람의 비무가 아닌, 천인과 천인의 비무였기 때문이다.

자비선승의 공력과 무공은 그동안 그가 강호를 종횡하며 치러온 비무로 인해 이미 그 명성이 하늘에 닿아 있었지만 파소를 상대로 온 힘을 다해 펼치는 그의 무공은 강호에 알려진 그 이상의 경지를 보여주고 있었다.

그는 한 자루 선장을 도검처럼 사용했는데, 비무가 시작된 이후 그의 선장에서 일어난 이장 길이의 진기의 기운은 비무가 진행되는 동안 한 치의 변화도 없이 이어졌다.

아무리 고수라 해도 비무가 시작되면 도기와 검기는 상황에 따라 그 길이가 수시로 변하게 마련인데 소유거가 만들어낸 선장 모양의 진기는 그런 상식을 뒤로하고 언제나 일정한 길이를 유지하고 있었다. 그건 곧 소유거의 공력이 사람들이 추측할 수 없는 수준에 이르러 있다는 것을 의미했다.

그런 강력한 진기를 바탕으로 펼치는 소유거의 무공 역시 놀라웠다. 초식의 신묘함은 물론, 한 초식 한 초식 펼쳐질 때마다 땅이 갈라지고 모래구름이 일어났으며 사방에 흩어져 있던 바위들이 순식간에 가루로 변해 버리는 것이었다.

"아아! 정말 천인의 무공이다!"

강호의 무인들 중 누군가의 탄성처럼 소유거의 무공은 천인의 무공이라 해도 과언이 아닐 만큼 전율적인 것이었다.

그런데 사람들을 더 놀라게 하는 것은 천인의 무공을 선보이고 있는 소유거가 아니라 그를 상대하는 파소였다. 소유거가 일으키는 공력은 구름을 일으키고 땅을 갈랐지만 파소는 그 광란 속에서도 가벼운 산책을 하듯 소유거가 만드는 혼란 속을 유유히 소요하고 있었다. 애초 파소가 자신의 아들에게 지어준 이름의 의미를 그 자신이 몸소 실천해 보이고 있었던 것이다.

소유거가 만들어내는 초식들은 하나같이 날카롭고 위험해 조금만 몸에 스쳐도 치명적인 부상을 입을 만큼 엄중한 것이었지만 그 어떤 초식도 파소의 몸을 건드리지 못했다.

파소는 인생을 살면서 수없이 만나게 되는 고난과 불행, 혹은 지나친 행운에도 평정심을 잃지 않는 고승처럼 그렇게 소유거의 공격들을 유유히 비껴내고 있었다. 그러자 두 사람의 비무를 지켜보고 있던 무림인들 사이에서 조금은 색다른 탄성이 흘러나오기 시작했다.

"무천향이란 곳, 정말 천인들이 사는 곳이 아닐까?"

"그럴지도 모르겠어. 저 젊은 무인의 무공을 보란 말이야. 마인이라고 하기엔 너무 청정하잖아. 초식에 살기가 깃든 것도 아니고, 마기가 느껴지는 것도 아니야. 더군다나 오히려 자비선승의 무공이 더 패도적으로 느껴질 만큼 부드러운 무공을 보여주고 있어. 저건… 결코 사파의 무공이 아니야."

가끔은 백 마디의 말보다 단 한 번의 행동이 모든 진실을 알려줄 때가 있다. 장내의 강호 고수들은 수많은 동료들의 목숨을 뒤로하고, 또한 그 자신들이 평생 겪지 못했던 고난을 감수하며 은하의 계곡을 통과한 사람들이다. 그들이 겪었던 고난은 그들로 하여금 은하의 계곡 끝에 존재하는 사람들, 소문에 무천향이라 불리는 곳에 속한 자들이 반드시 사파의 인물들일 거란 확신을 심어줬었다.

그러나 지금 파소와 소유거의 비무를 보면서 강호인들의 마음속에선 무천향에 대한 평가가 자신들도 모르는 사이에 서서히 변해가고 있었다.

그리고 그 이유는 오로지 파소가 보여주고 있는 저 허허로운, 어찌 보면 선기 가득한 무공 때문이었다. 비록 파소가 검을 들어 선장을 사용하는 소유거에 대항하고 있었지만 파소의 검은 소유거의 선장보다도 부드러웠던 것이다.

파소의 검은 오로지 전율적인 힘을 가지고 닥쳐드는 소유거의 선장을 비껴내거나 피하는 데 사용될 뿐, 소유거의 목숨을 취하기 위한 초식은 단 한 번도 시전하지 않았다. 그러니 그 모습을 보고 어찌 파소 등이 사파의 간악한 마인이라 생각할 수 있을 것인가.

장내 고수들의 생각이 파소의 무공에 의해 서서히 변해가는 동안 파소와 소유거의 겨룸은 점점 더 치열해지고 있었다.

싸움은 양상은 여전해서 소유거는 끊이지 않는 공력과 치명적인 독수가 담긴 초식으로 파소를 공격했고, 파소는 낮게 가라앉은 시선으로 소유거의 공격들을 응시하며 지속적으로 방어에 치중하고 있었다.

"피하기만 할 생각이신가?"

자신의 공격이 계속에서 애꿎은 바위만 박살 내고 있자 소유거가 조금 답답한 듯 초식을 전개하면서 입을 열었다. 역시 보통 사람이 상상할 수 없는 엄청난 공력으로 가능한 일. 그러자 파소가 역시 소유거의 공격을 옆으로 흘려내며 말했다.

"대성사의 능력이 워낙 뛰어나시니 감히 반격의 기회를 잡기 어렵군요. 그저 몸이나 보존할 뿐."

"후후, 소천, 난 수십 년간 무천향의 젊은이들을 지도한 대성사요. 어찌 상대의 능력을 읽지 못하겠소? 어째서 피하기만 하시는 건가?"

소유거의 물음에 파소가 가볍게 미소를 지으며 말했다.

"마승의 무공이 얼마나 대단한지 그 끝을 보고 싶기 때문이지요."

"오만하군. 결국 내 밑천을 모두 드러내라는 말인데……."

"시간은 많으니까요."

파소의 대답에 소유거가 살짝 인상을 흐렸다. 파소의 대답이 잘못된 것은 아니나 분명 파소가 공세를 취하지 않고 수비만 하는 데에는 뭔가 다른 이유가 있는 듯 보였다. 그리고 그런 소유거의 의문은 뒤쪽에서 두 사람의 대결을 지켜보고 있는 무천향 고수들에게도 동일하게 일어났다.

"도대체 왜 공격을 하지 않는 걸까요?"

남독마군이 답답한 표정으로 물었다. 그러나 장내의 고수들 중 남독마군의 질문에 답을 할 수 있는 사람은 거의 없었다. 그들이 파소의 머릿속에 들어갔다 나오기 전에는… 그러나 그들 중 한 명은 파소의 생각을 짐작하고 있었다.

"소천은 아마도 뒷일을 생각하고 있는 듯하네."

무천향 최고의 현자라는 을천목의 말이었다.

"뒷일이라니요? 지금으로선 저자를 상대하는 것만 해도 힘든 상황 같은데……."

"만약의 경우 지금 상태에서 소천이 대성사 소유거의 목을 벤다면 저기 모여 있는 강호인들은 순순히 뒤로 물러나지 않을 걸세. 적어도 지금은 대성사 소유거가 저들에겐 성스러운 자비선승일 테니까. 하지만 소천이 살기가 없는 움직임으로 대성사의 공세를 막아내는 동안 저들도 우리가 결코 사파의 마인이 아니라는 것을 깨달을 걸세. 은하의 계곡을 통과한 자들이라면 적어도 누군가의 무공에서 선기와 마기를 구분해 낼 줄 알 테니 말일세. 그리되면 이 싸움이 끝난 후 저들과의 관계가 조금 수월해지지 않겠는가?"

을천목은 파소의 생각을 꿰뚫어 보고 있었다.

"그렇다는 건 소천이 대성사를 꺾을 자신이 있다는 말이군요."

단보가 묻자 을천목이 고개를 저었다.

"그건 나도 모르겠네. 솔직히 말해 지금 대성사 소유거가 보여주고 있는 무공은 나로서도 처음 보는 강력한 경지일세. 무천향의 고수 중 누가 저자를 상대할 수 있을까? 그러니 소천의 무공이 대단하다는 것은 나도 알고 있지만 승패를 점칠 수 없네. 하지만 승패야 어쨌든 그 뒷일을 생각하고 싸움에 임하는 것은 현명한 일이라고 할 수 있지."

"하지만 언제까지 방어만 하고 있을 수는 없지 않습니까?"

남독마군이 답답하다는 듯 묻자 을천목이 고개를 끄덕였다.

"그야 당연한 일이네. 영원히 저런 지경으로 싸움을 이어갈 수는 없겠지. 아마도 소천은 대성사 소유거가 사기(邪氣)를 드러내길 기다리고 있는 듯하네. 마승의 무공과 생혼단으로 이룬 무공이라면⋯ 분명 그 안에 사기가 도사리고 있을 걸세. 그리고 싸움이 극한으로 치달으면 분명 소유거는 그 사기를 드러내지 않을 수 없을 걸세. 그리되면 그때 사람들은 알게 되겠지, 누가 정(正)이고 누가 마(魔)인지."

을천목의 말은 머지않아 사실로 드러났다. 싸움이 길어지고 파소의 유유자적함이 변하지 않자 소유거의 공세가 점점 치열해지더니 어느 순간부터 그가 든 선장에서 서릿발 같은 살기가 묻어나기 시작했다.

차차창!

그리고 그제야 파소의 검과 소유거의 선장이 격돌을 일으켰다.

"반드시 오늘 널 죽이겠다. 네가 살아 있고서는 난 아무 일도 할 수 없을 것이니."

지루한 싸움이 본성을 끄집어낸 것일까, 소유거가 파소를 향해 살기가 묻어나는 음성을 흘려냈다.

"날 죽이기는 쉽지 않을 겁니다, 과거 마승이 을조인 대성사를 넘지 못했듯이."

파소의 대꾸가 소유거의 심기를 더욱 불편하게 만들었다.

"난 이미 그의 무공을 넘어섰다. 반면 넌 과연 대종사 을조인의 무공에 도달했는가? 아니라면 넌 필히 오늘 나에게 죽게 될 것이다!"

우웅!

토하듯 노성을 흘려낸 소유거의 선장이 굉음을 일으키며 그의 몸을 한 바퀴 돌아 파소의 옆구리를 파고들었다. 그런데 이 한 번의 초식은 지금까지 소유거가 만들어냈던 초식과는 뭔가 조금 달랐다. 사람들은 그 변화를 단번에 알아채지 못했지만 파소는 변한 소유거의 초식을 한순간에 알아챘다.

'됐군!'

파소의 오랜 기다림은 드디어 결실을 맺고 있었다. 투명하

고 푸르스름한 기운을 흘려내던 소유거의 선장이 이번 초식에
서는 노을 빛 붉은색을 흘려냈기 때문이다. 그리고 그건 곧 살
기였다.

쩡!

파소의 검과 소유거의 선장이 불꽃을 일으켰다. 그러자 소
유거의 선장을 감싸고 있던 붉은 기운이 폭죽처럼 터져 나갔
다.

"어! 저, 저건!"

순간 두 사람의 싸움을 지켜보고 있던 장내 고수들의 입에
서 당혹스런 탄성이 흘러나왔다. 일단 붉은 기운을 일으켜 파
소와 격돌한 소유거의 모습이 그 이전의 모습과 너무 달라져
있었기 때문이다.

삽시간에 요기로운 붉은 기운이 소유거를 휘감았다. 그러자
그 안에 있는 소유거의 모습 또한 지금까지의 자비로운 노승
의 모습에서 사악함이 느껴지는 요승의 모습으로 비춰지기 시
작했다. 지금까지 소유거를 천하에 다시없는 인자한 자비승으
로 생각해 왔던 강호의 고수들로서는 당혹스런 일이 아닐 수
없었다.

그사이 파소의 검이 푸르스름한 달빛의 검기를 만들어냈
다. 파소가 만든 검기는 소유거의 붉은 기운과는 사뭇 달라서
어떤 사기라도 물리칠 것 같은 선기가 묻어났다. 그리고 마치
그걸 증명이라도 하듯 파소의 검기가 소유거가 일으키는 붉
은 혈기를 헤치고 들어갔다. 드디어 파소의 공세가 시작된 것

이다.

"오냐, 기다리고 있었다."

소유거의 입에서 차가운 목소리가 흘러나왔다. 동시에 그가 한 손으로는 선장을 들어 파소의 검기를 막아가고 다른 한 손은 허공으로 치켜들었다. 그러자 허공으로 치켜든 그의 손에 붉은 기운이 모여드는가 싶더니 이내 붉은 불상의 형상을 만들어냈다.

"아아!"

순간 사람들의 입에서 탄성이 흘러나왔다. 소유거가 만든 것은 비록 불상이기는 했지만 그 모양과 빛깔에선 오히려 짙은 마기가 흘러나오고 있었기 때문이다.

쩌엉!

모든 사람들이 소유거가 만든 불상에 시선을 주고 있는 사이 파소의 검기와 소유거의 선장이 충돌했다. 그리고 그 충격에 의해 두 사람의 거리가 오 장 정도로 벌어졌다. 그 순간 소유거가 한 손에 들고 있던 혈불상을 파소를 향해 던져 냈다.

슈우욱!

붉은 기운에 휩싸인 혈불상이 기이한 파공음을 내며 파소를 향해 닥쳐들었다.

"으음!"

싸움을 지켜보고 있던 무천향 고수들 입에서 나직한 탄성이 흘러나왔다. 소유거가 던져 낸 혈불상은 확실히 기이한 면이 있었다.

한 번의 격돌로 뒤로 물러난 파소가 미처 공력을 다시 끌어
내기도 전에 혈불상은 파소의 면전에 다가와 있었는데, 처음
소유거의 손에 있을 땐 작은 호리병 크기만 하던 혈불상이 파
소의 눈앞에 다가왔을 때는 삼사세 어린아이의 크기만큼 커져
있었고, 파소를 덮치는 순간에는 성인의 신체보다도 더 큰 거
인의 모습으로 화해 파소를 뒤덮었던 것이다.

슈우욱!

파소의 신형을 덮은 붉은색 혈불상이 파소를 스치고 지나가
면서 소름 끼치는 소음을 일으켰다. 순간 혈불상에 휘감긴 파
소의 옷자락이 갈가리 찢겨져 나가며 그의 몸에서 언뜻 붉은
색 선혈들이 비치기 시작했다.

"끝이다!"

소유거의 입에서 득의한 음성이 흘러나왔다. 한눈에 보기에
도 혈불상의 공격을 그대로 맞이한 파소는 치명적인 부상을
입은 듯 보였다. 온몸의 옷자락은 성한 곳이 없었고, 그 안에서
흘러나오는 핏줄기는 파소의 몸을 거미줄처럼 휘감고 있었다.

"가거라!"

그런 파소를 향해 소유거가 선장을 들어 최후의 일격을 가
했다. 소유거의 선장은 붉은 핏빛 기운을 그 끝에 매단 채 피
투성이 파소의 심장을 향해 꽂혀들었다. 그런데 그 순간 문득
파소가 마치 싸움을 포기한 사람처럼 힘겹게 검을 들어 올리
더니 소유거를 향해 자신의 검을 내팽개치듯 던져 냈다.

그러자 파소의 검이 어떤 힘도, 어떤 의지도 지니지 않은 것

처럼 맥없이 소유거를 향해 날아갔다. 순간 소유거의 입가에 득의한 미소가 지어졌다.

"포기하는 것인가, 마지막 발악인가? 마지막 발악이라면 너무 초라하구나!"

과연 파소가 던진 검의 움직임은 너무나 초라했다. 검에는 아무 힘도 깃들지 않았고 방향도 잡혀 있지 않아 소유거에게 닿기는커녕 발끝에도 미치지 못할 듯 보였다. 그런데…….

"어어!"

갑자기 사람들 입에서 당혹스런 음성이 흘러나왔다. 미처 소유거의 몸에 미치지 못할 것 같던 파소의 검이 웬일인지 땅에 떨어지지 않고 계속해서 소유거를 향해 날아갔기 때문이다. 도대체 진기도 깃들어 있지 않아 보이는 검이 어떻게 오 장 거리의 소유거에게까지 날아갈 수 있는지 누구도 이해할 수 없었으나 어쨌든 파소의 검은 오 장 밖의 소유거에게까지 날아갔다. 그러나 여전히 검에는 아무 힘이 없어 보였다.

"흥!"

소유거의 입에서 한마디 비웃음이 흘러나왔다. 자신의 앞에 도달한 파소의 검을 보며 흘려낸 비웃음이었다. 그도 그럴 것이, 어떻게 자신의 앞까지 날아오기는 했으나 파소의 검에는 파리 한 마리 잡을 힘도 깃들어 있지 않은 듯 보였다.

파앙!

소유거가 파소의 심장을 향하던 선장의 방향을 틀어 자신 앞에 도달한 파소의 검을 쳐냈다. 그런데 그 순간 맥없이 소유거의 선장에 튕겨 나가야 할 파소의 검이 우연인 듯 빙글 한 바퀴 회전하며 소유거의 선장을 피해냈다. 그리곤 다음 순간 거짓말처럼 소유거의 심장을 꿰뚫어 버리는 것이었다.

"이… 이건!"

소유거는 도저히 믿을 없다는 표정으로 자신의 가슴에 꽂힌 파소의 검을 내려다봤다. 검에 막혀 피는 흐르지 않았으나 그 순간 소유거는 파소의 검에 깃든 강력한 힘을 느낄 수 있었다. 그 힘은 검을 통해 소유거의 심장에 전해졌고, 이내 그의 온몸으로 퍼져 나갔다.

"이… 이게 도대체 무슨 초식이냐?"

소유거가 죽음이 엄습해 오는 와중에도 파소에게 물었다. 그러자 파소가 피투성이의 몸을 한 채 차분한 목소리로 말했다.

"나도 모르겠군요. 내가 어떻게 그 초식을 펼친 것인지. 어쩌면… 아마 그게 망검이 아닐지……."

終章

몇 년 혹은 몇십 년 후

武天鄉
무천향

　오래전 사막의 한가운데에 존재했던 천인들의 거처, 무천향을 찾았던 강호인들이 전한 이야기, 두 명의 천인이 펼친 전설적인 싸움에 대한 기억도 강호에서 사라져 버린 어느 날 동방의 영산인 백두 기슭을 걷고 있는 노인과 젊은이가 있었다.

　노인의 얼굴은 온통 주름으로 덮여 있어 그 나이를 짐작키 어려웠으나 적어도 백 세에 근접해 있는 것은 분명했다. 그럼에도 그의 허리를 꼿꼿했으며 걸음에는 힘이 있었고, 안광은 강렬했다.

　그의 곁을 걷고 있는 젊은이 역시 산길을 타는 발걸음으로 보아 일신에 지닌 무공이 결코 가벼워 보이지 않았다.

　길은 백두의 원시림 사이로 끝없이 이어져 있었는데, 중간 중간 길이 사라지고 수풀이 우거진 것으로 보아 사람의 발길이 거의 닿지 않는 곳임을 짐작할 수 있었다. 어쩌면 산짐승들이 만든 길일지도.

그렇게 말없이 원시림 우거진 백두의 숲을 걷고 있던 두 사람이 잠시 땀을 식힐 겸 산하가 내려다보이는 바위 위에서 걸음을 멈췄다. 두 사람은 한동안 말없이 자연이 만들어내는 광활한 풍경을 바라보고 있었다. 자연은 그렇게 말이 없어도 그 누구보다도, 그 어떤 서책보다도 많은 이야기를 전해준다.

그 충만한 침묵의 와중에 역시 젊은 쪽의 인내심이 부족한지 젊은이가 입을 열었다.

"스승님, 과연 그곳에 을밀부가 있을까요? 전 솔직히 믿을 수가 없습니다. 그간 소문을 따라 갔다가 헛걸음한 경우가 어디 한두 번인가요?"

그러자 노인이 희미한 미소를 지으며 말했다.

"그야 모르지. 하지만 평생 헛걸음만 하며 살아왔는데 한 번 더 헛걸음한다고 손해날 것은 없지 않느냐?"

그러자 젊은이가 잠시 말을 끊었다가 조심스런 목소리로 말했다.

"스승님, 이번에도 을밀부를 찾지 못한다면 이 일은 이제 그만두시는 것이 어떻겠습니까?"

"왜, 부질없어 보이느냐?"

"그것이 아니오라 이제 우리 금문의 힘만으로도 천하를 도모할 만하지 않습니까? 굳이 수백 년이나 강호에 나타나지 않은 을밀부를 찾을 필요가 있겠습니까?”

젊은이의 말에 노인이 잠시 침묵을 지키다가 시선을 바위 아래 펼쳐진 산야로 돌리며 입을 열었다.

“그래, 어쩌면 굳이 을밀부를 찾을 필요가 없을지도 모르지. 하지만 금문이 강호로, 아니, 천하로 나아가 새로운 역사를 세우려 한다면, 을밀부를 찾는 일은 결코 부질없는 일이 아니다. 을밀부의 힘을 얻을 수 있다면 우린 다시 천하에 새로운 왕조를 세울 수 있을 테니까. 금문의 힘… 물론 네가 자신을 가질 만하다. 그러나 만약 을밀부가 여전히 존재하다면 금문의 힘은 그들에 비해 조족지혈에 지나지 않을 것이다. 그러니 그들을 찾는 일을 어찌 그만둘 수 있었겠느냐?”

“그렇다면 역시 계속 이 일을 해야 하는 거군요.”

그러자 노인이 고개를 저었다.

“아니다. 이 일은 내 대에서 끝을 내자꾸나. 내가 죽거든 넌 더 이상 을밀부에 연연하지 말고 네 생각대로 금문을 이끌도록 하거라. 백 년이라는 시간을 살며 을밀부를 찾아 헤매야 했던 것이 내 운명이었지만 너에게 그 운명을 물려줄 생각은 없다. 내가 죽거든 넌 을밀부가 없는 것처럼 세상을 살도록 하거라. 을밀부를 찾는 것은 난 김문의 대에서 끝을 내도록 할 것이다.”

노인은 그 옛날 모용세가의 본거지 심양에서 찻집을 운영했던 동삼문의 한 곳인 금문의 고수 김문이었다. 그는 백 세에 가까운 지금에도 전설의 을밀부를 찾아 헤매고 있었던 것이다.

침묵이 다시 시작됐다. 그리고 이번에도 젊은 쪽이 먼저 침묵을 깼다.

"이번에는 꼭 찾았으면 좋겠어요. 산꾼들이 전한 이야기도 제법 믿을 만한 것 같고……."

"그래, 내 생각에도 이번 길은 예감이 좋구나. 하지만 과연 그들을 만나는 것이 좋은 일인지 나쁜 일인지 모르겠구나."

"그건 무슨 말씀이십니까?"

"이 나이가 되니 사람마다 살아가는 방식과 목적이 모두 다르다는 걸 알게 되는구나. 거기엔 좋고 나쁨이 없고 오로지 다르다는 사실만이 존재할 뿐이다. 그러니 수백 년을 은거한 채 살아온 을밀부라면 굳이 우리 금문의 삶에 끌어들이는 일이 과연 옳은 일인지 모르겠다는 말이다."

그러자 젊은 쪽이 잠시 생각에 잠겼다가 입을 열었다.

"그야 어찌 됐든 정말 운명 아니겠습니까? 인연이 닿으면 함께하는 것이고, 아니면 또 길이 엇갈리겠지요."

"호? 녀석, 인연의 도리를 깨쳤으니 이젠 정말 금문을 이어 받을 때가 되었구나. 하하하!"

김문의 웃음소리가 원시림 사이로 맑게 울려 퍼졌다.

『무천향』 完

少林棍王

소림
곤왕

한성수 新무협 판타지 소설

감동의 행진을 멈추지 않는 작가 한성수!

구대문파 시리즈의 두 번째 이야기 『소림곤왕』!!
그 화려한 무림행이 펼쳐진다

"너는 지금부터 날 사부님이라 불러야만 하느니라.
소림사의 파문제자인 나, 보종의 제자가 되어서 앞으로 군소리없이 수발을 들고 모진
고통을 이겨내며 무공 수련을 해야만 한다."

잡극계의 천금공자 엽자건!
소림의 파문제자 보종의 제자가 되다!!

역사와 가상.
실존의 천하제일인과 가상의 천하제일인에 도전하는 주인공!
이제부터 들어갑니다. 부디 마음껏 즐겨주시기 바랍니다.
– 작가 서문 中에서.

유행이 아닌 자유추구 –
WWW. chungeoram.com
Book Publishing CHUNGEORAM

覇君
패군

설봉 新무협 판타지 소설

무협계를 경동시킨 작가, 설봉!
그가 다시금 전설을 만들어간다!!

수명판(受命板)에 놓고 간 목숨을 거둔 기록 이백사십칠 회!
생사를 넘나드는 전장에서 매번 살아 돌아오는 자, 계야부.
무총(武總)과 안선(眼線)의 세력 싸움에 끼어들다!

"죽일 생각이었으면 벌써 죽였다. 얌전히 가자."
"얌전히. 그 말…… 나를 아는 놈들은 그런 말 안 써."
무총은 그를 공격하지 않는다. 공격할 이유가 없다.
다른 사람들은 그의 존재조차도 알지 못한다.
오직 한 군데, 안선만이 그를 안다.
필요하면 부르고, 필요치 않으면 버리는
철면피 집단이 다시 자신을 찾아왔다.

나, 계야부! 이제 어느 누구에게도 휘둘리지 않겠다!!

유행이 아닌 자유추구 -
WWW.chungeoram.com
Book Publishing CHUNGEORAM

天劍無缺

천검무결

매은 新무협 판타지 소설

그리고, 천설은 신화가 되어……

한 시대에 한 사람.
언제나 최강자에게로 수렴하던 역사의 흐름이 끊겨 버린 땅.
그 고고한 물길을 자신에게로 돌리려는 욕망의 틈바구니에서
전설은 태어난다.
교차하는 검기, 어지러운 혈향을 뚫고 하늘에 닿아라!

유행이 아닌 자유추구 -
WWW.chungeoram.com
Book Publishing CHUNGEORAM

야차(夜叉) 新무협 판타지 소설

鬼刀風雲
귀도풍운

원수를 가르치고 원수에게 배워…
서로의 심장에 칼을 겨누는 것이
숙명인 저주받은 도법,

수라도(修羅刀).

그 기원을 알 수조차 없을 만큼 수많은 세월을 이어져 내려온 이 도법은
새로운 피의 숙명을 잉태하였다.

저주받은 피의 고리를 끊어버릴 것인가,
체념한 채로 운명에 순응할 것인가.

유행이 아닌 자유추구 -
WWW.chungeoram.com
Book Publishing CHUNGEORAM